等爱

WAITING BAR

梅莉 ♥ 著

MEILI WORKS

中国画报出版社

特别感谢《南风》杂志社主编
罗吉万教师、王建平老师文学启蒙之谊！

目录

等爱 waiting bar

目录

等爱 waiting bar

每一个人的一生中都在等待，
因为等待，而产生无比的信念与奇迹

新闻　网页　贴吧　知道　MP3　图片　视频　百科

剩女

进入词条　搜索词条

返回百度百科首页

教育部 2007 年 8 月公布的 171 个汉语新词之一。

剩女

高学历、高收入、高年龄的一群在婚姻上得不到理想归宿的大龄女青年。

“剩女”，是那些大龄女青年得的一个新称号，也可以称为“3S 女人”：Single(单身)、Senventies(大多数生于上世纪七十年代)、Stuck(被卡住了)——单身，这些人一般具有高学历和高收入，条件优越。比她们年纪大的女人，孩子都上小学了，比她们年纪小的也在挑三拣四之后喜气洋洋地嫁人了；比她们聪明的没她们漂亮，比她们漂亮的没她们聪明——可偏偏被剩下的就是她们。有的人说，“剩女”是被男人制造出来的。因为她们独立，有工作，有房子，有车子，普通的男人不敢往旁边站，至于优秀的男人，他们更不急。他们追事业追名牌，泡健身房泡咖啡馆，就是不泡妞。

“剩女”有稳定的收入，体面的工作，生活环境舒适幽雅，却在爱情上迟迟停留不下来。她们有充实的干劲追求高层次的生活质量，远大的理想，出类拔萃的另一半。出类拔萃的男人是不会在她们背后默默付出的，要做好她们背后的男人，压力太大。这样导致她们长时间感情生活不协调，迟迟徘徊在婚姻的殿堂外。随着年龄的增长，也就在社会上剩了下来，所以成为了“剩女”。

有的人说，“剩女”不是被制造，而是“自造”。不是一个女人自己造，而是整个女性群体合力制造。没有男朋友，ok？我们可以去学瑜伽、普拉提，可以去学花道、茶道……想让我们闺阁幽怨思嫁心切？对不起，没空。万一上一秒嫁给“委曲求全”，转瞬就碰见了“真命天子”，又该怎么办？但并不是说“剩女”们都信奉不谈爱情。只是人生，确实有太多意外。把握你可以把握的，而对你无法把握的，不强求、不忧心如焚。人生只有一件事，在我们自己掌握之中：走到底——按照心灵真实的渴求走到底。

等爱
waiting bar

Chapter 01 剩女似一种病

vol .1

老员工李菁与人事部经理王莉的仇怨由来已久，在很长一段时间里，她们互相用温温的小火，时不时地烤对方一下，没有闹出什么出格的事来，直到他们一向和蔼可亲的老板欧阳请了帮他们谋划上市的金融高手庄明朗来当总经理，她们的矛盾突然就到了白热化的阶段。

这天离总经理上任还差一天，李菁去王莉办公室申请做总经理的临时秘书。

她坐在沙发上填表格，王莉在一边打量她。

一会儿，王莉坐到她旁边悄悄说："老李啊，你还是别填了，你体谅一下我的难处，庄总虽然说只要熟悉公司情况，可以抽一个月时间帮他熟悉环境的人就可以，可行情是这样的呀，秘书嘛，就是要年轻漂亮。”她讪笑着站起来，用手背拍拍李菁的肩说：“庄总是高层，但也是新来的，给人家弄个资格老的，他都不好喊动。”

李菁听后怒火一下就上来了，全公司只有王莉敢嬉笑她为老李，她嗖一下站起来，可惜，竟找不出反驳的话来。见旁边站着几个年轻的女同事，李菁觉得面子特别挂不住。手上一用力，“啪”的一声，手中的塑料笔盖被捏破了，焰焰的怒火下她指着王莉的鼻子说：“这可都是你逼我的。”

王莉只当她是放了个空炮，嬉笑着追到门口说：“老李呀，你真的要体谅一下。”

不到一分钟，李菁便回到位置上登录了MSN，将个人签名改为：自做孽不可活!

第一个跳上线来关心她的是坐在她旁边的行政部经理刘明德。他问她怎么了？李菁不回话。刘明德又说：“我可以帮你什么吗？”李菁还是不回话，直接转过脸去大声吼：“你别管闲事好不好？”然后她在MSN上写了一封长长的信给老板，写完，就兴高采烈了。也只有她这种老员工，才会有老板的MSN和私人电话。

怒气全都没有了，她全身轻飘飘的，缓缓地关掉电脑，再缓缓地站起来，缓缓地提起包，缓缓地冲刘明德说了“拜拜”。转身时，右手流畅地一甩，扔了颗糖给刘明德。

刘明德轻轻地念了句，乖乖。

王莉明白李菁所说的“都是你逼我”的意思是在晚上，在外地出差的老板欧阳打来质问她的电话，问她怎么连报假账这种事都会让李菁知道了。欧阳数落了她半天，说是以后都不给她开这种小灶。

王莉委屈地说：“那你什么时候回来？”

欧阳说了句“明天”，便挂了电话。

明天？王莉猜度着欧阳的意思，他是不是突然记得明天是她的生日了？

王莉趴在床上，看着墙上的钟，在一点点地走，一会儿就过了零点。她，28 岁了。没有结婚，一个名副其实的剩女。

她的好朋友施乐怡发来短信，祝她生日快乐，说是寄了礼物给她，只是她不能陪她过了，她明天要去北京工作。

王莉回了条：庄明朗决定了不跟你结婚?

施乐怡回了条：是啊，他刚才明确表示现在还没有结婚的打算，我只好全身心地奔赴我的职场生涯了。

王莉叹了口气，骂了句“他妈的”。

然后又发了条短信给施乐怡说：你还是别跟庄明朗提及我。

vol.2

庄明朗来上任这天公司正好体检，联系了一家医院上门服务。李菁与往年一样，一直捱到最后一个才上前去。她特别不喜欢体检，体检就得写真实年龄。从五年前起，她对外公布的年龄就一直停留在 28 岁。

这天她选择在前台等，她要想办法给庄明朗留个印象。

前台小妹是新来的，不懂事，一直催促她。

李菁便指了指抽血那边，可怜兮兮地对她说：“我怕呢。”

站在一旁等庄明朗的王莉高声说：“你这么大个子，还怕这个？”

李菁语速极快地反驳：“我这都是假象。”

王莉说：“怎么什么都是假象？说你眼光高，不找男朋友，你说是假象；说你挣钱多，你也说是假象；说你抱独身主义，你还说是假象。”

李菁气得一手将体检表格揉起半张，所有人都屏住了气，等着看好戏。王莉依然笑兮兮地看着她，一副希望她当众闹开的样子。她当然知道李菁的目的，从李菁打听到新来的总经理是个未婚的青年才俊，她的花痴就一浪高过一浪了。

李菁忍着，别开头，将纸捏得嚓嚓响。忍着，为了庄明朗吧。

看到庄明朗的脸时，有钱、有地位、年轻、帅，这几个词语过电般地飘过李菁脑子。她兴奋地站起来，却被王莉推开了。

王莉迎上去，与庄明朗握手。“庄总，欢迎你呀。”

庄明朗说：“王经理辛苦了，其实在办公室等我就好。”

“哎！那可不行，欧阳总刚还打电话来说，一定要热情接待，他现在应该也要到了。”

王莉快速地带庄明朗上楼见老板，李菁一句话也没说上，心里愤愤的。抢了前台手里的笔，填了体检表格走过去。医生在她手臂上寻找着血管，她的眼睛沿着楼梯寻找刚才的身影。

没有看到庄明朗，却看到了一早就从机场飞车回来的欧阳。欧阳避开李菁的目光，令李菁的心情彻底跌到了谷底，忽然预感到了事情的不妙。他到底看到她的告密信没有？

庄明朗的妈妈和欧阳的老婆陆莹莹曾经是同事，年纪相差近十几岁，相处得却不错。陆莹莹知道老公想上市，便介绍庄明朗与他认识。

欧阳热情地欢迎了庄明朗的到来，他非常清楚，公司要上市，就得请庄明朗这样的人回来。庄明朗成功参与操作过两家大公司上市，非常有经验。

庄明朗一年多前才成立了自己的明生信托投资公司，趁着2006年年底中国全面开放金融市场这股风头，发起了名为“朗玛”的私募基金，正好欧阳要上马几个新的游戏，庄明朗的私募基金便成了欧阳较坚强的后盾之一。这是一次双赢的合作，但有一点庄明朗有些疑惑，上市的事情已操作了四五个月，欧阳突然邀请他入驻大成科技当一年的总经理，这一点太奇怪了些，完全不需要这样的。

欧阳的解释是：他的大成科技要上市，内部有很多问题需要调整，庄明朗有个头衔，调整起来会更方便，更深入。这个理由看似合理，却又有些牵强，虽然是庄明朗提出的大成有些地方需要调整才能符合上市的要求，可不管怎么调都得经过欧阳的同意才行吧，自己当不当这个总经理，又有什么不妥呢？不过欧阳一再坚持，这单生意的前景也还不错，庄明朗也就退让了。

欧阳亲热地拍打着庄明朗的肩，说一切就拜托老弟了。

庄明朗比欧阳高半个头，带他来的王莉看着他俩握手寒暄、互相吹捧，忍不住想笑。男人们的友谊虽然比女人们的来得深厚、真诚，但嫉妒心一点也不比女人们差，只是女人爱用排挤的方式来表达，而男人却是用互相吹捧的方式。前段时间，欧阳就曾流露出，若他能像庄明朗这样，在很年轻的时候就这么成功，生活一定是别样的。

想到年龄，王莉忽然就伤感了。不光是欧阳不是为她生日而是为了迎接庄明朗才赶回来的，更多的是对衰老的恐惧。以往她还可以为自己风光的生活骄傲一下，如今，与日益增长的年龄相比，金钱、情人、大好的前途，全他妈什么也不是。好比眼前这两个精英级男人，近在咫尺，实则远在天边。纵是再有怎样的亲密关系，欧阳依然是不属于她的，今天不会，明天几乎也不可能。人家有儿有女有前途，不会为了她而牺牲掉。而好友施乐怡，虽然是她甩了这位青年才俊庄明朗，实际是人家死活都不肯跟她结婚，她才不得不继续全心扑到职场拼杀上去。

欧阳一再示意发呆的王莉先回避，她都没有看见。欧阳咳了两声说："哦，王经理，你先去忙吧。"

王莉知道欧阳现在最担心什么，之前公司的账目多多少少都有些不干净，现在想上市，必须让庄明朗想办法洗干净一些。瞧，到了关键的时候，他还是不信任她的。她默默地替他们关上门，把自己关进办公室里。

vol.3

李菁突然冲进王莉的办公室，不曾想王莉正在抹眼泪。两人都愣住了。

王莉急火一升，就流了鼻血。

李菁赶紧过去帮她，又是递纸，又是跑到前台拿云南白药。

止住血，王莉问李菁有什么事。

李菁仗着自己刚才小小地友情了一把，亲热地靠近王莉说："我强烈要求换位置。"

"为什么？"王莉冷着脸问她，王莉知道，李菁无非就是又想了别的办法对庄明朗进行围追堵截。

"不想跟一些无聊的人坐在一起。"李菁羞涩地说。

"谁是无聊的人？"王莉把头靠在椅背上，让她不要轻易排斥同事。

李菁吞吞吐吐地说："我是个清白的女孩子，不能把名声败坏了。"

呵！王莉轻笑了一声，问她什么意思，让说明白些。她为李菁自称为女孩子感到可笑，她 28 了都承认自己老，这 33 的老阿姨反而扮起青春来。

李菁埋着头，语速极快地说："我不好意思说。"

王莉不想被她诈，有意杀杀她的锐气。"你是说刘经理吧，"王莉说，"他追求你不是好事吗？你为什么非要把事情做绝了？不同意归不同意嘛。"

李菁没想到王莉会刨根问底，难道刚才的友情都白给了？她犹犹豫豫半天，没能说出具体的事件来。

见她这回确实是放空炮来诈她，王莉来了句更狠的，"你不是还天天给人家刘经理送糖吃吗？怎么又嫌弃了？”

李菁的脸一下就绿了。

王莉当然知道她的痛处。刘经理一个42岁的鳏夫、带着一个17岁的儿子、一个月挣个五六千块钱的人，竟然敢追求她，这是一件非常丢脸的事情，像是在用广播跟大家通知，她李菁是个条件很差的女人，是人是鬼都敢追她。王莉想，要是换了像欧阳这样的身家，怕是她立马就感激涕零了。

想到这王莉又补充道：“其实年纪一天比一天大了，这种不要又要吊着人的游戏已经不适合了。”

李菁愤怒地把耳朵捂上，啊啊啊地尖叫起来。她喊着，“那都是假象，我从来就没有往他身上想过，以后谁也不许提这事，再提我就辞职。”

“好啊。你辞啊。”啪的一声，王莉起身往桌上用力一拍，又坐回椅子上去，任她胡闹。

李菁的哭声越来越大，来围观的人也越来越多，欧阳和庄明朗也来了。李菁一见这俩人，便痛哭起来，她想跟欧阳表达她的委屈，又琢磨不出该怎样说才能令庄明朗站到她这一边来。

欧阳叫众人都散了，让庄明朗回办公室等他。关了人事部办公室的门，他一面问王莉是怎么回事一面给李菁递纸巾擦泪。

王莉说她因为刘经理跟她表白的事非要换位置，人家刘经理上回被她痛骂后就再也没有提过这事，何苦又自己提起来。

李菁抽泣着，终于编了个理由。她说：“不是因为这个，他……他……凭什么老借工作的机会用身体贴着我？”

这样的理由谁能反驳？男方通常都是不承认的。李菁在心中暗赞自己聪明。

王莉说：“谁看见了？我不相信在这么多人的环境下刘经理会做这种事情。”

李菁伸直胳膊指着她，半天，扭着身子喊了句“欧总……”

欧阳皱了皱眉头，用眼神示意王莉不要再说下去。他说：“换吧，换吧，不就换个位置吗？”他加重语气说：“不要在公司里闹！”

王莉嗖一下站起来，说：“不许换！”她提起包，冲出去。她知道没必要这样，但今天她就是要这样，谁让她生日呢。

欧阳没能拦住她，实际上他也没有去拦她，在公司里，他是非常注意的，绝对不跟王莉有任何身体上的接触。

接着，李菁也冲了出去，以最快的速度收拾好桌上的东西，打电话催促人事部的其他人给她安排个位置。她大声说：“这可是欧总同意的！”

欧阳回到办公室，庄明朗正在观察他桌子上的一盆盆栽。欧阳说：“怎么？对这个也有兴趣吗？”

“哦，没有，我不太懂这些，我女朋友比较喜欢。”

欧阳到沙发上坐下，叹口气说：“唉，女人就是麻烦。”

庄明朗略带苦涩地笑笑。

欧阳说：“明朗准备什么时候结婚啊？结婚的时候我把这盆盆栽送给你们。”

庄明朗尴尬地笑，说：“到时一定请你。”

昨晚，他明确跟女朋友施乐怡表示了现在没有结婚的打算，今晚回去，还不知施乐怡会怎样呢。

vol.4

李菁如愿以偿地搬到了与庄明朗办公室一墙之隔的秘书办，她没有像往常一样一下班就走，她无数次地从庄明朗门前过，见他收拾东西下班，才抢先一步冲到门口。

电梯门缓缓地合上，庄明朗在外面说：“请等一下。”

电梯门只剩一条缝，时间对得真好，电梯里的李菁迅速地将双手伸进那条缝里，费力地拉扯着电梯门，嘴里自然地发出咦咦咦的声音，使出的强力，在电梯门缩回去时，令她踉跄了几步。她窘迫地看着走进来的庄明朗，脸红到了脖子根。

庄明朗记得她，这个今早用火辣眼神看过他的女人，他暂时还没有忘记。他说："谢谢你，是不是开门键坏了？"

李菁赶紧点头，说："这门好难拉啊。"

庄明朗为她解了围。他没有说其实可以按开门键，所以李菁的举动还不算笨，当然也就谈不上失态了。

李菁向他伸出手去说："庄总好，我叫李菁，行政部的。"

庄明朗伸手去握，手上的温度比嘴角的笑意更加温和，李菁迅速地瞟了一眼他的无名指——确实没有戴戒指，是个好机会呀。

李菁虽然没有谈过恋爱，但也知道男人都是犯贱的动物，太主动了他们反而不喜欢。所以她出电梯后再也没看庄明朗一眼，直直地，向着与他相反的地方走去。

走了十分钟，她才掉转方向，狂奔回家。天气预报说得不错，今天晚上果真有强降雨，现在天不过刚刚黑，雨水就等不及了。

路人都低着头狂奔，只有她一个人放肆地欢笑着，像一个情窦初开的少女，脸上布满了幸福的神情。连旁边公交车站的人频频看她，也都顾不上了。

这晚，李菁几乎一夜未睡，她将右手轻放在嘴唇上，用鼻子细细地吸。她确定庄明朗没有喷香水，可她怎么老觉得被他握过的这只手有味道呢？她想着想着就笑了起来，记得上初中时有个女生悄悄跟她说过，如果你爱上一个人，那么就会在他身上闻到一股味道，一股大家都闻不到的味道。她想象着等她和庄明朗结婚后，她会将这件事情告诉他。他会是什么表情呢？笑她傻？还是不太相信？

她将一个枕头抱过来，暂时充当庄明朗滚烫的胸膛。她将脸埋进去，才一会儿就沮丧了，想想，八字还没一撇呢。

vol.5

庄明朗住在阳明路新雅居D座2013房。车库在负一层，他停好车，却抬不动上楼的步子。他从口袋里掏出一个礼盒看了看，预先送一枚结婚戒指给施乐怡是他目前能做的最大让步。他深深吸了口气，晃进电梯，编排着过会儿要说的甜言蜜语。

一进门便闻到了熟悉的饭菜香，是施乐怡在炒宫爆鸡丁。庄明朗最喜欢吃这道菜，心中一喜，他想有戏啊。

施乐怡听到开门声便像开了闸门的水，滔滔不绝起来。

她说："明朗，冬天的拖鞋我给你收起来了，鞋柜第三层有双新的。这个月水电费我都交了，单子我给你贴在门背后，你下个月去银行照着单号存。对了，你要记得煤气是在建行，电是在工行。哦，还有，我今天已经搬走大部分东西，还有两个小箱子等你有空的时候我请朋友来帮我拿。"

庄明朗的好心情一截截矮下去，这个女人连缓冲的余地都没留给他，才一天，家都搬了。他愤愤地，一句话也不说。

施乐怡把炸好的花生往锅里一倒，翻妙几下，一盘色香味俱全的宫爆鸡丁便起了锅。她关掉火，关掉抽油烟机，端上菜，一回身便看到了庄明朗铁青的脸。她不直视他的眼睛，越过他说吃饭了吃饭了。庄明朗愣在那里不动，施乐怡坐下来盯着餐桌看，一时间屋子里只剩下庄明朗粗粗的喘气声。施乐怡将喉间的哽咽硬生生地吞下去，盛好饭，把庄明朗拖过来坐下。

施乐怡说："吃！"

庄明朗赌气似的把筷子尖往桌子上敲了敲，抬起碗来就往嘴巴里刨。施乐怡不断地给他夹菜，三个菜一个汤，大部分都被他“吞”了下去。

他们俩就像盘踞在蒸锅里的两只蚂蚁，各自在这屋里活动着，谁也不出声，只是气氛越来越紧张，令心里烦躁非常。饭后庄明朗就一直坐在沙发上看报纸,施乐怡则盯着电视看。庄明朗有时偷偷越过报纸看施乐怡一眼，做饭时她的头发是挽上去的，现在披散下来，微卷的波浪柔和地搭在肩上，妖精似的妩媚。晚上 10 点，庄明朗再偷看施乐怡时，发现她不见了。他悄悄走进卧室,听到里面的浴室里传来水声。那声音就像一团火滚过他的心房，他想起了她迷人的身体，从冷战以来，他有一个月没有靠近过她了。立马，他又在心里警告自己，他就不相信，离了这个女人，他找不到更好的。她不是不声不响地搬出去了吗？让她走了好。他庄明朗活了三十一年，跟四个女朋友分过手，凭良心讲，确实是一个比一个优秀的。逼婚？他才不吃这一套。

于是，他又坐回沙发上去，故意打电话跟合作伙伴赵诚商量，去年他在新园那边买的几个楼盘，他现在又不想抛掉了，今早银行那边的朋友说，可能下周又会减息。房价再次上涨，是必然的事情……

施乐怡洗完澡，将头发在浴室里吹干，就直接上床睡觉。她回想着与庄明朗恋爱同居这一年多，快乐的日子还是要多些，她一遍遍跟自己强调，这还不算是浪费光阴。他们没能修成正果，倒像是一件预料中的事情。她将身子紧紧地裹进被子里，告诉自己，及早抽身是对的，未来一定会更好。

半梦半醒间她感觉庄明朗也躺到了床上，她能感觉到他头发上的湿气，说他多少回了，他依然是不擦干头发就往床上躺。他用背对着施乐怡，他知道她是裸睡，只着了条内裤，可他就是不屑于在这个时候去碰她，那样他会瞧不起自己。

施乐怡却不这么想，她只想再一次记住这个男人，毕竟，这确实是个优秀的男人。她攀上他的背，手臂搂过他的胸膛，头顶在他的背脊上，轻轻地唤了声：“明朗。”声音沙哑而又带着弹性，像一只柔软的手，挠向了庄明朗心间最软的那个地方。

意志在瞬间垮塌，庄明朗翻身压了上去，施乐怡在他身下时而婉转低吟，时而又如一头猛兽，像要把他吞下去。他知道这个女人是爱他的，可爱到什么程度？现在，他还真不敢说了。

夜，在春色中走向落幕，天蒙蒙亮时庄明朗突然醒了过来，他刚才梦见施乐怡走了，他低头看了看在他怀里的确实是施乐怡，才又安下心来。他的胸前湿湿的，他用手沾了一点放在嘴里，是咸的，是汗？还是施乐怡的眼泪？

他轻轻地唤了声：“乐怡。”

“嗯？”一直都没睡着的施乐怡答应了一声。

“一定要分手吗？”

施乐怡毫不犹豫地说：“是。”

庄明朗听到“嚓”的一声，最后一丝希望，也被撕毁了。

这个城市的天 5 点多就全亮了，施乐怡从庄明朗的怀里挣脱出来，洗漱完毕后将房子的钥匙放在了之前枕的枕头上。她拖起箱子往外走。庄明朗听着她的脚步声，心都揪了起来，他不受控制地，裸着身子从床上跳起来，拉住她。他红着眼说：“乐怡，我们今天就去领结婚证。”

施乐怡哽咽了，她说：“明朗，晚了，我今天早上八点半的飞机去北京。”她将他拉住她的手指一根根地抠开，开门离去。砰的一声，庄明朗被关在了房子里，他将一个人，面对这满屋子的关于他俩的回忆。

他想，晚了？就晚一天？

十分钟后，施乐怡给他发来短信：明朗，这几年来，你陆续借我的和给我的钱大概有五十三万，我都存到你的工商银行户头里了。请查收，谢谢！

原本他可以是一个胜利者，在她的纠缠下，他依然坚持着暂时不结婚的原则。但事实是他败了，他承认，败在了这个女人手里。

人家什么也没要他的，他该怎样去定义这个女人？

他不知道，在这一分钟内，施乐怡还给欧阳发了条短信，提醒他昨天是王莉的生日，并告诉他王莉现在所在的地点。他们所有人都没想到，这条短信，影响了后来很多的事情。

vol. 6

凌晨五点半，欧阳在公司附近的酒吧里找到了王莉，酒吧已经在打烊了，喝得烂醉的她正挣扎着从吧台上起来，左手握着酒杯，右手死命地推着一个拉着她不放的黑人。

欧阳走过去，将黑人推开，扛起王莉就往外走。有服务生上前提醒买单，他让服务生自己伸手到他口袋里拿。

另一个服务生去拿王莉手中的酒杯，她死死地拽着不放，欧阳说："算了，你们再拿一百块走吧。"

"不用不用，就让她拿着吧。"酒吧的老板从吧台里走出来，他笑着说："欧阳，还认不认识我？"

欧阳将王莉从肩上放下，单手搂紧她，仔细看着这个酒吧老板。

"90年，在753。"酒吧老板提醒他。

哦。欧阳倒抽口气，表面尽量保持镇定，他有些用力地大笑，拍着酒吧老板的肩说："是你呀！我老婆的救命恩人伍仁兵。"

伍仁兵啪的一下，给欧阳敬了个军礼。欧阳与他握了握手，说："兄弟，找你好多年了，过段时间我带莹莹来看你，我们好好聚聚。”

伍仁兵跟着欧阳出去，帮他拉开车门，安置好王莉，才转身回来。他叹了口气，说：“世事难料啊。”

欧阳一手把着方向盘，一手在王莉头上摸了摸。车窗全部打开，凉风吹上几圈，王莉也有些清醒了。

欧阳叹口气说：“何必呢？喝成这样。”

闭着眼睛的王莉抬了下眼皮又合上，说“你不懂”。

欧阳说：“我怎么不懂，我知道有个人昨天又长了一岁，想找人出气，是不是？”他把放在她头上的手收回来，从西装口袋里拿出一个盒子递给王莉，说：“这次我可没忘你的生日，是你自己跑了，不能生气啊。”

王莉打开来看，是车钥匙。她立马合上还给他，说：“我不要这个，你若真有心，就让我把那个李菁开除了。我都跟你报告多少回了，公司的人力资源总是不能彻底整合，就是这些太把自己当回事的老员工造成的，你天天护着，他们就带头闹事。”

欧阳把车钥匙又推回到她眼前，说：“大部分老员工还是可靠的，有能力的，李菁呢，她确实有些娇气，能力也都跟不上形势了，我不是没有升过她职吗？作为老员工，照顾一下也是可以的，也让外人知道，我们公司对员工很负责任，不会轻易甩掉谁。反过来说，老员工能力再差，比起新员工，他们对公司会更负责任一些，你看，你报假账的事，李菁不就来找我告密了吗？你呀，站在公司的角度整体考虑一下，哪怕把她看成一个忠心的监督者……”

王莉冷哼了一声说：“你以为我不知道吗？她把你老婆捧得很好，你不想跟你老婆有冲突。”

欧阳皱了皱眉，在他与王莉之间，这是一个不应该被提起的问题。他明白她的心情，当初若不是李菁无意中告了密，使得他老婆采用了自杀的方式来阻止他提出离婚的要求，也许王莉现在已经是他的老婆了。他避重就轻地说："这样的假设也只有你想得出来，我老婆从来就不管公司的事。你就当是好心收留她呗，你看，一个单身女人，三十好几了，没有事业，也没有老公，不是挺可怜的吗？"

王莉顿时愣了一下，从鼻子里笑了两声，便再也不说话了。李菁没有老公，难道她王莉就有吗？欧阳不是对大龄单身女人没有同情心，只是对她没有罢了。眼泪唰一下从她眼里冒出来，迷离了视线。她别过脸去，不想让他看到。

欧阳当然是全都看到了，他也知道自己说错了话，但他不能承认在王莉的婚姻问题上他是有责任的，因为他不可能去负这个责任。很多事情，是只有一次机会的。从他老婆自杀那天起，他和王莉的路，就走岔了。他不说话，默默地把车开到王莉家楼下，再默默地看着她手握空酒杯，一歪一倒地摸进大厦里。他不能扶她，他要让她知道，什么叫进退合宜。何况，这场家变快一年了，他们的纠葛是该有个结果了。

他与王莉就是一场两人都心知肚明的游戏，不是吗？他点了根烟，看着王莉家的窗户灯亮灯又灭。

王莉第二天照常去上班，并把欧阳送的车钥匙夹在文件里，还了回去。欧阳在 MSN 上问她：你到底要怎样？

开除李菁。王莉快速地回答。

欧阳想了想说：我们俩的事跟李菁没关系，我知道你气什么，可你也知道，我已经尽力了。

王莉发了个振动过去说：反正我得出这口气。

一整天，欧阳都不再回话。

王莉无法进入工作状态，她在 QQ 上抓着施乐怡说了整件事的过程。她问施乐怡说：我是不是变态了？

隐身的施乐怡跳出来，发了个点头的图标。

王莉发过去一把尖刀。

施乐怡笑笑，说：我明白你的心情，目前能动的，也就只有李菁了。

王莉说：我是不是很可怜，这么变态地出气。

施乐怡说：没，真的，别这么想自己，要不就完了。我了解的，欧阳的一次让步，从某种层面上来说，对你多少也是种补偿，何况这能让他老婆难受。你目前应该是需要一个心理平衡点。

王莉发去一个窃笑，说：老女看上你家庄明朗了，整治她，我就当是给你报仇吧。

施乐怡很久不说话，最后发来一个省略号。

下班时，刚休完假回来的行政部经理刘明德找到王莉，左一句请公司相信我，右一句我真的没有做那么下流的事情。

王莉见他害怕的样子，忍不住同情地说："我知道，就算你有这种想法，也不可能在公司里当着那么多人做。"

刘明德一听更紧张了，忙说："不，不，不，我从来都没有这样想，我是追过她，不同意也就算了。"刘明德举了很多关于他是个正派人的例子。什么在地铁上，都与妇女们保持距离了，一般不称女人为小姐了。

王莉打断他，低声说："好了好了，你怎么这么笨呢？全公司的人都明白，李菁是看上了新来的庄总，才会找这样的借口闹事的。你想想，她特意挑选的位置在哪里？"

刘明德张大了嘴巴，高兴了一下子，又颓败了下去，蔫蔫地说："她竟然是这种人，利用我。性骚扰这种事可是要被公司开除的，她怎么能这样？"

王莉说："算了，这种人不值得的，改天我再给你介绍个好的。"

刘明德嘴里说着谢谢，样子却是失魂落魄了。突然他想起了什么，说："欧总支持她，那是不是就不相信我了。"恐惧的怒火从他心底烧起来，一定要做些什么，洗刷清白。

王莉说不会不会。

忽然，刘明德双手握拳，斗志昂扬地对王莉说："我要辞职！"

"啊？"王莉说，"你又没有错。"

刘明德摇摇头说："都成定案了，我也是要尊严的。"一下，他的眼圈就红了。

王莉的眼珠一转没有再说什么，闹大就闹大吧。

刘明德要求辞职的事，没一会儿就传遍了公司。辞职报告在半个小时内传到庄明朗手里，因为他刚来，为了让他更快地掌握公司的情况，哪怕不归他管的事，也会暂时让他参与一下。报告上，人事部的意见是不批准，并且表扬了刘明德作为行政部经理的优良表现。主管人事的副总经理余总也说要挽留。王莉又通过内线电话，特意将整件事跟庄明朗解释了一遍，除了李菁看上庄明朗这个起因没说。

庄明朗能隐隐地感觉到那个起因。自从李菁搬到与他一墙之隔的秘书办后，一个小时之内，至少从他门前过了 15 次。风情从眼角射出来，偶尔在他门口捡起掉落的文件，春光宣泄无遗。庄明朗哭笑不得地把办公室的门关上，希望她能明白他的意思。

在男女关系上，他庄明朗确实不是什么正经人，但也不是来者不拒的。

他在辞职报告上这样批示：不同意。请人事部调节相关人员的情绪，留住人才，维持公司正气。

之后，他又将报告呈送给欧阳，表示自己短时间内也许对员工的情况了解得不是很透彻，请欧阳给个批示。

欧阳将报告留下，把财务部刚送来的近几年的账目给庄明朗，以便他能出台一个调整方案。

vol.7

账目很多，还有些零乱，庄明朗埋头看着，渐渐地，夜就深了。烟灰缸里全是烟头，满满地冒出头来。夜晚工作的习惯是施乐怡带给他的，施乐怡总是在深夜的时候，想到绝好的创意，键盘声在寂静的夜里，也变得更加有力。开始的时候，他只是偶尔因为无聊加入她的工作时间，各自占据书房的一角，盘算自己的案子。后来就有些离不开了，特别是在做出重大判断与决定的时候，必须要在深夜才行。

凌晨两点，肚子不争气地叫了一声，庄明朗看看时间，对自己说，吃东西去。

以前施乐怡总会回应他一句：冰箱里有。

现在，除了冰箱细小的声音，里面什么都没有。

走进毫无人气的家，把施乐怡最后买给他的拖鞋踢开，他光着脚在每个房间里巡视一遍，确实，真的只有他一个人。

他习惯性地拉开冰箱，一下子鼻子就酸了，巨大的冰箱里，用大大小小的盒子装了十几种菜，连米饭也用一个大盒子装了，放在最大的隔间里。

庄明朗用盘子盛了些饭出来，又选了几样菜盛了一些，放进微波炉里。他脑子里分析着一天前发生的事情，在他去欧阳的公司报到的时候，施乐怡已经辞职不用去上班了。他走后，她去超市买了很多菜，买这么多菜，加上来去的时间至少要花两个半小时，从停车场里把菜提回来，以她的力气，至少要来回跑五次。从洗菜切菜到做这么多菜出来，再等它冷了放到冰箱里，需要多少时间呢？庄明朗分析不出来，就像他分析不出来，这一年多来施乐怡对他到底付出了多少。很多朋友都说他是幸福的，女朋友不但有自己的事业，在生活上还能照顾他，现代社会，能兼顾的人已经不多了。

庄明朗吃着盘子里的饭，想起了小时候，他学习晚了，妈妈总是等着他，给他煮碗排骨面。

他心里闷闷的，一种很明确的，被人抛弃的感觉油然而生。

想着，就有些生气了。他打了施乐怡的电话，以接电话的速度和周围的声音判断，施乐怡正戴着耳机，在开车。

庄明朗一看时间，凌晨三点了，他着急地说："你怎么这么晚还在外面？"

施乐怡愣了一下才说："哦，是你呀。我刚加完班出来。"

"怎么不回家再加？"

"酒店里的网络不太好。你，有事吗？"

"我……我在吃你留在冰箱里的饭。"

"哦。"施乐怡把车停在路边，被眼泪模糊的双眼令她不能再开车。一个星期了，她以为他不会打电话来。

两人长久地沉默着。许久，庄明朗说："我知道你对我付出了很多，真的。我很谢谢你。"

施乐怡冷静了一下说："我也是感谢你的，好多事情。"

庄明朗说："我并不想失去你。"

施乐怡忍不住了，哽咽着说："我也不想。"

庄明朗说："那就回来吧。"

施乐怡安抚了一下自己说："你知道的，那不可能。"

庄明朗火了，站起来说："和我在一起就这么浪费你的时间？"

施乐怡抹了抹眼泪，这个长不大的男人也许永远都不能理解她。她说还是算了吧。

庄明朗急了："我愿意结婚也不行吗？你不就是想结婚吗？"

施乐怡在心里冷笑了一下，便挂了电话，关了机。在这种情况下她可以去跟他结婚吗？那还不如继续同居呢。她擦干眼泪，继续开车。一个女人一生中最想得到什么？无非就是一个男人心甘情愿地和她结婚，心甘情愿地对她的下半辈子负责任。庄明朗不是，可惜他不是。他从小就优秀，家庭环境也好，周围有那么多女人围着他，完全被宠坏了。想来，对施乐怡，他算是付出得最多的。

有时施乐怡会想，哪怕当初他追出来，只追到电梯口，或是马上打电话，哄哄她，再或者在说到去领结婚证时，口气软一些，恳切一些，她也许就留下了。

她不想她未来的生活被一句"我都跟你结婚了，你还要怎样"的话控制住。

也许很多男人都不明白，结婚对一个女人来说，并不是一个法律手续，或一个形式，而是一种心甘情愿的态度。

vol.8

庄明朗把没来得及送出去的戒指锁进公司办公桌的抽屉里，他不想在家里看到这个东西。他在酒店订了房，七天，他准备用七天的时间来恢复，这是他对自己的基本要求。

王莉给他配的临时秘书是采购部的小王，见他连续加了三天的班，小王说："庄总不要太操劳啊。"小王说话嗲嗲的，让他听着有些腻。

他微笑着说："小王，你先回家休息吧，我看看文件再走。"

小王摇摇头，说她要坚守岗位。

庄明朗索性请她吃饭，反正工作外的时间也是要想办法打发的。

和所有小资女孩一样，小王选择了西餐厅，他们去得晚，窗边能看夜景的位置都让鬼佬坐完了，他们只好坐在中间。

庄明朗很大方，让小王随意点自己喜欢的，又主动点了几个较贵的菜。

小王兴奋得小脸红扑扑的，若不是故意寻着某种腔调说话，庄明朗会觉得她还是有些可爱的，特别是偶尔有些楚楚可怜的神情，令男人们有种我见犹怜的感觉。但古人说得好，泰山归来不看岳，男人爱慕女人，也是这样，经历过施乐怡这样高级别的美女，小王是拿不出手的。谁又会走回头路呢？

庄明朗主动与她谈起了工作，他说："小王，作为公司员工，如果让你用一个词语来形容这个公司，你会用哪个？"

小王想也不想地说："复杂！"

"哦？"

小王神秘地笑笑，说："你待久了就明白了。"

这不是庄明朗想要的答案，上千人的公司，人际关系复杂是自然的。若是这样的问题放在施乐怡身上，她一定可以给出一个惊人的答案。她常说，一个人干了几年依然是普通员工，一定是有原因的，至少，他们一直在用普通员工的角度看问题、做事情。他们永远都只站在自己的职位上想问题，殊不知，不谋全局者，不足谋一域。其实上小学时就学过，世上本没有路。那些高层能制定路线指挥下属，无非也就是他的做法符合了公司的方向和利益，才得以成行。施乐怡说女人的职场之本在于要学会大气地去思考，能不能认清公司的大方向和利益点，永远是职场厮杀的关键和节省力气、时间的最佳方法。有时候思考职场，就是要用最直接最简单的方式。

施乐怡从来都不是一个普通的女孩，这一点，庄明朗是一直都明了的，可还是让她在自己的眼皮底下跑了。想着，便没有了胃口。

小王提议饭后去酒吧，立马遭到了庄明朗的反对，他说女孩子应该在更安全的地方喝酒，自己家里或和自己的家人。

小王嘿嘿地怪笑起来，“庄总，你以后肯定会很抢手的。”

“哦？”庄明朗笑说，“为什么？”

小王说：“你对女生很体贴呀。而且公司的另一个特点，就是单身女人太多，而且一大把三十岁以上的急嫁人员。”

说到三十岁，小王的眼里流露出骄傲的光芒，这是年轻女孩特有的权力，对于任何一个比她们大的女人，都可以任意鄙视。从那鄙视里，庄明朗似乎看到了施乐怡的无奈，她二十六岁了，确实加入了晚婚者的行列，会有越来越多的年轻女孩有资格去鄙视她。

这顿饭庄明朗吃得很艰难，一面要与小王有说有笑，一面又要防止施乐怡的影子对他无孔不入地侵袭。

庄明朗不知道，这桩破碎的情事背后，施乐怡更不轻松。她几乎是哭到北京的，从打车去机场，一直到下飞机，四五个小时的时间里，她的眼睛都是湿润的。从她下决心搬去与庄明朗同居，她就没把他当成一个过程，结果他还是成了她最支离破碎的一个过程。

而且为了美好地结束这个过程，她将自己未来的三年都卖给了天怡静安广告公司，舍弃大池子里的光明前途，跳到小鱼塘里做条待人垂钓的大鱼，才有了三十万的年薪，她才能完美地将庄明朗的人情还掉。她哥哥换肾时，他借给她的三十万，以及这一年多来，庄明朗陆陆续续送给她父母的钱，和每月给她的生活费。

她要留给他一个干净的背影，这是她最后可以为他做的事情，为他们俩做的事情。

她在机场的洗手间里化好妆，无奈地打起精神，开始她的另一段人生。

她不是来北京疗伤的，是来拼命的。

那天，来接她的是公司的策划总监，一个有着微胖身体的矮个儿男人，看到她时，眼神中带有一丝惊艳。施乐怡知道自己的外貌在男人心目中的地位，早已处变不惊。

他说："你好，我叫施林。"

"咦？我叫施乐怡。"

他们握手，相视而笑，真的很巧，都姓施。施林说："张总原本要亲自来的，可惜公司出事了。"

"出了什么事？"

"公司投标的底价被泄露了。"

施乐怡随施林上了车，仔细听他说整件事的过程。对手公司叫龙马广告，这次的项目是一家大型地产公司的所有高级楼盘的宣传任务。在投标结果公布后，龙马广告的预算只比天怡静安的少一万块。更令人匪夷所思的是，龙马广告的策划思路，也与天怡静安的如出一辙。

施乐怡之前也遇到过这样的事情，当初她的上司偷了她的创意跳槽到别家公司，这种事很难找出证据来，常常只能吃哑巴亏。

她说："施总，公司查出来是怎么回事没？"

施林用嘴角笑了笑，用力握了握方向盘。他说："听说你之前是在MO做，以后要多多指点啊。"

施乐怡笑说："哪里，只是背了个跨国公司的虚名而已。以后还要请你们多多指教。"

施林"嗯"了一声，犹豫了一下问，"你知道你去哪个部门吗？张总神神秘秘的都没跟我们说。"

施乐怡笑笑，说："还不太清楚，只是要求我带几个客户过来。"

"哦？那厉害啊，一来就给公司做了实际的贡献。"

施乐怡叹口气说："有什么办法呢？我们打工的，也只能这样了。"

施林点点头，说："是呀是呀。"眼神中自然多了一丝防范。

施乐怡在此之前就调查过施林，在广告界做了十几年，大大小小的案子做了不少，只是没有特别拔尖的。老张这回招她来，就是想让她与施林分权，为公司开辟新的路线。从今天开始，天怡静安的人马会分别以她和施林为中心分为两组，在内斗中分别往前冲。施乐怡知道，无论是自己还是施林，都不过是人家手里的一枚棋子。她厌倦这样的生活，却又不能怎样，不顺从？那生活就会将她厌倦了去。

她说：“施总，不如今晚一起吃饭吧。”她想，在开战之前，不如先友谊一下。

施林眉头一挑，说：“好啊，我请。但是你别叫我施总了，叫我林哥吧，谁让咱们同姓呢。”

他轻佻的模样让施乐怡不舒服，但她相信，今天之后，他会自己改正的。她说：“好啊，林哥。”

男人好色，就像狗改不了吃屎。其实越是不动声色才会越令人着迷和害怕，施林的一个眼神，便泄了他的底。在施乐怡看来，他至少不会是一个过于高深的人。

与庄明朗和小王一样，施林带施乐怡去酒店放下行李，就去了一家西餐厅。施林很绅士地为她拉了椅子，他说：“从你的广告创意来看，你应该喜欢这种气氛的地方。”

施乐怡俏皮地说：“你还调查过我呀。”

施林眨眨眼，说：“行业信息嘛。而且我去过 MO，之前应该见过你，在展厅里看过你的一些作品。”埋着头的施林，一边说一边抬起眼皮看她。像个纯情的小男生。

“是吗？”施乐怡说。

“是三年前吧，当时是随广告协会去参观的。”顿了顿，施林又缓慢地补充道，“有缘啊。”他又用眼皮瞟了一下施乐怡，施乐怡克制着怒意，微微地笑着。

施乐怡记得那次参观，庄明朗就是在那时出现的。但她对施林说她都不记得了。她举起杯来，与施林碰了一下。

大半顿饭的时间过去，施林一直控制着他的眼神不要乱往施乐怡身上瞟，施乐怡想，看来，他真的是什么都还不知道。她想今天就算是为以后的冲突先道个歉吧，便频频地举杯敬他。一瓶红酒喝完，施林的眼神便控制不住了，带着垂涎的神情，不断地在施乐怡的脸上和胸部晃来晃去。

施乐怡看看时间，说："今天就到这里吧，改天把嫂子带出来见见，以后逛街好互相有个伴。"

施林愣了一下，嘴里说着没问题。心里却盘算着是哪里错了，怎么这位热情美女忽然做出了冰山状？他大声地呼唤买单，吩咐服务员帮他叫一辆出租车过来。有些愤愤地，送施乐怡回了酒店。

等爱
waiting bar

Chapter 02 原罪是一种痛

vol.1

今年的春雨来得很猛烈，电闪雷鸣对于处于平原的城市来说非常可怕，不像山区，一切都像是发生在山的那一边。这里的闪电就在你我的头顶上，用力地将天空撕裂开来。嚓，嚓嚓。

刘明德在交辞职报告的第二天就后悔了，前一天晚上，儿子刘小明的学校又来了交费的通知单，不多，两百块，却让他明白了一个道理，能给儿子一个稳定的物质保障，才是一个男人最基本的尊严。

他战战兢兢起来，害怕自己斗不过李菁，害怕老板再一次地护着她，批准自己辞职。他已经四十二岁了，没有做过什么很有建设性的工作，是很难找新工作的。

整夜未眠，第二天一早他就冲进王莉的办公室，东拉西扯地与王莉聊天，问王莉觉得他儿子明年考大学选什么专业好。王莉认真地与他分析着，见他心不在焉地，嗯啊哈地附和她，就有些明白他的意思了。王莉说："刘经理，你的辞职报告我送上去了，但我们一路签字下来，都不同意你离职，你说你干吗非要这样呢，你的委屈，公司会想办法给你洗清。"

刘明德忍不住高兴起来，说："真有办法吗？你是不知道，这些天同事们看我的眼神就像在看个强奸犯。"

王莉说："办法肯定是有的，只是我们都还得等着看看欧总的意思。"

症结真的在欧阳那里，刘明德又不放心了，他说："欧总会不会……"

王莉打断他的话，说："你真的放心，欧总也是要讲理的。好多同事都私下里来跟我说了，说你不是这样的人，坐在你们旁边的人都没有看到过你有那种行为。"

刘明德频频点头，连声说"谢谢"。

其实王莉现在对处罚李菁这件事越来越没有把握了，原本一件简单的事情，被她加上了特殊含义后变得复杂，她不知道欧阳是怎么想的，从那天欧阳赌气让醉酒的她一个人回家后，她就有些把握不住他了，多狠心的一个男人。

也正因为如此，她现在更需要通过这件事来评估自己在欧阳心目中的分量。

她等待着，欧阳给她一个答案。

她到吸烟室点了根烟，才吸一口，就被呛到了，烟雾缭绕间，看见了李菁得意的笑脸，一晃眼，就消失了。

春风是什么颜色，李菁的脸这几天就是什么颜色。见谁都笑兮兮的，每天带不同的吃食来分给大家，整个秘书办的办公室里，每天都飘着不同的香味。

庄明朗是个没有架子的官，只要有空，文件都会亲自拿来给小王。一进门就被这些味道侵袭了，他说："真香啊？你们谁带了好吃的？"

李菁赶忙站起来，将她一大早起来做的点心给庄明朗送上一袋，庄明朗连连推辞，最终敌不过她的盛情，只好收下。

收下就收下吧，不超过半小时，李菁就会跑进他办公室，说还有一样点心，刚才忘给你了。是一个超大的、心形的、草莓酱夹心饼干。

庄明朗彻底被雷到了。但也只得再收下，再道谢。

而后，他就再也不敢去小王她们办公室了，去了也不敢乱说什么，怕被这个女人抓住了把柄。这个女人的底线完全超出了他的想象，她竟然可以在与他相遇时，当着同事们的面，问她做的东西好不好吃。这令庄明朗十分窘迫。

"这完全是中学生的招数嘛！"小王跟庄明朗说。

庄明朗抬起看文件的头说："什么？"

"我说李菁追求你的方式，完全是中学生的招数，以为自己没有暴露，其实全公司的人都知道了。"

庄明朗说："这话可不要乱说，我是有女朋友的。"

小王说："我当然是不会乱说的，她巴不得我们个个都去给她起哄，给她制造舆论优势，我们才不干呢，她不想想她平时是怎么对我们的。"

"怎么对你们呢？"庄明朗被小王这么一打断，也无心看文件了，不如了解一下敌情。

"你请我吃饭，我告诉你。"小王一下子跳到庄明朗面前，做出不好意思的模样。

"行啊，现在就走。"庄明朗穿上外套，说，"我们这回吃中餐吧，我发现附近有家餐馆不错。"

小王是四川人，吃火锅正好。外面下着冰冷的雨，里面火辣辣的，别有一番情趣。古人是煮酒论英雄，今天他庄明朗是煮火锅，听人说坏话。他在心里笑，没有露出异样来。

小王说："李菁也爱吃火锅。"

庄明朗说："也是你们四川人？"

"不是，是西北一带的，四川人怎么有那么大的个子？"小王把冷菜倒进锅里，用筷子压了压说，"我们新来的几乎都上过她的当。她家就住在公司附近，房子是公司租的，以前的几个老员工都有这个待遇。她对每一个新来的人都很热情，主动介绍公司情况了，背底下散布一下老板家的事了。但也经常逃班，前台也不敢管她，她中午回去吃饭，下午三四点回来，前台一样要给她开门，我们新来的都还以为她跟老板有什么关系，有特权呢。"

"那你们上了什么当呢？"庄明朗见她一直没说到重点，有意提醒一下。

"你别急呀，就快到了。她很省的，中午都回家去吃，经常叫新人一起去，开始她叫我们买菜，说她先回去煮饭好加快速度，我们也觉得挺正常的。但每次都这样就太奇怪了，每次问她家里还有什么菜，她永远都只有一根萝卜，有时候连米都没有。有一次最过分了，她说要做正宗的杂酱面给我和另外一个同事吃，我们都到她家了，她说她家没有酱了，让我们出去买，还要多买一根黄瓜，结果，她的面里也就这两样东西。一个月的时间，倒有大半个月是我们这些新人在给她出伙食费，你说是不是上当？"

庄明朗忍不住笑起来，这样极品的人他倒是没有见过。但他作为一个男人，对女人们爱占小便宜的事情，倒不怎么计较，像小王，不是也老让他请吃饭吗？

小王见他不太有反应，忙说："你知道在此之前，同样被赶去买过酱和黄瓜的人还有谁吗？"小王神秘地笑笑说，"是人事部的经理王莉。"

庄明朗"哦"了一声，她明白小王在暗示那天她们吵架的事情。他有些后悔听小王嚼舌根了，严重怀疑自己因为施乐怡的抛弃而精神不再正常。

"你知道她的爱好是什么吗？"小王接着说。

“什么？”庄明朗挟了块羊肉放在嘴里，随口一问。

“到健身房、到比较高级的K房、酒吧、高级住宅小区去转悠。”

“为什么？”

“你猜！”小王神秘地笑着，庄明朗想了许久还真想不出来。

“她去遇有钱的男人了。”小王大笑起来，庄明朗一时间不能反应过来。

健身房了、K房了我都还能理解，那些高级小区她一个外人怎么进得去？

她假装跟中介公司去租房子呀。

见庄明朗幡然醒悟的样子，小王继续解释，“她以前就教育我们，说想嫁有钱人，首先得解决‘遇到’的问题，否则身边就只有自己的老板一个人，这样成功的几率太小，说人家有钱人自己开车，我们坐公交车，人家不按时上下班，我们天天关在公司里，是连遇都遇不到的。她嘴上不说她的目标就是这样，但三十三岁了没嫁人，没恋爱，还瞧不上收入低的同事，一下班就跑美容院、健身房，不但把着公司提供的房子，还花高价去租了高档小区的房子住，还能是什么目的呢？她的钱都花在这上头了。我们说她想钓金龟婿吧，她还不承认，非说她这都是假象。”

庄明朗笑起来，说：“我知道她这个口头禅。不过，现在的女孩想嫁有钱人的心情我都还能理解。但有钱人也不是个个都天生就有的。也许找一个能干的，过几年就有了。”

“青春不等人啊，男人有钱了就想找更年轻更漂亮的女人了。所以很多人都不愿赔上青春去等。你看公司的前台，大多数都做不满半年，她们不是来工作的，是来寻夫的，见没有合适的，立马就换地方了。”说完小王又补充道，“所以像你这样很年轻就很有成就的人就成了目标了。”

庄明朗不置可否。

小王越说越起劲，冷哼了一声说：“其实，一见钟情这样的事，是只可能发生在美女们身上的。”她边说边悄悄瞅庄明朗。

庄明朗笑笑，没有回话。小王说了句大实话，但作为一个有原则的男人，他不能予以肯定。当然，他也没有顺势夸小王漂亮。

突然，庄明朗想起了施乐怡，她会不会也是留着自己即将扫尾的青春，去找一个条件好的又愿意结婚的人呢，若不是，为什么要急着分手？

小王见他沉思起来，立马保持了安静，埋头吃饭。她原本想请庄明朗帮忙的话也活生生地咽了下去，她感觉现在可能不是时候。

吃完饭，庄明朗又回公司去加班，一进入工作状态，他突然又想明白了，凭施乐怡的样貌、才华和能力，她与李菁是不能相提并论的，她本身就在一堆有钱人里混，根本不需要特别去找，以施乐怡今天的成就，早已不是三年前那个小女孩了。再者，若为了钱，也不用还他那五十三万。五十三万，对她来说，并不是小数目。离开他的原因，也许还是青春的短暂和对家的渴望。

这样想着，他心里才又舒服了一些。

一边庆幸过去的感情确实存在，一边拨了施乐怡的电话，他想再哄她一次。可没想到，此号码已经注销了。

vol.2

施乐怡刚换了北京的手机号，就打了个大胜仗。一家国有电子产品公司产权改组后，有大量的 90 年代的旧货需要处理。有玩具，有游戏机，有家居用品。在施乐怡的策划下，这些产品顺利地实现了它们另外的价值。施乐怡说服电子公司的老板，与天怡静安合作，电子公司出物品和资金，天怡静安出管理和策划，在城市的边缘租下几个古老的仓库，搞了个九十俱乐部，来这里玩的人，可以从任何一个细节回到九十年代，大到重要历史事件的讲解和重温，小到可以穿上九十年代最流行的健美裤，吃当年最流行的吃食。

这次的成功，令施乐怡再次在天怡静安站住了脚。原本她带过来的客户，因为合约问题，只能给她一些小项目做的失望，因这次的胜利，得到了弥补。老板张全林原本有些皱着的眉头，一下子就全打开了，乐呵呵地说：“乐怡啊，小项目就小项目，待他们与 MO 的合约完了，我相信凭你的能力，是可以把他们争取过来的，我对你很有信心呀。”在庆功会上，张全林频频举杯敬她，发表讲话时，说这次的成功很有意义，投入小，收获大，这是天怡静安一个很大的收获。之前埋怨施乐怡钻空子只带了客户没带大项目的情绪完全没有了，夸得施乐怡自己都不好意思。这晚，张全林故意只字未提施林对公司的贡献，这令整个会场的气氛都有些尴尬。

施乐怡主动去和施林喝了一杯，施林说：“要小心啊，糖衣炮弹来了。”

施乐怡笑笑，说：“有什么办法呢，老板的目的，永远都是要我们给他挣比上一次多的钱。否则啊……”“连脸色都不好看。”施林补充道。

两人一起笑起来，很像一对融洽的同事。

可施乐怡知道，施林已经在悄悄接触她那几个客户了。客户那边早有关系好的朋友将消息传给她。

施乐怡没有想到，施林使的是这样的招数。起初她还在想，施林是想把客户拉到他手里，去掉她在天怡静安的初步价值？还是想卷走客户，来个走为上策？现在，施乐怡不用担心了，这次的成功，成功地瓦解了第一个方案的可行性。

施乐怡用手拐了拐身旁的施林说：“林哥，你喜欢看《红楼梦》吗？”

施林说：“不喜欢，那是女人喜欢看的玩意儿。”

施乐怡说：“我建议你看看，特别是第十二回。”

第二天，一大早施林就大笑着奔进施乐怡的办公室，他说：“乐怡啊，我可不是色狼。”

“啊？”施乐怡不明白他的意思。

“《红楼梦》第十二回是王熙凤毒设相思局，我昨晚恶补了一下，虽然我年纪轻轻的时候就被你嫂子骗去结婚了，但现在还是很忠心的。而且也不喜欢王熙凤这种女强人。”他特意看看施乐怡说：“漂亮是漂亮啊，可惜我不好这口。”说完他便出去了，不给施乐怡任何说话的机会。

施乐怡笑起来，施林是从他们第一次一起吃西餐时，他失态的眼神上想了。

做贼心虚！

《红楼梦》第十二回是：王熙凤毒设相思局，贾天祥正照风月鉴。调戏王熙凤的贾瑞，最终的死因并不是王熙凤设局把他弄病了，而是他看了风月宝镜的正面。人们做事情往往太主观，只从自己的角度想问题，完全忘了客观的环境。施乐怡能把这些客户带过来，因为这是她一手经营了三年的成果，在同行和客户的潜意识中，客户跟她走是正常的，信任度在那里，广告思路和质量都可以延续。就是这样，她也得低调行事，等待对方和MO的合约结束。把自己养肥的猪杀来吃，和临时抢别人的猪来吃，绝对是不一样的。一个人想在一个行业长久地做下去，至少表面的名声和正气，是必须维护的。

施乐怡原本希望她和施林能长期对立下去，老板在享受这种左右摇摆的快感时，不会凡事都盯着一个人，可以有些喘息的机会。

可惜是不能了。

不再犹豫，施乐怡抱起文件，走向老板的办公室。送上一份天怡静安给欣欣公司的报价单，没有呈送人，只写了个日期，是一个星期前。

施乐怡说：“张总，这一份不是我传过去的，实际上现在也没有到正式报价的时候。他们和MO的合同要三个月后才结束。”

张全林想了想说：“也没有人给我报告过发展新客户的事，何况是这么大的一个客户，不可能不告诉我。”

施乐怡说：“这文件是在欣欣的一个朋友复印给我的，报价比我之前私下里跟他们提的低了百分之五，其实和他们的合作，价格上不需要这样。”

张全林立马把秘书叫进来，让她去查这文件是谁发到欣欣公司的，他转过头来又安慰施乐怡，“乐怡呀，你可不要多心，这事绝不是公司的意思，你带过来的客户，还是由你跟，这样我才最放心。这肯定是有误会，公司绝没有要拆台的意思。”

施乐怡笑笑，点点头。

这件事在公司引起了极大的震动，查不出来是谁，张全林便开大会警告所有人，不管这件事是不是故意做的，抢同事客户的人，是不允许在天怡静安继续做下去的，要团结呀，各位。张全林苦口婆心地说了一下午，又规定了一些制度，以后凡是大客户，报价这关必须要他签字才能往外发，违者一律开除。

什么叫雷声大雨点小，这就是雷声大雨点小。全公司的人都知道这事必然是施林做的，除了他和施乐怡，这样的大客户别人是接不下来的。

张全林把桌子都要拍透了，就是没有点出施林的名字来。

施乐怡坐在角落里，远远地看着坐在老板旁边的施林，耳根泛红，眼睛直直地盯着窗外。

报价单上施林的名字是她故意抹掉的，用张小纸条把施林的名字盖住了，再复印一份。不是她心地善良，而是在张全林心目中，施林远远没到非要除掉的地步。他还能为公司挣钱，也曾经为公司挣过不少钱。

她一个打工者能有多大权力呢？无非就是在老板想对这人下手时推一把，老板想保这人时给个理由。

何况施林的底还没有摸清，他是一时冲动？还是幕后已有平台支持？施乐怡还不是十分清楚。

所以，这次出手，是一次敲山震虎。

也只是一次敲山震虎。

晚上，施乐怡没有加班，开着车在北京城里转了转，北京实在是太大了，从地图上看，她花了三个小时，走走停停的，还在同一个城区里晃。她把车开到天安门，小时候唱“我爱北京天安门”时就想来看看，可惜上学的时候没钱，工作了没有时间，好不容易混成管理人员有半个月的年假了，又记挂着庄明朗一个人在家没饭吃。用王莉的话讲，她就是一个土包子。

施乐怡用手机拍了照，发给王莉，她发短信说：怎样？你也来吧，我们一起从头开始。

王莉不耐烦回短信，直接回了电话过来。

她懒懒地说：“怎么？真的下决心留下了？”

“是。”

“那我把你的家当托运过去？”

“不用，我回去拿吧。下周我把手里的事情处理一下，请几天假。”

虽然已经对庄明朗死心，但在施乐怡的潜意识里还是希望可以从王莉口中知道一些他的情况。谁知门铃响了，王莉急着挂电话。她说：“好了好了，肯定是欧阳来了。”

vol.3

打开门，却不是欧阳。

“你好，我叫伍仁兵。”站在门外的男人从口袋里掏出块表说，“王小姐，你的表落在我们酒吧了。”

王莉诧异地接过表看了看，确实是自己的。

伍仁兵笑笑说：“你不记得了吧？你上次在我们酒吧喝醉了，是欧队把你接回去的。我是他的老部下，也是酒吧的老板，上午在楼下看到你出去，晚上就找上来了。”

“什么欧队？”王莉不明白。

“就是欧阳清，十五年前，我在他的队里当过兵。”

这是第一次，王莉接触到与欧阳有私人关系的人。她像中了彩票似的将伍仁兵让进屋里，又是倒茶，又是道谢。

伍仁兵倒也不客气，各个房间自行参观，点点头说：“你这里不错，干脆我家照你这风格装修算了。”见王莉疑惑又说，“真是巧，我上个月在这里买了房子，今天是带设计师过来看看，准备装修好了自己住，谁知竟看到了你，下午回酒吧拿了你的表，让保安带我上你家来的。”说着他看了看墙上的钟，说酒吧正是忙的时候，他该走了。

他写了电话号码给王莉，说：“我家就在你的天花板上，以后互相照顾吧。”

王莉赶忙点头，送他出去。

关门声一响，她忍不住笑起来，走进浴室，对着镜子说，你有病啊，有什么好兴奋的。这样的傻事她当然不会告诉欧阳，不能让他知道，她在意他到了这样的程度，从他老婆自杀过一次后，他最怕的，就是王莉向他要求一个结果。

欧阳的生日在清明节，这个时节春光明媚，欣欣向荣。都说这个时候出生的人，长相平凡，却十分有异性缘。王莉原不相信命理之说，遇到欧阳后便相信了。否则，连她自己都不能够解释他们的爱情。

眼看着清明就只差两天，她和欧阳依然处于冷战状态，欧阳对他的两个承诺之一就是自己生日的时候一定和她一起过。欧阳小时候家里穷，为了让他能尽早当兵，过上安稳日子，他爸爸求了村长，把他的生日写到了头一年的 11 月，随着年底接兵的人去了部队。他老婆是军长的女儿，认识时他就不敢造次，说谎的事被隐瞒下来，多年后，又没有了改正的必要。王莉便是钻了这个空子，才有了这样的机会。

去上班的路上，她一直在想，如何结束这场冷战？被欧阳冷落了这些天，她只求刘明德那边能交待得过去，整治李菁的事，她情愿再放上一放。

一进公司门就见李菁扬起手，啪一声，打在小王的脸上。

王莉愣了一下，赶忙和前台小妹上前去把她们拉开。小王见李菁被王莉拉着，抬起脚就向李菁的大腿猛踢过去。

李菁啊的一声蹲到地上，双手捂着大腿。

小王还要扑上去，被刚好进门的欧阳拉住了。

“怎么回事？你们。”欧阳第一次当众发火。

小王嘴快，说：“是她先打我的。”

“你为什么要打她。”欧阳问李菁。

李菁抽泣着说：“欧总，她到处说我嫁不出去，是老处女。这是对我人格的侮辱，对我的生活造成了很大的压力。”

李菁抱着头，撕心裂肺地哭。小王一下子找不出反驳的话来，公司里谁不这样说她李菁，可都是背后说的，谁想到她会自己说出来。

还是王莉最了解李菁，为了争到自己的利益，撕破脸闹、放空炮诈对手，早已是司空见惯的事情。

王莉的斗志一下又上来了。阻止了欧阳说话，她说：“小王，你今天几点来的？”

“刚进来，一走到前台，她就扑上来打我。”小王的声音哽咽了。

王莉又问李菁，“小王是什么时候说你的。”

李菁随口说是昨天。

“她跟谁说的，谁告诉你的？”

李菁说：“这我得为朋友保密。”

王莉说："那就是没有证据喽。"

"当然有。"

"那你说啊，没有证据就是诬陷。"王莉转头问小王，"小王，你到底说她没有？"

小王反应很快，说当然没有了。她又大声说："我昨天一天都是在庄总的办公室里整理文件，若是说了什么，那就是对庄总说的。"

来围观的人都看向了刚进门的庄明朗，他不知所措地愣在那里。

王莉说："庄总，你昨天跟李菁聊过什么吗？"

庄明朗摇摇头，说昨天并没有跟李小姐有什么工作需要交流。

所有人都笑了起来，李菁抹了抹泪，一瘸一拐地走了。她小声地说："你们合伙欺负我。"

站在一旁的刘明德见形势大好，蔫蔫地走到欧阳身边说："欧总，我也是被冤枉的，非礼的事我……"

欧阳打断他说："大家都回去工作吧，以后谁再在公司里闹事，一律扣发当月工资。"欧阳叫王莉到他办公室去，又拍拍刘明德的肩说："你安心工作，辞职的事不要再提了。"

大家散开，让出路给他们俩走，小王在后面拉了拉王莉的衣服，悄悄说："昨天老女人看到我和庄总一起吃饭了，结账时我看到她躲在角落里。"

王莉冲她笑了笑，赶着欧阳的脚步上楼去。

欧阳的办公室里，王莉乖乖地坐着。

欧阳说："你想干什么？员工吵架你不但不平息，还火上浇油。那小王难道真的没有说过李菁？"

"说了，而且是全公司的人都在这样说她。"王莉认真地回答。

"那你是为什么？"欧阳用手指头敲了敲桌子。

"你难道不明白吗？李菁是冲着庄明朗去的。"王莉反问他，"这些年谁不在背后说她是老处女，嫁不出去，怎么突然就要计较了？还有上次，刘明德非礼她的事，也不过是她想换个位置离庄明朗近一些的手段。她这样的行为对公司有什么好处？看上个男人，就把同事们当垫脚石。见上次诬陷刘明德非礼的事得逞了，昨天小王和庄明朗吃饭，走得近了些，她又想用同样的方法，把小王闹臭。她为了找个男人都变态了你看不出来？你还一次次成全她！”

王莉说着便哭了起来，哽咽着说：“你不明白，一个年纪大的女人，想嫁出去的那种心情，杀人的心都是有的。”

说到这欧阳又不便说话了。他点了枝烟，沉思了一下，让王莉把眼泪擦干，把副总经理老余叫来。

王莉一边擦泪一边往外走，走到门口又想起件事来。她回头说：“喂，你让我打听的事我查到了，老余的老婆从明年二月退休，现在能管的事越来越少了。”

欧阳点点头，表示知道了。

老余进来，欧阳让他把这些天跟李菁有关的员工纠纷调查、处理一下，做错的人要有处罚，要通报批评，以正公司的风气，以免再有人在公司里闹事，影响正常的工作。

欧阳说得很严肃，老余答应得很诚恳，可他却没有要出去的意思，他搓了搓手说：“不知庄总对这事有什么看法？”

欧阳说：“这跟他有关系吗？”

老余说：“我和李菁也是同事多年了，她的心思我知道一些。庄总也是厉害，一来就把我们这老姑娘的心思给勾了起来。一个巴掌拍不响，我怕庄总那边……”

欧阳摆摆手，打断他的话，说：“这样吧，让明朗和你一起处理这个事，或者你协助他处理，他虽然只是来帮我们上市的，但也背了总经理的名声，干脆找点事情给他做。”

老余的眼睛一下就亮了，连连称是。眼角的细纹微微地含着笑意，这位总经理的到来着实把他吓了一跳。这么多年也没说他老余是副总，怎么突然来了个年轻人，就说他是副的了呢？

老余不好再多问，欧阳能跟他暗示庄明朗的用处，已是件大好事了。他兴高采烈地去找了庄明朗，话里话外地夸他很有女人缘。

他一出去，站在门外的王莉就走了进来，直冲欧阳笑。

欧阳伸手捏她的脸，“怎么？你又高兴了？”

王莉说：“你这招太狠了，让庄明朗去处理，李菁怕是得死心了。”

欧阳轻轻地笑笑，其实他主要是想给庄明朗一个面子，前天他亲眼看到庄明朗为了躲李菁，原本要下班了，又退回办公室去，等李菁走了再出去。今天王莉一说他就全明白了，也因此相信了王莉的说法。

想想李菁确实是有些得寸进尺，庄明朗又是他特意高价请来的，给他个面子，应该。男人嘛，都怕被一些无谓的女人缠上。至于王莉，就让她认为这场“与他老婆的暗战”是她赢了吧。反正也是最后一次了。

欧阳将王莉抱进怀里，他说：“明天我去杭州出差，你跟我去吧。我抽两天时间陪你玩玩。”

“嗯。”王莉搂紧他，终于，心情又平静了下来。

vol.4

李菁被扣了一个月工资后，在公司里沉默了很多。公司在月报上，不指名地批评了一些员工，尤其是老员工，带头在公司闹事，影响工作环境。公司分别对闹事者做出扣发一月和半月工资的处罚。受到不良影响的员工，将得到 1000 元的安慰奖金。

小王虽然庆幸李菁得到了报应，可自己被牵连扣了半个月的薪水还是心痛得要死，早知当时就不踢李菁那一脚了，做个受害者也许还可以得到一些安慰。

处理结果是由庄明朗亲自告诉他们的，用余总的话说，小王是庄总的秘书，还是由他说比较好。

庄明朗严肃地说完处理意见。

小王没有说话，只是点了下头。

李菁立马眼泪就出来了，怨恨地看着庄明朗，这些天她哭了很多次，唯独这次是真的伤心了，为什么她全心全意爱着的男人要这样对待她呢？难道他是铁石心肠？她没有去想事情本身她是不是有错，只是从庄明朗这些天的眼神中看来，他分明是知道自己对他有意的，为什么他还要当面做处罚她的事情？就算他不爱她吧，怎么可以这样对待一个深爱着他的女人？由别人来说不行吗？他分明是一个有风度的男人。

庄明朗在她的怨恨眼神之下，努力保持自己严肃的表情。继续对她俩在公司里打架的行为，加重了批评的语气。完全漠视她的眼泪。

突然，李菁哭得更伤心了。她终于明白了庄明朗是在用这样的方式拒绝她，难怪有几次下班时，庄明朗都到了电梯口，一见到她就说要回去拿东西。那时就觉得像在躲她。

她越发地伤心起来，她还没来得及向他展现自己美好的一面呢。比如说她的文章写得很好，常常发表在报刊上；比如她有那么一小群粉丝，撺掇着她出一本散文集；比如说她为了他买了好几件漂亮的衣服，一件都没来得及穿给他看；比如她确实还保有处女之身这个信息，还没来得及传达给他……

庄明朗和小王都不去劝慰她，任由她独自承担自己造成的恶果。

许久，李菁自己走了出去。背影落寞得有些凄凉。

小王低声说：“也许她这回就死心了。”

庄明朗在心里说了句，但愿吧。李菁直愣愣看着他的眼神，令他害怕。他还是第一次遇到这种女人，还没有见过面，就盯上了一个男人。参与这次调查，就像一次变态之旅。余总没有点破这一切跟他有关，但事情交给他来处理，他很明白其中的原因。

这个世界，真是怪啊。

下午，在茶水间里，刘明德非说要把自己的一千元奖金给小王，补贴她这个月的零用。

小王就是不要。她说："姐夫，上个月我还存了些钱，这钱你给小明存好，后面还有好多要花钱的事情。"

"怎么？小明的事庄总答应了？"刘明德一脸兴奋地追问。

"没，我还没说呢，这两天就说了，我想凭我们小明的成绩一定是可以的。"

刘明德笑笑说："是啊，这小子的成绩没得说。"他又问小王现在和庄明朗的关系怎样。

小王说："他人挺好的，还请我吃过几次饭，没有什么架子。"

见有人进茶水间，他俩立马停止了这个话题。

小王说："姐夫，明天就是清明，我正好调休，你和小明记得请假，要去给姐姐扫墓。"

刘明德点点头，先出去了。

小王随后去了庄明朗办公室，吞吞吐吐半天才说："庄总对不起，我有个请求。"

庄明朗说："什么事这么言重？"

小王吞吞吐吐地说："是……是上个星期吧，你让我复印的那个文件，就是公司准备资助五个高中毕业生去美国上大学的文件。"

"那个文件出问题了？"

“不，不是。”小王的声音越说越小，见庄明朗着急得自己去翻那个文件看，忙稳定情绪说，“其实我是想请你帮个忙，可不可以优先考虑一下我的侄子，也就是行政部经理刘明德的儿子。他今年高三，成绩非常好。”

庄明朗笑起来，坐回位置上。“小王啊，那个文件老板还没有正式批呢。”

“啊？”小王的脸通红了，竟然没有看清楚文件就乱来求情。她连声说着不好意思，便退了出去。

到门口又被庄明朗叫住了。他说：“小王啊，我希望这个文件公司没有公布之前，你没有告诉任何一个人。”

小王心里一紧，打鼓般地咚咚狂跳，僵硬着脖子，点了下头，就赶紧出去了。

庄明朗看着自己公司的会计师刚刚发来的，关于把大成科技员工的两张工资卡合并成一张，以规范税金的交纳，增加员工交税的金额，提高企业社会贡献率的方案叹了口气，万一小王看到这样的文件，怕是问题就大了。很多事员工们是想不到背后的原因的，不知道就只是几十块钱的事，知道了就会令人心寒。

vol.5

清明的下午，一到杭州，王莉就拉着欧阳直奔西湖而去。她这个年纪的人，小时候都看过《新白娘子传奇》。清明时节，白娘子找到了许仙，在一条乌篷船里，一把伞借出去，便成就了千年的爱恋。女人的爱情梦，千百年来，就没有改变过。一个男人，和一个属于自己的故事。

欧阳赖在沙发上说：“下雨，到处都是湿的，等晴了再去。”

王莉不干，说这样才更有意思。她从酒店里把他拖出来，买了把纸伞打上。一路上很多青年男女在撑伞游玩。王莉说看吧，是不是人很多。王莉让欧阳看那些打单的男女，“你知道他们在干什么吗？”

欧阳答不上来。

王莉神秘地一笑，“他们在等人去借伞，顺便把人也借出去。”

欧阳玩笑说：“要不你也去借一把试试。”

王莉不高兴了，在他背上打了一拳。

她挽着欧阳走上断桥。蒙蒙细雨，渐起白雾，笼在西湖之上，似梦，又似掩起了神秘而又凄美的从前。细雨从伞尖上往下划，落了很多在欧阳的肩上。王莉为他拍落水珠，把头搭在他的肩上。

美景当前，佳人在怀。渐渐地，欧阳的心也静了下来，他亲吻着王莉的发丝和耳垂，弄得王莉痒痒的。

她躲他，他又凑过去。

嬉笑间引来不少人的侧目。

相差十五岁的恋人，怎么会不让人侧目？

欧阳看着她羞红的脸，自然的纯美令他的心脏漏跳了一拍，这分明是他初识时的王莉。现在说分手好像太残酷了，他突然有些心痛这个女人，他改说：“那天对不起，没有送你上楼去。”

王莉愣了一下，欧阳从来都是不主动回顾他们的矛盾的，她感觉到了不妙。

王莉笑笑，说算了。她又靠回他的肩上去。

欧阳犹豫了一会儿说：“其实我一直想问你，去年我老婆自杀过后，你也知道，我肯定是离不成婚了，你有没有想过为自己的将来打算一下。”

王莉直直地望着他，说：“等我爱不动了再说吧。”她的眼睛湿润了，她觉得欧阳不应该问这个问题的。他不应该让她有选择。有了选择，结束也就不远了。

欧阳心里一酸，勉强挤出一个笑来。分手的话，没有说出来。

王莉没有了玩兴，说我们回酒店去吧。

欧阳被安排在酒店大堂的沙发上坐着，点上烟，看着表，20 分钟后王莉才准他上去，这姑娘会搞出什么鬼来呢？放好洗澡水？把自己包起来送给他？还是倒好上两杯酒，穿上性感的裙子？

欧阳无奈地笑笑，王莉不知道在他老婆自杀后，他和一双儿女有一个约定，在一年之内，一定与王莉断干净了。否则儿子和女儿就把妈妈接到国外去，再也不理他。他已经将王莉现在住的房子过到她的名下，还有上次送的车，加上一百万的现金，是他目前能想到的可以给她的补偿。原本他不知要怎么开口，近一个月来，王莉对婚姻的渴求让他感觉到了契机。但今天王莉的态度又让他有些担心。

半个小时过去了，还是王莉打来电话叫他，他才回过神来，奔房间而去。

王莉似乎什么都没有做，房间没有变化，她的人也没有变化。欧阳在各个房间找，说怎么连个生日蛋糕都没有呢？他转过头“瞪”王莉，说：“不会今年什么礼物都没有吧。”

王莉指指自己，“我不是礼物吗？”说着，她开始脱衣服，脱得一丝不挂地钻进被窝里去。

欧阳看着她妙曼的身体，似乎比哪一次都要漂亮。他跟着趴上床去，说：“吃蛋糕喽。”

她翻爬起来吻上他，反被动为主动，“谁吃谁还一定呢。”他从来都不是她的，所以她也从来都不吝啬她的主动。

欧阳醒来时已经半夜了，床头的灯开着，王莉的膝盖上放了个蛋糕，见他醒来，便点上蜡烛。她说：“反正你的生日是乱过的，现在只是过了几个小时而已。”

一天没吃饭，欧阳确实是饿了，吹了蜡烛，便大口地吃起来。

王莉说：“其实我还送了一件礼物给你。”

“什么礼物？”欧阳放下蛋糕到处看。

王莉神秘地笑，说："以后你就知道了。"

一连几天，他们再也没有出去，情欲的疯狂像要迎接世界末日的来临。在更多的时间里，他们在房间里说着一些不着边际的话，互相依偎着，欧阳前所未有地回顾了一次他们认识的经过。

王莉考他，"你记得我们是几号认识的吗？"

欧阳说："你来面试那天呗。"

王莉追问是几号。

欧阳笑说回去找人事部查查。

王莉用脚踢他，说："笨！就是今天。"

"今天？4月8号？"

"当然，我是不会忘记的。"王莉搂上他的脖子，把他嘴上的烟拿下来。

欧阳挣脱她，从床上坐起来，说："那我们在一起整整5年了。"

"那是。"王莉用手指划着他的背说，"你都从奔四变成奔五了。"

欧阳笑笑，"是啊，我老了。"他回过头看王莉，很严肃地说："你是该找个归宿了。"

王莉笑说："你怎么又说这个。"

欧阳把她手里的烟拿过来点上，背对着她说："真的，我已经把房子、车子都过到了你的名下。还有一百万的现金，我已经打在你的卡上了。"

他始终没有回头看她，烟雾在他眼前缭绕，他看不到背后，王莉打湿的双眼。

王莉笑说："这是终审了？"

欧阳点点头。

王莉又笑说："是为什么？"

欧阳叹口气，"天下没有不散的筵席，你年纪也大了，真的，该为自己打算打算了。"

王莉沉默了半晌，说了句谢谢。

欧阳烟头上的烟灰集了好长一条，手一抖，就全掉在了被子上。

王莉起身穿了衣服，收拾了自己的东西，走出房间。

他们之前约定过，绝对不缠着对方不放的。

王莉怎么也没有想到，欧阳这次带她出来，竟是为了分手。

vol.6

两周后，王莉才到公司露面。看她完好无损，欧阳的心才放下来。他接收了王莉的辞职报告，问她还有没有什么要求。

王莉冷冷地说："一百万不够，再加五十万。"

欧阳有些惊奇，王莉从来都没有主动跟他要过钱，或是东西。但他点了点头，说："马上就汇到你的账上。"

王莉说："你不用还我钥匙了，我已经换了房子的锁。"说完，便走了，没有跟公司里任何一个人打招呼。

欧阳心里有些堵，这个女人没跟他闹，失落感一下就贯穿了他的心房。

又过了一个星期，人事部请了新的经理，公司里这才炸开了锅，无缘无故的，怎么就这样了？很多以前跟王莉关系好的人变得很紧张，不明所以的恐惧在公司里蔓延。连月报上也没有说更换的原因。

公司里只有李菁很高兴，蔫了好长一段时间的她又抬头挺胸起来，她断定，王莉的消失与她的告密信有关。

欧阳到底还是一个明智的老板啊！

李菁嘴里哼着歌，斜着眼睛看坐在斜对面的小王，盘算着怎么才能把她也收拾了。

小王发现后回看她，用鄙视的神情和充满玩味的冷笑。

气氛越来越紧张，周围的同事感觉到后一个个都不说话了。

突然，一个男人走了进来找小王。他说：“你好，我是庄总的秘书赵诚。”

小王站起来尴尬地笑笑，说：“不好意思啊，请你再等 10 分钟，我马上就收拾好。”

赵诚出去后有好奇的同事过来问，“那是谁啊？”

“哦，那是庄总的正牌秘书，听说是老搭档了。”小王笑着说。

“那你呢？”

“我本来就是临时来顶一下的，他来了，我就不用同时做两个部门的事了。”说到这里，小王的口气也有些酸了，虽然这一切早就注定，但在她的潜意识里，总是觉得，失去这个职位，是因为她向庄明朗讨人情造成的。

她觉得自己笨极了。

对于讨情这件事，庄明朗是有些介意的，秘书的工作太过接近事务的核心，他不可能时时刻刻防着自己的秘书。赵诚是他的高级顾问，也是他的大学同学、公司的合伙人，为了给小王一个台阶下，只好先安个秘书的名分。

庄明朗递给赵诚一枝烟，说：“先委屈你了，过段时间你的办公室弄好了，就搬过去。”

赵诚摇摇头，说：“跟女人有关的事就是麻烦。”

庄明朗笑笑说：“算了，想想以后怎么赚奶粉钱吧。”想起赵诚被女友逼得奉子成婚，庄明朗觉得施乐怡算是善良的了，若施乐怡也来这招，从小就没有父爱的他，怕是就范得比谁都快。他妈妈前两天还打越洋电话给他，说是什么时候让她抱孙子，她什么时候回来。

庄明朗从抽屉里拿出个红包递给赵诚，他说：“你结婚我也没去成，这是我的一点意思。”

赵诚坏坏地笑，把红包推过去。“哥们儿，同学一场，你连我都算计啊？”

赵诚把身子缩到沙发一角，做出很害怕的样子。

庄明朗奇怪地说："我算计你什么？"

"你别装了，我陪我老婆去妇产科的时候可是亲眼看见你们家施乐怡了，还有个医生跟她说，不能生气，要动胎气的。"赵诚看了看红包，说，"你这一送给我，没过几天我再还礼，我还得多送。我老婆可说了，让我们俩谁也别送谁的。"赵诚站起来往外走，一边走一边说，"我老婆是谁啊，那可是咱们班专管班费的。"

庄明朗的脑袋嗡一下就晕了，施乐怡不是去北京了吗？怀孕了？不告诉他？

vol.7

庄明朗疯了一样地找施乐怡，所有他们共同认识的朋友他都问遍了，没有一个人知道施乐怡现在的联系方式。每天晚上，他都躺在床上想，还有哪个朋友是他没有找过的？他猛地坐起来，对了，施乐怡有一个很好的同学，以前一有事就打电话跟她倾诉。可惜这人一直在做二奶，因此从来没有在庄明朗面前曝过光。

庄明朗失望地躺回床上，以前就不应该那么强烈反对施乐怡跟二奶交往的。他双手抱着头，在床上翻滚着，对自己父亲的恨意又燃烧起来，若不是他常年包二奶，自己也不会那么恨那些人，今天也不会找不到施乐怡了。

庄明朗渐渐地就有些疲倦了，中午休息的时候也懒得出去吃，打电话叫个三明治，一边吃，一边恨不能将头埋到电脑里去大喊一声：施乐怡，你给我出来！

赵诚在旁边看着直摇头，嘴里说，"没想到施乐怡比我老婆还狠，也许她想多年以后，把孩子培养成国家领导人之类的，再来告诉你，这是你儿子，但他不可能认你了。”

庄明朗气愤地瞪着他，赵诚收敛了一下表情说：“好了好了，我做回好人。按我的经验，女人到医院做产检，都是有规律的，她既然跟我老婆是同一天，下回你跟我们去不就行了。或者你直接陪我老婆去，反正施乐怡也认识我老婆，不会误会你的。”

庄明朗叹口气说：“行啊，以后你儿子管我叫爸爸得了。”

赵诚打了个响指，说：“行了，会开玩笑就代表不会自杀了。”转身走时，他又说，“不过接下来当和尚的日子，和死了也没什么分别。”

赵诚的幽默是京派的，从上大学起，来南方这么多年，依然保持着贫嘴的习惯。与庄明朗的成熟男人风格不同，他就像一个在野地里乱跑的大男孩，对纯情小女生特别有吸引力。来了没两周，就都哥哥妹妹地叫上了，但他唯独不跟李菁乱开玩笑，庄明朗没有提醒过他什么，像赵诚这样每天被老婆搜得只有一百块钱的人，李菁肯定瞧不上。

赵诚不跟李菁开玩笑不为别的，只是李菁的眼神告诉他，这姐姐渴得太久了，谁去浇灌，谁就得玩命。

他偶尔叫她一声“李同志”，算是在同一个办公室的过路礼吧。

李菁对这一点非常不满，起先她还主动凑过去和他们说说话，后来就变成了制止他们上班时间说笑。赵诚确实不是她喜欢的类型，可他对她不重视的态度，让她非常没面子。

这天她正在接陆莹莹的电话，赵诚又和几个小姑娘在说说笑笑，李菁请陆莹莹等她一下，站起来就开骂，“你们闹什么闹，我正和老板夫人通话呢，你们小声点。”

所有人都噤了声，赵诚冷冷地看了李菁一眼。

李菁对着电话连说对不起，说公司里的新人不太懂事。陆莹莹依然亲切地说：“没关系，你是老员工了，多管管她们就行。”

一听这话，李菁美得不行了。连说：“好的好的，我会尽力的。”

陆莹莹又关心了一下李菁的个人问题。“有没有找到男朋友啊，我给你介绍啊。”

李菁当然希望陆莹莹介绍了，她认识的人档次还能低了？可惜每次陆莹莹都只是说说，没有什么下文，她也就不抱什么希望了。她说：“您那么忙，就别管我了。”

陆莹莹这才开始说正题。“听说你们公司人事部的经理换了，你知道以前那个王莉去哪里了吗？”

李菁觉得奇怪，陆莹莹问王莉做什么。她说：“我不知道呢，我给你问问别人，有消息再告诉你？”

陆莹莹说：“不用不用，我就是以前见她有条项链挺漂亮的，想问问她在哪买的，想买给我女儿。你不知道就算了。”顿了顿。陆莹莹又说：“要是有消息，就顺便告诉我一下。”说完，便挂了电话。

李菁见同事们都在关注她，故意拿着电话继续说：“没有了，同事们工作都挺认真的，刚才是讨论得有些兴奋，呵呵，你放心，员工们都挺好的。”

她又嗯啊哈地说了一会儿，才挂掉了电话。

这回，看谁还敢得罪她。

李菁的狗腿行为虽然令人讨厌，但确实能吓着一些人，否则她也不能在公司里嚣张那么久。像她这样的脸皮，若是她知道自己当初的一个无意识行为，使得欧阳和陆莹莹没有离成婚，估计非让陆莹莹分她些家产不可，这样她也不用为终身大事发愁了。有了钱，还怕没有男人吗？

vol.8

“男人是什么，你知道吗？”王莉问坐在对面的施乐怡。

施乐怡没有想到这次回来，王莉的生活会变成这样。她只好多请了一周的假，陪陪她。还好目前的工作可以远程做，施林刚被打下去，估计不会很快出新招。

施乐怡抢下王莉手里的酒杯，说：“你别喝了，你不是想要这个孩子吗？”

说到孩子王莉又哭起来，哭得撕心裂肺。

周围的客人都看了过来，施乐怡只好拖着她走出餐馆。

王莉死活不愿意回家，施乐怡说，那就只好先住酒店了。她扶王莉上车，从她包里拿了车钥匙，开动欧阳送给王莉的车子。

在酒店的大堂里，王莉已经完全站不稳了，一个女服务员帮施乐怡扶着她，前台给她们开了房。

“施小姐，你不是去北京了吗？”突然后面有人叫施乐怡，施乐怡回头一看是以前一个做房地产的客户老吴。忙上前去问好。

“施小姐呀，真没想到在这里见到你，你当初给我们做的广告不错啊，我这次准备再跟你们公司续签广告合同，见你辞职了，还有些遗憾。”

施乐怡脑子一转，说您签了吗？

“已经答应签了，MO 明早送合约过来签。”老吴说。

施乐怡见是机会，忙请服务员把王莉先送到房间去，别让她乱跑。施乐怡说：“吴总有空的话，我们聊一下？”

老吴看了看表，说：“有半个小时的时间。”

他们到咖啡厅坐了一会儿，施乐怡没有直接劝他转头与天怡静安签约，而是把当初一个完整的广告创意告诉了他。老吴说：“当初你们的策划里怎么没有这一项呢。你们可真会留客户啊。”

施乐怡笑笑，说：“企划要一步步做嘛，一年的时间，只能做到那个程度，有了之前的积累，我们可以在品牌的宽度上有一些拓展，当然，我刚才说的加入慈善的元素，是根据目前的社会环境现加的。吴总在房地产市场做了这么多年，老百姓一年比一年有钱，现在房价又一天比一天高，估计也会开始考虑高级楼盘的开发吧。有钱人的标准和一般人总会不太一样。”

老吴眯着原本就很小的眼睛笑，肥胖的手指冲施乐怡挥了挥说：“施小姐厉害啊，连我们这行的发展方向你都知道，现在我不转向你这边都不行了。”

施乐怡说：“您要愿意我当然欢迎了，相信策划案的质量对您的公司才是最重要的。”

“那价格怎么样呢？”老吴不笑了。

施乐怡肯定地说：“一定比 MO 的低。国内企业嘛，人工比 MO 低一些，倒不是我们拍出来的质量不好。”

“呵呵，”老吴笑起来，说，“不如施小姐跟我一起去参加下面和朋友的聚会吧，我们也可以再多聊聊。就在旁边的 KTV，说不定还能给你找到新客户。”

事情到了这份上，施乐怡也不好推辞，只好一口就答应了下来。老吴立马给他的朋友打电话，说他会带个美女过去。

一路走老吴一路用手试探着去拉施乐怡的手，他的指头刚碰上施乐怡的，施乐怡便把包背到挨着老吴的这边肩上来，双手抱在胸前。老吴又故意在遇到拐弯的地方，一手伸出去说请这边走，一手扶上施乐怡的腰，手指快速地在她腰上磨擦着。还好，只拐了三个弯，就到了目的地。施乐怡悄悄地舒了口气，她有些后悔主动招惹老吴，太冲动了。她以前就听说过老吴有这毛病，但没想到穷凶极恶到了不要脸皮的地步，一般的方法看来是躲不过去的，施乐怡一边想接下来怎么办，一边便进了房间。

KTV 贵宾房里，庄明朗一见施乐怡跟着老吴进来就愣住了，赵诚反应快，立马站起来说：“怎么大嫂跟吴总也认识，早知道吴总的单我们就直接请你出马了。”

老吴回头看看施乐怡，说：“没想到施小姐这么年轻就结婚了。”

不待施乐怡说话，赵诚就把她拉去坐到庄明朗的旁边，说：“我和欧总都可以证明，明朗他今天晚上绝对没有叫小姐。”所有人都笑了起来，施乐怡便不好反驳什么了。大家都在社会上混，总要互相留个面子。而且，也算是把她从老吴手里解救了出来。

她看了看欧阳，两人点了点头。

庄明朗小声问：“你们也认识？”

施乐怡嗯了一声，说以前工作上有过接触。

庄明朗悄悄把施乐怡手里的酒换成了饮料，施乐怡鼻头一酸，心里一暖，女人图什么？不就图关键的时候男人在前面挡一下吗？想想一个女人在外面做事，面对客户时，难免要应酬一下。很庆幸自己不是做业务的，否则令人尴尬的事情会层出不穷。

原来老吴目前真的在建一个高级小区，所有的自动化处理方面都交给了欧阳的公司去做，事情基本谈成了，所以今晚他们才高规格地招待老吴，正事说了一会儿，小姐们就上场了，庄明朗跟欧阳打了个招呼，拉着施乐怡站起来，又跟老吴寒暄了一下，说要先走。

老吴递给庄明朗一杯酒干了，说：“老弟这回帮完欧总，可得去我那帮帮我，现在公司不上市，简直太没面子了。对吧，施小姐。”老吴头一次用这么干净的眼神看施乐怡，说：“施小姐明天把合约传给我吧，MO 那边，我就推掉了。”他写下传真号给施乐怡，送他们到包房门口。

一出门施乐怡就把庄明朗的手甩开了，庄明朗又握了上去，紧紧地，再不放手。

施乐怡说：“我还有事呢，你回去跟他们继续玩吧。”

庄明朗赶紧解释自己真的没有点小姐。其实他也是有些生气的，从理智上来说，他知道施乐怡这样的职场女人，偶尔会应酬男客户，但亲眼看到，还是免不了有尊严受损的感觉。

可现在不是说这个的时候，他又伸手去揽过她的腰。施乐怡没好气地说：

“你点没点跟我没关系。”她伸手去招出租车，被庄明朗阻止了。庄明朗说：“上次在电话里吼你，是我不对，我应该早点去把你追回来的。”

施乐怡不说话，两人你拉我扯地到了停车场。施乐怡不上车，他一放手她就要跑，庄明朗又不敢硬把她塞进去，只好无奈地抱住她说：“你别乱动了，小心伤着孩子。”

“什么孩子？”施乐怡呆住了，抬头看他。

“你别骗我了，赵诚在医院里都看见了，你怀孕了为什么不告诉我？”

“那不是我怀孕！”

“那是谁？”

施乐怡要是说不出具体的人来，他怕是不信。又不好说是陪王莉去做产检，庄明朗若是知道了，早晚欧阳也得知道。不好出卖王莉，她只好耍赖说：“反正不是我。”

庄明朗不信，趁她不注意把她抱进车里，说除非施乐怡能证明给他看，确实不是她怀孕了，否则他是不会让她走的。

施乐怡想发火，想想证明给他看也好，省得以后纠缠不清。

vol.9

车开到庄明朗家楼下，施乐怡让他去买根验孕棒。进屋后施乐怡来不及回顾伤感，就要进卫生间试给庄明朗看。庄明朗一路跟着，非要进卫生间去监督。说是怕施乐怡弄些水骗他。

施乐怡天生敏感，说什么也不同意。

庄明朗坏坏地笑，说：“你还害羞啊？你哪个地方我没有看过？”

施乐怡用验孕棒往他脑袋上一敲，说：“我受不了这种刺激。”

于是两人就僵住了，她不证明，他就不让她走，他把门反锁了，钥匙紧紧地捏在手里。

施乐怡当着他的面又实在尿不出来，只好发了个短信告诉王莉所发生的事情，嘱咐王莉要好好照顾自己。她怕是两三天内不能去跟王莉会合了。

王莉没有回信息，估计是酒没醒。施乐怡有些不放心她，怕她趁着酒劲儿到处跑。看着眼前的庄明朗，恨不能打他一顿。

实在是站不动了，施乐怡倒到沙发上去躺着。庄明朗忙说你动作轻点，紧张的他又是给她拿枕头，又是抱被子的。他就像一个好奇的孩子，坐在沙发旁的地毯上，细细地打量施乐怡的身体，上上下下，左左右右。施乐怡就要被他看疯了时，庄明朗说了句很彪悍的话，“要不是你怀孕了，我现在就把你扔到床上去。”

施乐怡忍不住笑起来，用抱枕砸他。这时王莉回了短信说：不如借机再跟他亲热亲热吧，哈哈。见王莉恢复了平时的状态，施乐怡才放心了下来。

施乐怡平抚心情，坐起来对庄明朗说：“第一个办法，明天你跟我到医院去，当着你的面，请医生证明。第二个办法，我还有几天例假就来了，到时真相大白。你知道，我一向都挺准时的。你选吧。”

庄明朗想了想，“那就选第二种吧，省得你跟医生串通了。”

施乐怡狂笑，说：“医院又不是我家开的。”

“你以为我傻啊。”庄明朗睁大眼睛看着她说，“你刚才短信发来发去的，说不定就是在串通。”

施乐怡想说你可以指定一家医院嘛，想想还是算了，省得他又对出令她哭笑不得的答案来。

她从来都没有发现过，庄明朗对孩子这么紧张。

庄明朗对她的服务可以说是五星级的，又是放洗澡水，又是找睡衣，还说洗完澡有水果享用。以前同居的时候，庄明朗从来都是享受服务的那个，家务从来都不沾手。施乐怡忍不住想报复一下他。

施乐怡在浴室门口抱住他，非要跟他一起洗。

施乐怡以前没有这么撒过娇，共浴这种事一般都是庄明朗死皮赖脸地跟进去。这令庄明朗有些吃惊，他红着脸拉她站好，捧着她的脸说："不行，我要忍不住的。乖，你自己洗啊。"

施乐怡不干，故意抱着他磨蹭。幸好有人打他手机，施乐怡才自己去洗了。

泡了不过十分钟，庄明朗跑来问候了两三次，问水还热不热了，提醒她不要睡着之类的。

施乐怡扔了沐浴露去砸他，他才走远了。

施乐怡之前带走了所有的东西，现在只好拿他的T恤当睡衣穿，下摆正好到大腿根，庄明朗看了她一眼后就赶紧看向了别处。沐浴后的施乐怡比任何时候都漂亮，小脸红扑扑的，皮肤泛着水气，非常性感，有一种慵懒的美。

把施乐怡送上床后，庄明朗说他准备去睡隔壁的房间。

施乐怡没有就此放过他，她坚决不同意，说分开一个多月了，就想要他抱着睡。他不愿意施乐怡就一直跟着他，不去睡觉。她要他说："我还要怀好几个月呢，难道你就一直丢下我不管？"庄明朗只好同意了，洗了澡像根木头似的躺到床上，抱着施乐怡。

施乐怡的手指在他身上上上下下地游走，令他喘息不已。

他自然就吻上了她，然后又停下来，忍了忍，抱歉地说："乐怡，我听赵诚那小子说这时候不能做。"

施乐怡说："你就不想我？"

"想，但现在不行啊。等问问医生再……"

"你就这么在意孩子？"施乐怡打断他说，"那你怎么不赶紧结婚生一个呢？"

庄明朗说："我也不知道，反正既然有了，我就得好好地对他。"

施乐怡明白了，他对于当年他爸爸不负责任的行为，永远都耿耿于怀。

可是，她在他心目中又算什么呢？碰巧是他孩子的妈妈？他还是没有因为施乐怡这个人，这个独立的人而想娶她和她永远在一起，他现在为的是孩子，是他儿时的噩梦。

想着施乐怡又有些火了，把手伸进他的内裤里。

庄明朗低吼一声，艰难地逃开，冲进卫生间里。施乐怡知道他去干什么，说了句活该。

庄明朗一面忙活，一面在心里说：施乐怡，这个小妖精。

完事后庄明朗全身的细胞才轻松下来，他没有再进房间来，倒到沙发上休息。

施乐怡也不想再去逗他，这分明对自己也是一种折磨。她难道就不想他吗？她也是埋了一身的火，特别是在来例假的前几天，她比任何时候都想要他。

施乐怡冲他喊话，“我们分手一个多月了，你就没有再找个女朋友？”

庄明朗艾艾地说：“我为你守身如玉。”

施乐怡说：“我不信，你当初可是还没跟王美欣分手，就找上我了。”

庄明朗笑，说：“这世上有几个你？”

这话虽然夸张，施乐怡听着，不舒服都不行。

vol.10

庄明朗请了三天的假陪施乐怡，或者说是看着她。还好他家里的办公设施比较齐全，施乐怡顺利地完成了与老吴的签约。张全林高兴得不得了，说是立马派一组人过来，配合施乐怡的工作。老吴的楼盘在这个城市里，当然要在这边来拍摄。算算，施乐怡至少要在这里再逗留一个多月。

只是庄明朗不让她用电脑这件事令她非常痛苦，没有电脑怎么工作呢？

说尽了道理，庄明朗就是不让步。

后来施乐怡威胁说不行就跳楼，并且走到了阳台上去，庄明朗才软化下来，同意她一天用两个小时的电脑。

为此,还专门让赵诚帮他送了套防辐射的衣服来。赵诚带了老婆一起来，冲他们挤眉弄眼地笑，问他们要不要订娃娃亲。

赵诚的老婆已经有了六个月的身孕，没有逼得赵诚和她结婚时，她都是低着头走路的，直到上个月，挺着肚子结了婚，才又斗志昂扬起来。脸色也红润了,也不呕吐了。施乐怡一直都不太喜欢这个女的,不想像她这样,太没有自尊了。

赵诚的老婆央求施乐怡教她做糖醋排骨，说是赵诚上次在他们家吃后，一直念念不忘。

施乐怡眼珠一转说：“好啊，我这就下去买菜。”

庄明朗怕她跑，说这事当然是赵诚去了，谁让他嘴馋的。他冲赵诚使眼色，赵诚说：“我有那么笨吗？早就准备好了。”他伸手往门外一提，一堆菜肉就出现在他们面前。

施乐怡有些愤愤的，但见赵诚老婆怀着孕还想着给他弄吃的，又有些羡慕。

四个人一起吃饭，倒真有些两家人聚餐的感觉。他们三人商量着以后给孩子上哪个区的户口。这两个男人从两个月前开始，分别在这个城市的五个城区都囤了十二套房子，小到两房一厅，大到城乡结合处的别墅。赵诚老婆说：“当然是上在离省政府近的区好，你们想，当官的孩子上的学校，还能有错？”这一点赵诚和庄明朗都表示了赞成，只有施乐怡不说话，说了怕是也会破坏他们的快乐。

赵诚当场算了一下，若将省政府旁的两套房子留下来，至少一人损失五十万。

庄明朗说损失就损失吧，总是值得的。

他笑着看看施乐怡，在桌下拉她的手，起初她挣扎，后来就妥协了。

赵诚两口子感觉到了气氛的异常，吃完饭就赶紧拜拜。

他们走后，施乐怡提议到楼下去走走，她挽上庄明朗的手，说："我保证不跑，行了吧。"

庄明朗笑笑，拉着她下楼去。他们在小区内的长椅上坐下，旁边有个音乐喷泉，正在播放《Stay》这首歌。这首歌是施乐怡最喜欢的，当初还是庄明朗把CD送给管理处，让他们播的这首歌。

他们俩相视一笑，施乐怡又有些心动了。她依偎进庄明朗的怀里，她说："你怎么就不想结婚呢？"

庄明朗拉着她的手说："我还没有准备好，没有准备好为一个女人的一辈子去负责任。这个责任太重大了，我怕我完不成。我每次想起我妈半夜一个人哭时，就觉得非常沉重。"

施乐怡说："那你要到什么时候才能准备好呢？"

庄明朗说："以前我也不知道，但我知道你怀孕后，突然就准备好了。真的。"他在她脑门上一吻，说："我们明天就去登记吧，然后在你肚子没有大起来以前，把婚礼办了。"

施乐怡离开他坐好，说："那你还是为了孩子嘛，你有没有想过我的感受呢？"

庄明朗说："也是为了孩子也不是。可以说孩子的到来，给了我一个释怀的机会。"

施乐怡不说话，从他口袋里翻出十块钱来，拉着他到旁边的便利店里买了包卫生巾。走出店门，施乐怡说："我会证明给你看，我们俩真的没有什么关系了。"孩子可以成为他释怀的机会，难道她施乐怡就不配成为吗？

庄明朗半信半疑地跟在她后面上了楼，他有些害怕，怕被打回原形。

直到知道施乐怡怀孕他才知道，释怀的感觉，比什么都好。

这晚，施乐怡没有再逗他，他们各睡各的。半夜，庄明朗被施乐怡叫醒，在卫生间里，用蒙眬的双眼，他看到了用过的卫生棉，心就像落入山谷的石子，一截一截地往下掉，没有尽头的，有些泛凉。以前，施乐怡是绝对不让他看这个东西的。

施乐怡站到他身后，说："怎样？我可以走了吧。"

她拿起自己的包和之前遗留在这里的两个小箱子，走出门去。

上次是早上走，他没有追出来。

这次是半夜走，他依然没有追出来。

施乐怡没有出小区，她在他们白天坐的那条长椅上坐下来，喷泉已经不喷了，周围寂静无声，她一直哭，哭着哭着看到了庄明朗，他焦急地四处观望，小声地唤着"乐怡"，没有找到她，又赶紧跑出小区去找。施乐怡没有叫住他，他的犹豫和彷徨，令她不知所措。

难道她还真要怀个孩子，才能令他死心塌地？

男女关系常常就是这样，分明相爱的两个人，为了心中的某一个黑点，互相伤害，而后分道扬镳。

Chapter 03 是圈养的河马还是野生的

vol.1

施乐怡责怪王莉住院保胎也不告诉她，她还以为那晚王莉好好地在酒店里睡觉。谁知竟因为喝酒影响了胎儿，被酒店的服务员送进了医院。

王莉无力地笑笑，说：“你和庄明朗好不容易又有了机会，我怎么能拖你后腿？”

施乐怡说：“什么机会啊，人的本性是变不了的。我看我和他，这辈子是不可能了。”

“你敢说你对他完全没有期待？”王莉白了她一眼。

施乐怡笑笑，说：“有是有，可这也由不得我，看缘分吧。”她把王莉的床头摇升起来，端起碗来要喂王莉喝鸡汤。

王莉赶紧接过来自己喝，说："你走了可没人再喂我，还是我自己来吧。"

她们都是独立惯了的人，施乐怡有些难过，女人过于独立，也正代表着拥有最孤独的生活。

王莉说："他没有再找你？"

施乐怡说："他没有我的电话，也不知我住哪里。"

王莉说："你拐个弯嘛，你主动找他做个广告什么的，不一定非要直接说感情的事情。"

施乐怡笑起来，说："小姐，你也太落后了，他做的私募基金，是不能做广告的。"

"什么是私募基金？"

"像有名的巴菲特的伯克希尔公司、索罗斯的量子基金都是私募性质的。参与人数是有限的，所以是有钱人才能玩的。在海外绝大部分的富人都是认购私募基金，而不是公募基金。前几年，在中国私募基金常常有'庄家'的意味在里面，现在开始走向正规化了，所以好多像庄明朗这样有着丰富投资经验的人，都下海自己做。"

王莉赶紧摆手让施乐怡不要再说下去，她说她从小数学就不好，什么经济类的东西统统搞不明白。

施乐怡想跟她说这跟数学好不好其实没关系，但看看手机上的时间，有些晚了，便说："我得走了，老吴的那个广告今天最后定案。"

王莉说好，又嘱咐她千万不要把她的事说漏了，老吴以前就知道她和欧阳的关系。

"知道知道，庄明朗那儿我都没有说。"施乐怡又去医生那里问了问王莉的情况才放心地走了。她想如果不是她爸妈把房子卖了带着她哥去外地疗养，兴许还可以叫她妈来照顾一下王莉。

没想到的是，在老吴的办公室里，施乐怡见到了陆莹莹，施乐怡想装作不认识，陆莹莹却先认出了她。“哦，你是王莉的朋友吧？”

施乐怡点头笑笑。去年，陆莹莹发现了王莉的存在，带着人闯到王莉家又打又骂，施乐怡正好在王莉家吃饭，连带着还被打了几下。回去被庄明朗发现后，刨根问底地了解到她还在和二奶朋友交往，还跟她生了好几天的气。

陆莹莹一点也不尴尬，追问她王莉现在去哪儿了？

施乐怡若说不知道，她可能也不信。索性说王莉回老家了。

“哦，”陆莹莹半信半疑地笑笑，对老吴说，“吴总，这房子可就这么订了，你得给我留套好的。”

老吴说：“没问题，我跟欧阳都多少年的交情了，我天天都劝他，让他跟我合一股，他就是不干。”

老吴嘻嘻哈哈地送走了陆莹莹，回过头来跟施乐怡说：“男人有几个钱就不老实，还是你家庄明朗专情，我认识他半年了，没发现他跟别的女人有什么关系。”他一边说一边用试探的眼神看她。

施乐怡不置可否地笑笑，开始谈工作。

老吴的底她从王莉处知道得不少，跟欧阳认识很久了，但他给的价钱低，两人几乎没有合作过，这次能合作成，是老吴开始做高级小区的缘故，成本高了，就有了合作的机会。用王莉的话说欧阳比起他就是优良品种，欧阳跟王莉在一起，至少有过要跟她结婚的想法，这老吴，从来都是同时包几个二奶的货。

所以施乐怡在他面前，完全不否认自己与庄明朗的关系。也不给他机会提问，她现在为何与庄明朗分居两地。只求庄明朗不要在老吴面前，把这事给说破了。

广告方案谈得很顺利，老吴基本没有提什么意见。可惜连日下雨，令广告迟迟不能开拍。所有人都被困在酒店里，原本心情就不好的施乐怡，心里更加闷闷的。除了每天去医院陪陪王莉以外，便无所事事起来。

有时候雨小一些她就打着伞出去走走，走过她和庄明朗以前常去的一些地方。

很巧的，一个晚上她走过一家电影院门口时，看见庄明朗和一个年轻的女孩子有说有笑地走进去，庄明朗还买了一个甜筒给那个女孩，甚至两人是同打一把伞来的。

施乐怡迅速地用手机拍了照，冲到医院去问王莉认不认识这个女的。

王莉一看，说：这不是我给庄明朗安排的临时秘书小王吗？

vol.2

施乐怡在王莉家的电脑里看到了王莉所说的文件，是她离职之前安排的本月生日员工的活动项目，凡是这个月过生日的员工，这天就可以公费玩一天。为了增进公司领导和员工的亲近感，高层们每月轮流给过生日的员工做“陪玩嘉宾”。这个月正好轮到庄明朗。他们早上先去爬山，下午一起吃饭，晚上再去看电影，有时高层们玩高兴了，还自己掏钱请大家去唱唱 K 什么的。

王莉看着表情尴尬的施乐怡，忍不住笑说：“怎么，吃醋了？”

施乐怡白她一眼，没有反驳。

王莉继续作解释，她说这个月过生日的人多，公司的两辆面包车是坐不下的，像庄明朗有车，自然就带上几个，小王做过他的秘书，带她是很正常的。

施乐怡“哦”了一声。

王莉说：“干脆放宽心和他和了吧。”

施乐怡摇头，说：“不能现在将就了，以后又后悔。”

王莉拍拍她的脑袋，“唉，不过你要明白，就算小王对你没有威胁，但庄明朗这样的条件，又是单身，随时都有可能跟别人好上的。他这个年纪，他不想结婚，他妈早晚会逼他。那时，可就晚了。”

施乐怡发呆，不回王莉的话。她何尝不知道，特别是看见庄明朗身边站了年轻的小王后，就更知道了。可这并不能解决她心中的问题。

她说：“王莉，你有没有想过，如果我们不是生活太独立了，离了男人也能活，甚至活得更自由、更好，也许对他们反而没有了那么多要求，管他是被动和我结婚还是主动呢，甚至结不结婚又怎样呢，过一天是一天，有人养一天是一天，有人陪一天是一天。”

王莉点点头，说：“有道理，你就是太强了。”

一个人有一个人的命，所有的事都是注定的。施乐怡这样安慰自己。

好不容易天晴了，王莉正好出院，施乐怡顾不上她，加班加点地投入到广告的拍摄中去。几天下来，眼圈就黑了，皮肤干得可以磨出静电来。一周后片子通过了老吴的审查，施乐怡要随大队人马回北京去。

王莉赶到机场送她，两人眼睛都红红的，施乐怡是累的，王莉是想哭了，施乐怡一走，她真的就只剩下一个人了。

施乐怡拉她到机场的咖啡厅里坐了会儿，说：“不行就跟我去北京吧，好歹你生的时候我可以管你。”

王莉摇摇头，说：“算了，真有事你也抱不动我，一样要叫救护车。”她说：“实在不行就提前一个月到医院住着，我就不相信我过不了这一关。说着又笑起来，说，“你别忘了，我现在也是百万富翁了。我这个二奶啊，没有白当。”

施乐怡为她的自嘲感到心痛，她说：“我会常常回来看你的。”

忽然，王莉换了个背对着大厅的位置，她说：“快看，跟一个男的手拉手进来的大个子女人，就是李菁。”

“哦？”施乐怡看了一眼，说，“怎么没有你给我看的照片上漂亮？”

“照相上相呗。”王莉拿出手机，冲着背后的李菁拍了张照，重点拍李菁身旁的男人。施乐怡和她埋头研究了一下，看起来比李菁小好多岁，二十二三岁的大男孩。

王莉说：“我是老了，你比我小两岁，你敢不敢找这么年轻的？”

施乐怡赶紧摆手，说：“不敢不敢，没这个勇气。”

王莉正发愁怎么躲过老女的视线走出去，那边却闹了起来。大男孩站起来要走，李菁拉住不放。推拉了几下，男的说得更大声了，像是故意要让李菁出丑。他大声喊：“你有病吧，我们俩又没恋爱，你带我回家见你父母做什么？我是说过你像金三顺，这不能代表什么吧。就像你常说的，这些都是假象。”

周围有几个年轻人无声地笑了起来，李菁难为情地跑了。

广播里通知施乐怡将搭乘的航班开始登机，她起身与王莉告别。见王莉又要哭，施乐怡都不敢再看她。与李菁吵架的大男孩和施乐怡搭的是同一班飞机，他和他的一个朋友正好坐在施乐怡的旁边。

另一个男孩嬉笑他说：“叫你别搞什么网恋了，还搞了个这么老的。”

大男孩苦笑了一下，说：“我这回算是知道什么是河马了。”

“什么河马？”

“长得丑的女人就叫河马。”为了不引起误会，大男孩转身对施乐怡说，“你很漂亮。”

施乐怡点头笑笑，继续听他说。

大男孩见施乐怡也有兴趣，说得更起劲了。他说：“河马分两种，一种是动物园里圈养的，另一种是野生的。我刚才见那位就是圈养的，自己形象丑陋吧，还要让人买门票去看，想尽办法招惹别人，生怕别人觉得自己不值钱。野生的那种是自称自己对男人不感兴趣，动不动就清高了，艺术了，升华了，自由自在了，情调了，独身了，其实就算她们想嫁人，也一样是很难的，为了尊严干脆说是自己先不要的，什么宁缺勿滥？都是鬼话。”

他的朋友大赞他说得有道理。

施乐怡听后却很难受，虽然她不是河马，但这个“理论”中所表达出的女人一辈子就想找个好归宿的心情是完全正确的，像她自己，为了令庄明朗觉得她好，累死累活地做家务，学厨艺，从金钱上独立自己，分手了，还要特意给他留些好印象，无非就是希望庄明朗觉得她这个人值得他守护，有朝一日把她找回去。

她想自己要是没有自尊心就好了，像赵诚的老婆那样，怀个孩子，把他拴起来。

一道亮光，惊醒了施乐怡，她揉揉被晃花的眼睛，看到了一部相机。

旁边的大男孩笑笑，说：“美女当前，我不拍张照都对不起自己。”他举起相机又要拍，施乐怡说：“你知道我有肖像权吧。”

大男孩无奈地笑笑，把相机收了起来。

施乐怡闭上眼睛，转过头去装睡着。她不是十几岁了，对大男孩可没有兴趣。

大男孩倒也识趣，没有再来招惹她。他与他的朋友搭着话，说什么他爸感觉到了大批的国内外游资正在进入房地产行业，他爸让他毕业后回去后跟着一起抄。

闭着眼的施乐怡差点笑了出来，他以为是在演电影呢。

这一招，吸引小女生还差不多。

回到北京后，施乐怡拿到了业务提成，虽然她不是业务员，但拉到了业务，张全林还是要给她这个钱的。她立马把钱汇给了王莉，终于把欠王莉的钱还完了。当初还给庄明朗的那五十三万可不是开玩笑，她不但倾囊而出，还欠了王莉不少钱。

这回她租了房子，把带来的家当都安排好，其实不是什么值钱的东西，全是当初和庄明朗在一起的一些照片和他送的一些礼物。零零碎碎的一大箱，还好这次有几个男同事一起走，否则她还拖不回来。

汇完钱她查了查户头，只剩两千块了，离发工资还差半个月，为了防万一，她每天自己带饭到公司吃，和公司一堆小妹挤在一起热饭、吃饭，听听她们说同事的八卦，也别有一番风味。

似乎从一工作起她就没有经历过这样的阶段，那时候一心想往上爬，挣到更多的钱，好为家里减轻负担。别人做五年才能爬上的职位，她只用了两年，以至于后来和庄明朗恋爱时，不知要去玩些什么。庄明朗问她有多少年没有好好玩过了，她竟然说不上来。

她记得庄明朗当时心痛地抱紧她，说以后一定不让她受什么苦。

想着她的鼻子就酸了，一滴泪悄悄地滑到饭盒里去。周围的人都看到了，但她是高层，没有人敢问她原因。

这么多天了，庄明朗都没有找过她，她真的好怕，和他就这么完了。

庄明朗这些天也带饭吃，施乐怡之前给他做好的那些菜再不吃怕是就坏了，哪怕是冻在冰箱里，冻久了还是不好的。

赵诚买了一打方便饭盒，每天跟着他吃，庄明朗不给，他就一直看着，看得庄明朗自己都吃不下去为止。

“你怎么脸皮这么厚？”庄明朗没好气地让他把饭菜分过去。

“谁让你家施乐怡做的饭比我老婆做的好。上回在你家学的糖醋排骨，到现在她做出来的味道都还不对头。”赵诚狠心地分走了一大半，说：“你明天记得多带些。”

赵诚说：“我可要提醒你，找不到施乐怡不要急，千万不能去跟老吴打听。”

庄明朗说：“这个当然，老吴这个人我还不知道？要是知道我和施乐怡分了手，他还不对她下手？现在又正好在挣他的钱，有的是机会。我把我的电脑硬盘恢复了一下，她和老吴签的合约，写的是北京的天怡静安公司，一查 114 就知道了。”

“那你还不联系她？说实话，连我这种不赞成结婚的人，都觉得施乐怡不错了。跟你挺合适的。”趁机，他又从庄明朗那边，捡了块红烧肉过来。

庄明朗何尝不知道施乐怡的优秀，只是没想到他必须要用结婚的方式去换取。之前他觉得这不是“交换”的问题，如今是不换又可惜了。他说：“这回光打电话怕是弄不回来，我得去一次。”

赵诚打了个响指，说：“你终于想通了，有时候对女人啊，你心里不这么想，但嘴上要这么说，不要她让你说实话你就说。你就说你现在非常想和她结婚，就是冲她去的，不就完了？什么没有孩子之前是那样的，有了孩子之后又变了，这种话是说不得的。除非你不想和她在一起，要不就得哄。女人，一辈子都在想，她这个人在你心目中占多重。”

赵诚又问：“如果现在非让你选一个人当老婆。你说你选谁？”

“当然是施乐怡。”庄明朗很肯定地说。

赵诚说：“那不就结了？”

正讨论得热闹，小王突然进来，她说：“庄总，这个菜是不是你的？”

庄明朗一看，确实是，刚才热好了放在微波炉里忘记拿了。

赵诚赶紧接过来说：“这么好的菜你都能忘记了。”他打开来闻了闻，非让小王也尝尝庄总老婆的手艺。

小王好奇心一上来，跑回去拿筷子。上回过生日时，她搭了庄明朗的车，见他没有排斥自己的意思，还请她吃了甜筒，上次求情事件的阴影就算是全过去了。像她这样的人，在公司里总是要找个靠山的，以前王莉对她还不错，她也情愿给王莉当个小跟班。外人会以为吃大锅饭这种事只会出现在国企，他们不知道，在大型的私营企业，也比比皆是，滥竽充数的故事，千百年来就没有终断过。现在固有的高层们要是愿意看顾她，早就看顾了，只有这个新来的庄总，是她可以好好巴结的对象。

小王出去后，庄明朗说：“赵诚，你这是干什么，你分我的饭吃就算了，又叫一个来。”

赵诚笑笑说：“这个你还不明白，这些小姑娘哪个不盯着你，让他们知道你有老婆不是更好？我是好心，怕你错过了施乐怡。”

赵诚自己时常乱来，但道理他还是懂的。前几天他听说了小王的一些事情，他怕庄明朗知道后像对待当初的施乐怡一样对待她，那他这个朋友就完蛋了，小王明显和施乐怡不是一个水准的。

男人在付出的同时，总得先看看货色吧。

vol.3

春天在一场场大雨中渐渐过去了，庄明朗的上市计划在一步步地施行。他每次都想这件事完了，就去找施乐怡，偏偏这件事没完，下一件事又出来了。欧阳的公司看着是正牌的大公司，但内部确实有很多不规范的问题。不知为什么，这一个多月来，许多高层都不愿意配合他的工作，使得一些计划被拖延。

加上国家政策的一些变动，庄明朗忙得如热锅上的蚂蚁。

他的朗玛基金也一天天壮大起来，作为全国零星的几个发展得好的私募基金之一，起板金额提升到了两百万。赵诚两头跑，累得像条狗。

这时，高层们一下想到了一个找麻烦的理由，公司规定在职期间是不可以自己创业的，为什么庄明朗就例外？一时间公司里风言风语地传开来，甚至有人传出庄明朗就要离职的消息。闹得最凶的是老余一手提拔起来的财务副总监，也是老余的小舅子。他以损害员工利益为由，不支持庄明朗对财务工作的一些调整，甚至悄悄跟一些员工吹风说，光工资卡合并这一件事，就是很复杂的。

一时间公司里人心慌慌，觉得公司上市这件事与自己的利益有着最根本的冲突，每天都有不同的同事来找赵诚打听上市的事情，他们无心工作，每天都上网查询关于上市的知识，而后互相讨论。庄明朗犹如一个恶魔，用专业的知识掩盖一些见不得光的目的，也许会置他们于死地。

庄明朗安排人事部就此事发个公告，说明一下合并工资卡完全是为了增加保险金基本金而考虑的，税款也不过增加几十上百元。可人事部说余总不在，这样的通知他们无权发。

庄明朗说余总请了多少天假？

全公司没有一个人知道。

对于管理层们来说，这不过是一次权力的斗争，平时温吞的老余总算是出招了，不管欧阳让庄明朗当总经理的目的是不是针对他，但在他老婆就要退下去的特殊时刻，他很迫切地需要表达一下自己不可或缺的地位。

老余无缘无故成了副总，有人说是欧阳没有良心，见老余的老婆就要从银行行长的位置上退下来了，就想过河拆桥。庄明朗就是欧阳对管理层洗牌的一颗棋子。也有人说靠着老婆的老余原本就是多余的，他家那些混迹在管理层里无能表弟表妹，也早该走了。可是，他们也并不想站出来支持庄明朗，庄明朗毕竟有自己的事业，不见得会愿意使出全力来斗垮老余，他们期待着一颗更有力的棋子出现。

问题出在哪里？庄明朗和赵诚一下子没能想明白，除了老余以外，是哪里得罪了别的管理层？欧阳此时也处处回避他们，甚至找了借口出差去，在真正的原因没有找出来之前，他只有将员工们的怨气都转移到庄明朗身上。

赵诚说："我们这不是吃饱了撑的吗？比大成科技值得投资的公司多的是。"

庄明朗稳稳地坐在椅子上，说："得想办法跟老余言和一下，他和欧阳的事，我根本就不想掺合。"

想了一天，把对内对外的计划都从头看了一遍，庄明朗还是没有发现损害管理层的条款。于是将文件放下，他说："赵诚，算了，我们去喝酒吧。"

赵诚摆手，说他老婆规定的，每周有三天，必须在晚上八点前回家，他这周还差一次。

庄明朗替他无奈地笑了笑，便独自走出了公司。

在电梯里遇到了小王，小王见机会难得，赶紧套近乎说："庄总，公司上市后真的会分股份给我们员工吗？"

庄明朗心不在焉地说："是有这个考虑的。"突然，他感觉到了不对劲，没有公布的文件，小王这样的普通员工是怎么知道的。

庄明朗问："你还听到什么？有没有特别跟我有关的？"

小王愣了一下，想自己不过是想跟他搭搭话，难道又说错了什么？

庄明朗放缓声音说："你说说，没关系的。"

小王犹豫了一下说："就是公司里有传言说等上市后，你会分到很多股份，会成为我们的小老板，而且会把以余总为首的老员工都解聘。"

"哦。"庄明朗笑了一下，问题，原来是在这里。

真正的传言是这样的，说庄明朗会大量分走欧阳承诺给管理层的股票。而公司管理层有三分之一的人，都是老余的亲戚。

知道了症结，就好办了。欧阳专门开会说明，请庄明朗来之前，他的公司就成立了，而且庄明朗的明生信托投资公司不但为大成操盘上市，他的朗明基金也是大成融资的一个重要来源。高层们这才放了心，庄明朗和欧阳是公司与公司的合作，而非他们所想的一个新来的会与他们分利益的高级管理人员。

赵诚专门找了一些影像资料，为高层们恶补了一下金融知识，风波才算是过去了。

过了一周，欧阳又宣布，员工们增加的个人所得税款，增加部分由公司承担一半。怨气渐渐消了下去，欧阳还是一个好人。

有了具体的目标，赵诚在公司里查了一圈，结果超出他们的想象，是普通的行政部员工李菁散布出去的消息。据第一波收到信息的人说，李菁说这些内幕是欧阳的老婆陆莹莹告诉她的，所以大家就都全信了，包括老余——这次准罢工事件的策划者。

赵诚笑说："这都是你欠下的感情债啊。"

庄明朗皱皱眉，说："又是那个小前台跟你八卦的？"

赵诚拍拍他的肩，说："对这种女人不能太心软了。"

庄明朗点点头。

老余一下子还动不了，他们只好先动李菁威慑一下。不能再有这类事情发生了，拖慢了上市的进程，到时如果大环境一变，有些事就不好办了。朗玛基金有三分之一的钱都投到了大成科技，大的差错是出不得的。

赵诚收集了一些李菁散布谣言的证据交给欧阳，欧阳收下了，却没有做出批示。他让赵诚先回去，他准备具体跟庄明朗说说这个事情。

欧阳周日把庄明朗约到河边钓鱼，他说李菁和他夫人是好朋友，为了家庭的和平，他希望可以再给李菁一次机会。

话说到这份上，庄明朗也不便坚持。只好说那希望欧总的夫人可以劝劝她，这样做对公司非常不利，这样会直接减慢公司上市的速度。而且老员工的骄纵问题，确实对大成的长远发展不利。

欧阳点点头，顿了顿说："那个财务副总监倒是应该处理一下，公开反对上市，这不是一个管理层员工该做的事情，公司的意志都能反对，这种人怎么让人信任？"

庄明朗说是的。看来欧阳真的要对老余出手了，站在一个老板的角度想想，像老余这种完全不懂技术，又无业务才干，只能管管行政的总经理，确实有些多余。老余仗着老婆的权力横行这么多年,欧阳也算是给够了回报。

庄明朗这才完全明白欧阳非要让他进入大成当总经理的原因，他成了引蛇出洞的一颗棋子，老余因为他的到来而按捺不住，犯了错误，给了欧阳解决他的突破口。

庄明朗倒也不生气，生意场上，本就不是用来交朋友的。

两人正聊着，欧阳就钓到了鱼，很小，欧阳便放了，又把鱼钩放下去，想了想，他说："处理财务总监的事，我想还是和老余商量着办，毕竟是他小舅子，得给他们留个面子。"

第二天，赵诚去到老余的办公室，他先赔了罪，说他和庄明朗都不知道财务副总监是老余的小舅子，否则他们在清查这次抵抗上市的事件时，就不会把他算上了。

赵诚把欧阳签的意见给老余看，说现在要求他离职，不知要怎么办才好。

老余虎着脸说："你们想开除就开除喽。"

赵诚说余总："这个事确实是误会了，早知道你们的关系，当初有矛盾时，我们直接请你出面调解就完了，可惜现在走到了这个地步。"赵诚从口袋里拿出封信，说："这是我和明朗联合写给我们同学的推荐信，介绍你小舅子去他的财经学院教书，他有硕士文凭，教书应该是没有问题的，又是事业单位，若能混个编制就更好了。"

老余立马高兴起来，小舅子因为听了他的话闹事而丢了工作，他正愁怎么跟老婆交待，现在给他找了个新的，压在心上的石头便下去了一半。

他把赵诚拉过去坐下，说："小赵想事情就是周到。他之前跟你们捣乱确实是他不对，我都批评过他了。"

赵诚说："哪里哪里，他也是为了员工们好，只是我们操作一件事情，要想长远一些，上市后，员工们也是有好处的，现在付出一些代价也难免。"

老余连连点头，手指在欧阳的解聘意见上划了划，说："小赵可不可以再给个面子。这个文件先不要发，我让他自己辞职？"

赵诚故意想了想，说："好吧，反正欧总出差了。"

庄明朗很快批了财务副总监的辞职报告，他是想给老余留个面子，一方面是没有必要把事情做绝了，另一方面是老余的老婆虽然退了，总会还有一些关系。但他并不同意赵诚搭末班车的想法，老余的老婆毕竟只有一年就退了，能给他们批多少贷款？就算能为赵诚的老婆在银行里安排一个好的职位吧，凭赵诚老婆的手腕，在老余的老婆退出后，她又能掌握多少实权？

可赵诚老婆的不好赵诚可以说，他庄明朗却不便说。反正解决过程是一样的，庄明朗也就不再与赵诚争论了。

两天后，财务副总监败走辞职的下场，令全公司的人都对庄明朗肃然起敬，手腕厉害啊，多年来，没有人能动余总一家。

只有李菁不佩服他，分明自己才是始作俑者，他庄明朗不是也不能把她怎样吗？

她打的是陆莹莹的牌子，除了欧阳谁也不能把她怎样。

其实，陆莹莹和李菁的关系也不算什么朋友，只是在李菁无意中立功后，似乎在欧阳和陆莹莹之间，她成了陆莹莹的人，若欧阳动她，就有了针对陆莹莹的意思。他不想家里再有什么风波，所以对她一直姑息着。

李菁不知道这个原因，在王莉离职后，便自我膨胀起来，似乎公司里每一个人的命运都可以被她掌控。陆莹莹最近又特别待见她，她才敢对庄明朗下手。

这天陆莹莹约她一起去美容院做SPA，做完后欧阳来接她们，欧阳看见她笑眯眯的，主动配合陆莹莹请她到家里吃饭。

吃饭时陆莹莹故意当着欧阳的面打听王莉。

李菁叹口气说：“这人也是怪，在公司做了也有两三年了，竟然没有什么朋友。我问了好些人，都不知她去哪里了，都说跟她走得不太近，连她家在哪个区都没有人知道。”

欧阳知道陆莹莹说这个话题的意思，只好硬着头皮听李菁编排王莉。

李菁说：“这人确实很怪的，消费完全超出了常规。她的包是名牌，化妆品是名牌，衣服也全是名牌。并且每个月都买很多哦。”李菁说着说着就露出了羡慕的神情。她用眼神瞟欧阳，希望欧阳可以就她告密的事表扬一下她。

但欧阳什么表情也没有，安静地吃自己的饭。

陆莹莹偷笑了一下，说：“不如下午我们也像她那样去挥霍一下吧。欧阳，你出钱好不好？”

欧阳点点头，说：“随便。”

李菁心中窃喜捡到了便宜，面部保持着冷静。

最近这一两个星期，李菁与陆莹莹结伴，把王莉常去的美容院、健身房、服装店和餐厅都逛了个遍。

她们像王莉的粉丝一样，踏遍了王莉曾经的足迹。

有一次去健身房时，还遇到了庄明朗。庄明朗见陆莹莹在，便主动过去打了招呼。李菁在一旁甜甜地笑，从这次抵抗上市事件就可以看出，若庄明朗早知她和陆莹莹的关系，也许之前就不会那样对待她了。于是，她想再给庄明朗一个机会。她提议大家一起坐下来聊聊，陆莹莹见庄明朗有些犹豫，便说：“李菁，你忘了我们还要去逛街吗？”

李菁脸色一变，赶紧说：“是呀，那我们快走吧。”

虽然她一直都知道陆莹莹没有把她当成什么好朋友，却没有想到，她连这样的面子都不给她，她有些灰心，走到门口说自己可能要来例假了，肚子痛，想先回家。

陆莹莹也累了，见庄明朗正好开车出来，便让司机送李菁回去，自己搭庄明朗的车走了，留下李菁一个人，跺脚，生闷气。

陆莹莹和庄明朗都当没看见。陆莹莹问庄明朗：“妈妈还好吧？”

庄明朗说："还在到处旅行，挺高兴的。"

陆莹莹说："要是能让她赶紧抱上孙子，会更高兴。明朗准备什么时候结婚？"

庄明朗笑说："还不知道。"

陆莹莹说："我知道。"

"哦？"庄明朗不明白她的意思。

陆莹莹笑说："你们现在的年轻人啊，都是肚子大了就结了。"

庄明朗笑笑说："确实有人是这样，可惜我还没有那个福气。"

接着，陆莹莹话锋一转，说："你们刚离职那个王莉，不会也是怀孕了才突然离职的吧？"

庄明朗摇摇头，说他不是很清楚。

陆莹莹有些失望，看来她要找到王莉，只有找私家侦探出马了。她之前到王莉家闹过后，欧阳就给王莉搬了家，她死活都问不出地址来。

庄明朗送完陆莹莹又到公司里去处理了一些事情，走出办公室时已经是凌晨一点。他开车回家，有些饿，施乐怡做的饭菜早就吃完了，他想转到夜市去买点吃的。

一家小吃摊的生意不错，庄明朗停下车，摇下车窗让老板给他炒两个菜送来。

老板答应着，也不看他，动作麻利地弄了两个菜，一个女的用袋子把方便盒装了，给他送过来。

"小王？怎么是你？"

穿着服务员衣服的小王，一身的油烟，不好意思地叫了声"庄总"。

庄明朗再看那个厨师，那不是刘明德吗？

小王看出他的疑惑，说："每年夏天我都和姐夫在这里摆小吃摊，他手艺不错的。"庄明朗给她钱，她不要，推了几下，庄明朗说那就要还她的饭菜，她才勉强收了。难为情地说："我去忙了。"

庄明朗发动车子回了家，几下子把买回来的饭菜吞下去，刘明德的手艺是不错，但还是不如施乐怡。

对她的思念如潮水般涌来，像赵诚说的，现在他无论是心理上、情感上、生理上，还是生活上，都特别需要施乐怡。再找一个，又花时间，还不一定比施乐怡好。

现在连打扫卫生、洗衣服之类的事，都需要赵诚的老婆按时打电话让钟点工来做。没有施乐怡之前，他可以过这样零乱的生活，有了她之后，他再也过不回去了。

清心寡欲了这么久，他的身体无时无刻不在想施乐怡。躺下，烦躁得睡不着，庄明朗便起床来上网，QQ 万年隐身的施乐怡竟然在线。庄明朗快速地打过去三个字：我想你。

很久，施乐怡才回了个"哦"字。

庄明朗要求语音，施乐怡拒绝。他又要求，她又拒绝。

他问为什么要拒绝？

施乐怡说：等等，我正忙。她确实在忙，上个星期，施林发起了反击，为了整她，串通了自己老婆的妹夫来找她麻烦，她老婆的妹夫是一家大型食品公司的老总，施林两年前接了他们的电视广告来天怡静安做，上周突然说自己找不到灵感，今年的广告需要公司另派人帮帮他。他说他妹夫说了，广告创意只要能过了他这关，他们那边就没有什么问题。这种稳赚的事张全林当然是不想失去的，便遂了施林的意，安排施乐怡接手这个单子。施林作为她的审查人，在三周之内，否定掉了她四个方案。这一周来，施乐怡都在找资料，酝酿灵感啃这个硬骨头。要想办法完成这桩刁难百出的业务。

庄明朗知道她这么晚不睡必然是在找灵感，便说：你先忙，我等你。

眼看着就要四点了，施乐怡见他还在线，就主动发了语音的要求，庄明朗快速拒绝，发了视频的要求。他说等了这么久，总得让我看看。

施乐怡笑，说：你看了出问题可不能怪我。

确实出问题了，施乐怡把摄像头对着了地面。她能看到庄明朗，庄明朗却只能看见她一双脚，有些肿，她一熬夜，脚就会肿。

施乐怡惊讶地说：你怎么不穿衣服？

庄明朗站起来，说我穿了内裤啊。他扯了扯内裤，问她需不需要他脱光了让她见见老朋友。

施乐怡骂他是色情狂。

他说：让我看看你吧。

施乐怡不干。

他说：那我求你，求你让我看看你。

施乐怡说：我现在不归你管了，我不听你的。

他说：那你归谁管？

施乐怡说：我归我自己管。

还好她没有说归另外一个男人管，庄明朗傻傻地笑，说：老婆让我看一眼吧。

施乐怡不说话了，急得庄明朗一连串的喂过去。

施乐怡半天才严肃地说：我不和你开这种玩笑，我真的要忙了。

庄明朗赶紧说：五分钟，再给我五分钟。

施乐怡同意后，庄明朗说：我求你了，回来和我结婚吧，我明天就去接你回来，跟你们老板谈解约。

施乐怡想了想说：你是想要孩子了吧？

庄明朗说：不是，我就为了你。实在不行我们这辈子都不要孩子了。

呸呸呸，施乐怡说：你才断子绝孙呢。

庄明朗听出了她声音中的的笑意，赶紧说：我们见一面吧，我一定让你相信我，我是真的离不开你，想和你结婚。

沉默了一会儿，施乐怡说：这些话都是赵诚教你说的吧，光演场戏给我看有什么用？你心里怎么想的才是重点。

有，绝对有。庄明朗一再地保证。

施乐怡原本也没有从心里面真正放弃他，在他的一再恳求下便答应了再给他一次机会，说自己下个月十三号会回去两天，到时再见。

庄明朗趁热打铁，说：那让我看看你吧，我想你就要想疯了。

施乐怡说：真的要看？

庄明朗重重地点头。结果看到了一个额头上包着纱布的施乐怡。

怎么回事？庄明朗紧张地问。

施乐怡说：以后见面再说吧。在他的一再要求下，施乐怡给他留了手机号码。而后，下了线。

她没有看到，这边的庄明朗，在担心她的伤势之余，早已站起来拍手叫好。他自言自语地说：赵诚这厮说得没错，嘴甜点，脸皮厚点，绝对是有用的。

vol.4

施乐怡一整天都失魂落魄的，她还是失望了，太阳已经落下去了，也没见到庄明朗的半个影子。庄明朗见她受伤并没有马上飞过来看她。白费了她那么久的时间，故意把用过的纱布，拼拼凑凑地包到头上。说来也是倒霉，好好地跟同事们去郊游，竟然被马蜂叮了一口，包药一直包到前天，才不用再包了。她原想自己试试他，才能放心。可惜失败了。

下午，施林吹着口哨走进她的办公室，啪的一声，把策划案扔在她的桌子上，说：“美女，这个方案客户不可能满意啊。”

施乐怡正愁没处发火，把策划案一扔，说：“做了五遍了还不满意，不满意我也不做了。谁想做谁做。”

施林把策划案捡起来，砸到她桌子上，说：“你不做也得自己去跟老板说。”

施林砸得重了些，文件夹的一角划过施乐怡的脸，顿时就有了一条红印。施乐怡捂着脸哭起来，越哭越伤心。

同事们都进来劝慰，张全林都惊动了，把施林一顿好训。

“你怎么能动手呢？”施乐怡的助理小米问施林。

施林说：“我没有啊，是扔文件时不注意划的。”施林越说越小声，他算是一失足踩了马蹄了。

小米给施乐怡拿来镜子，说：“你看，伤得不严重的，明天印子肯定就消了。”

施乐怡哪里听她的，自顾自地哭着。其实，她伤心的是，因为任性，她可能真的把庄明朗弄丢了。

张全林见这架势，说：“施林啊，你先道个歉吧。”他冲施林使眼色，施林只好无奈地说了声“对不起”，声音小得连站在旁边的人都要竖起耳朵来听。

这时前台带了个人进来，说是找施乐怡的。施乐怡一看，是王莉，挺着凸起的肚子，一脸疑惑地看着她。

施乐怡勉强地笑笑，说：“谢谢大家，大家都请回去吧。”她把桌上的策划案拿起来，跟张全林说：“张总，我尽量在三天内再重做一份给林哥。”

施乐怡忍着泪把王莉迎进来，说：“你怎么来了？”

王莉说：“先看看我的肚子吧，是不是比之前大了好多？”

施乐怡用手摸了摸，说：“你这肚子也大得太快了吧？”

王莉高兴地说：“是双胞胎呢，所以三个月的肚子有人家五个月的大。”

“啊？”施乐怡高兴得叫起来，引来不少人的侧目。

站在门外安慰施林的张全林笑笑，拍拍施林的肩说：“你看，女人就是这样，一惊一乍的，一会儿哭一会儿笑，你也别多想，男人嘛，心放宽一些。”

下了班，施乐怡带王莉回家。王莉一路上抱怨，她家楼上那家在装修，天天敲得叮叮当当的，像她现在这样二十四小时在家里待着根本就受不了。

“干脆，我就来投奔你了，趁我现在还动得了。”王莉把头靠在施乐怡的肩上，这是她目前唯一可以栖息的地方。

施乐怡见她很疲劳的样子，安排她睡下，便准备去超市买菜回来给她好好补补。刚走下楼，突然有人从背后把她抱了起来，她大叫救命。

身后的人说：“别叫别叫，是我了。”

vol.5

是庄明朗，他把她放下来，施乐怡刚刚收回去没多久的眼泪又滚了出来，她不知道她是被他吓着了还是自己太高兴，她一边哭一边捶他，捶得庄明朗笑呵呵的。

在昏黄的路灯下，庄明朗盯着她的头看，说：“我怎么没找着伤口呢，伤口在哪里？”一边说一边笑，笑得施乐怡不好意思起来。

“谁跟你说有伤口了？”施乐怡狡辩，“我跟你说过吗？”

庄明朗的头压下来，重重地一吻，他要撬开她的嘴，被施乐怡推开了。施乐怡小声说：“有人看见。”

“那我们进屋去。”说着庄明朗就拉着她上楼。

施乐怡一下子想起了王莉，说：“你还是去住酒店吧。我那水管坏了，我也得找别的地方住。”

庄明朗把衬衫的袖子挽起来，说：“那我正好给你修呀。”他往上走，施乐怡又给他拉下来。

庄明朗故意唬着脸说：“怎么，藏了男人了？”

施乐怡往他腰上捏了一把，说：“你胡说什么，是我最好的朋友，你不想见的人了。”

“谁？那个二奶？”

施乐怡点点头。庄明朗又拉着她往上走，说：“为了你，我可以忽略你朋友的职业和性别。我保证不乱说话。”

施乐怡再次把他拽下来，说：“人家也不想见你了。”说完她自己冲下楼去，庄明朗只好追出来。他是来哄她回去的，只好将就她了。

施乐怡把车钥匙递给庄明朗让他开车，想着自己刚才态度也不太好，就把头靠到他肩上说：“我是一室一厅的房子，你去了，她就没地方住了。”

庄明朗搂搂她，说：“全凭你安排。”

施乐怡一路上给王莉发短信，又是不好意思，又是对不起的。

起先王莉还骂她重色轻友，而后又劝她今晚一定要把庄明朗拿下，不要再过这种动荡的生活了。她申明自己是不会走的，至少得在施乐怡这里住满一个月，让施乐怡和庄明朗都滚到外面去。

王莉这样轻松，施乐怡才安心了些。她又给楼下的饭馆打电话，让她们每天给王莉送饭，特别是要多煮些有营养的东西送上去，并承诺她会付双倍的价钱。

等她忙活完，庄明朗酸酸地说：“还说不是藏了男人，对他这么好。”

施乐怡把嘴凑到他耳边说：“是啊是啊，你管得着吗？”

庄明朗见前面有个停车的地方，把车往路边一停，就扑了上来，说：“你看我管得着管不着。”他的头一下子就埋进了施乐怡的胸前，隔着薄薄的连衣裙子，又啃又捏的。施乐怡尖叫起来，还好是晚上，要不丢死人了。她把他强行拉起来，说：“我要被你气死了。”

见施乐怡真的有些生气，庄明朗赔着笑说：“好，好，到了酒店再说。”他暧昧地冲她笑，笑得施乐怡脸都红了，双手护在胸前，防范他再次偷袭。

谁知车子竟发不动了。

庄明朗拍着方向盘，说："你们公司怎么给你配这么个破车，比 MO 差远了，明天我给你换辆新的。"

施乐怡伸手过去试着发动车，还是不行。她说："谁让你野蛮驾驶的，你开那么快干什么？"

但两人都不想因此吵架，于是拦出租车的去拦出租车，打电话叫拖车的忙着打电话。电话打通了，出租车却没有拦到。施乐怡说只好走路了。

庄明朗赶紧弯下腰，用背对着她说："来，老婆，我背你走。"

施乐怡一巴掌打在他背上，"不准叫我老婆。"

庄明朗说："好，美女，老公背你走。"

施乐怡忍不住笑起来，帮他提上旅行袋，跳到他背上，拧他的耳朵说："我就知道赵诚那混蛋不会教你什么好东西，才几天，他的油腔滑调你就全学会了。"

庄明朗抬起头来看看路牌，说："有一样肯定不是他教的。"

"什么？"施乐怡说。

"我下面带你去的地方，那混蛋肯定不知道。"

"哪呀？"

"你看，往右拐，第二个路口，有家酒店，那里有个 1302 房。"

施乐怡一听就明白了，脸红到了脖子根，那是她两年前把自己给他的地方。

那时他们刚刚恋爱了两个月，施乐怡来北京出差，庄明朗悄悄地跟了来，在飞机上看到庄明朗时，施乐怡感动得哭了好久。

起先还正正经经地开了两间房，施乐怡忙工作上的事情，庄明朗前前后后地给她打下手。那时施乐怡刚做上项目经理，在同事间的威信还不太高，好些事都得自己做。所以，庄明朗的到来，令她非常感动。

那个广告是在故宫里拍的，光是选景就用了好几天。到第三天时，施乐怡的嗓子就哑了，每天累得腰酸背痛的。

凭良心讲，那时候庄明朗确实没有打什么鬼主意，十几个同事都挨着住呢。他每天监督她吃饭，给她放洗澡水，叫她起床，都是因为心疼她。

偏偏在完工的那天，全身放松的施乐怡，打着磕睡去的浴室，一只脚刚刚伸进水里，就重心不稳地摔了一跤，恐怖的尖叫声，把庄明朗请进了浴室，这下全看见了，柔嫩的肌肤，玲珑的身材，以及施乐怡火红的脸。

动作还算快，他扯了块浴巾把她包起来，抱到床上。施乐怡就像一只被打落的小鸟，可怜兮兮地掩起自己的身体。庄明朗克制自己不去看她，让她动动手脚看有没有伤到。

没有。施乐怡哑着嗓子说。

这个沙哑的声音就像一把钥匙，一下就开启了他欲望的阀门，非常丢脸的，他有了生理反应。施乐怡别过脸去，一下子全身都通红了。庄明朗像一头不可控制的野兽，疯狂地扑向了绵羊。

在施乐怡疼痛的呼喊声中他清醒过来，看着身下的她，痛苦的表情以及湿热的鲜血，他有了前所未有的幸福感。事后，他在心中暗骂自己，你还天天装前卫呢，原来也有处女情结。他一晚上都兴奋着，看着施乐怡熟睡的脸，把她抱得紧紧的。他从来都没想过施乐怡这样的美女会是处女，之前按年轻人的恋爱原则，他也没有问过她有没有恋爱过。他就这样一直看到她醒来，对着她傻笑。

施乐怡把脸埋进被子里，说："你笑什么？"

庄明朗隔着被子把她抱起来放在腿上，问她以前没有恋爱过吗？

"是啊，很可惜的，青春都白费了。"施乐怡把脸露出来，非常遗憾的样子。

庄明朗对这个表情非常不满，掀开被子就要来第二回。施乐怡一躲，说了句，"要是怀孕了怎么办？"

庄明朗说："不会这么巧吧。"

"你怎么知道不会。"施乐怡严肃地说，"不行，你赶快上网查查要怎么办？”她把他推下床，催促他快一点。

回想到这里，背着施乐怡走了大半条街的庄明朗笑了出来，他说你那时候怎么那么不解风情？非要让我去查避孕的方法，那种时候还那么冷静。

施乐怡装做没听见，不回答他。

庄明朗说：“我把你扔下去了，敢不说话。”

施乐怡还是不说话，把头埋在他背上笑。她哪知道是为什么啊，人的本质是很难解释的。

到了酒店，庄明朗已经很累了，他一再警告施乐怡，必须要减肥。他深呼吸了几下，走到前台问1302房有没有订出去，前台一边查询一边看在一旁偷笑的施乐怡。

没有。先生要订吗？

订。庄明朗点点头，手一挥，拉着施乐怡，兴奋地奔上楼去。

一进门庄明朗就把施乐怡扔到床上，几下子就剥了个精光，庄明朗把衬衫脱掉，施乐怡扯着他的裤子。

庄明朗说：“等等。”他蹲下在旅行袋里找着什么。

施乐怡喘息着说：“你干什么？”

庄明朗说：“拿套子。”

施乐怡一把把他拉过去，说不用，安全期。

vol.6

精皮力尽的施乐怡趴到庄明朗的身上，她说：“你不是说你有什么办法让我相信你吗？啊？”

想蒙混过关的庄明朗说：“就是这个喽。”他伸手捏了捏她的屁股。

施乐怡双手搂上他的脖子，说：“你蒙我呢。”

庄明朗只好说：“有了有了，开玩笑的。”

有什么呀，他本想施乐怡用受伤试过他就行了，赵诚那小子说的什么寻死寻活的方法就不用了。再说他也做不出来。想了想，他用脚把床下的衣服挑起来，从外衣口袋里，拿出一对戒指来。附带着一张发票。他说：“你看，这发票上的日期，就是你赌气跑了的前一天，看到没有。我那个时候就觉醒了，是你不给我机会。”

施乐怡看看发票，果然就信了，她耍赖说：“你还怪我啊。那天你下班回来那么久，你什么也没说，我第二天早上出去，你怎么不追出来呢。”

“我那时光着屁股呢，你忘了？等穿了裤子出去，你都不知跑到哪去了。”估计这辈子就是打死他，他也不会告诉施乐怡他根本就没追出来。他倒打一耙地说，“下次再跑就打断腿。”

施乐怡冲他做了个鬼脸。

庄明朗说：“乖，回去跟我结婚吧，我再一个人待着，非疯了不可。”他赶紧把戒指给施乐怡戴上，又让施乐怡给他也戴上。

他在心中窃喜，这是一个网友教他的办法，竟然管用。其实他那时买的戒指只是一个，这一对，是今天下午出发时现买的，发票上的日期，他让店员在他这张上做了手脚。施乐怡翻身下来躺好，说：“事情都这样了，公司这边我也不好说走就走的。”

庄明朗说：“按合约赔偿不就行了，我明天就去找你们老板谈。”

“哎呀，不是钱的问题。”施乐怡说，“你想呀，我还得在这行混呢，不能做这样的事，至少得有个合理的理由，才好解约。”

“结婚不是理由啊？”

“我来了才几个月，不太好了。至少要把我手里的客户，好好安抚在人家公司里，才好意思走吧。”

庄明朗把她搂进怀里，试探着问，“你能不能不工作了，以后就在家里待着。”

施乐怡反应迅速地说："肯定不行，我这么多年的努力。"她可怜兮兮地看着他，庄明朗就心软了，职场打拼不容易，他明白。而且施乐怡家里为了给她哥看病，把房子也卖了，按施乐怡的自尊心，是一定想自己挣钱买房的。

想想，庄明朗又贼贼地笑起来，他想这公司再好，也不可能不放一个怀孕的人走吧，又是高层，人工那么高，生孩子肯定要放假，生完孩子回来还不见得能安心工作。他的主意拿定了，但怕施乐怡误会他来找她是想生孩子，便没有说出来。他把头窝进她的肩膀，沉沉地睡去。

人的心情一好，什么都好。不过一早上，施乐怡就把施林刁难他的策划案给改好了，因为前一天为了这事才闹过，施林不好再在这事上发作，便没有再找麻烦。

还是小米的眼睛尖，一下子就看到了施乐怡手上的戒指。

"呀？乐怡姐，你要结婚了？"

施乐怡笑笑，没有回答她。

"乐怡姐，昨天来公司找你那个帅哥是不是你男朋友啊？他来的时候，我们都下班了，还好我没走，给他画了去你家的地图。"

"谢谢你，小米。"施乐怡递给她一块巧克力，这是今早她醒来时，庄明朗送给她的，一大罐，让她分给同事们吃，不准她吃，省得吃胖了背不动。他捧着她的脸吻了又吻，终于在早晨的光线中发现了施乐怡脸上的划痕。他用大拇指轻抚着，说："这是怎么回事啊？"

施乐怡一向不喜欢把工作中受气的事告诉他，又不是要让他去找人拼命，知道了也只能担心，或是不让她再去工作。

所以她拉起他的手，说："还不都是你干的好事。"她把裙子的领口拉低些，指着上面的吻痕说，"哪一个不是你干的？"

庄明朗一下有些蒙，他也不确定他有没有划过她的脸，看了看自己的指甲也不长啊。他说，那我把指甲再剪短一些。

女孩子们都涌上来看施乐怡的戒指，有个女孩说："这个好贵的呀，我上个月还拉我男朋友去看过，他不买这个来求婚，我坚决不答应。"

再不虚荣的施乐怡在这些声音中也变得幸福起来，看着每一个同事，都觉得很亲切，包括施林在内。她把一盒巧克力都拿给施林，说："林哥，把脂肪都长到你身上去吧。"施林接过去，感觉怪怪的，这女人疯起来一样没有立场。

而后有人发现她今天没换衣服就来上班了，办公室里的人都笑得贼贼的。

施乐怡下了班赶紧回去看王莉，她躺在床上看电视，一边摸肚子，一边做出满足的样子。

王莉看见施乐怡就坏坏地笑，说："怎样？这回要嫁了吧。"

施乐怡点点头，说："得把工作的事好好处理一下，还是要花些时间的。"

王莉坐起来说："你先领个证啊？你不急了吗？"

"是啊，我也觉得怪。"施乐怡坐到她旁边说，"真的好怪啊，你说以前吧，急得很，觉得同居一年了没结果，特别慌，现在突然又不急了。"

王莉笑笑，说："是心里踏实了吧，觉得你家庄明朗跑不掉了是不是？"

施乐怡不好意思地点点头，说："从来都没那么踏实过。"

王莉说："女人都这样，都是心理作用。"

说着，庄明朗来了电话，让施乐怡带她的朋友下去，大家一起吃个饭。施乐怡悄悄问王莉去不去，王莉赶紧摆手，指了指自己的肚子悄悄说："还是不让他知道保险些。"

施乐怡跟庄明朗说："我一会儿就下去。"

她在家里转了一圈，问王莉有没有什么需要的，楼下的馆子有没有人给她送饭吃，味道怎么样，要不要换。

王莉说："行了行了，我会自己安排的，昨天的饭也还不错，你赶紧下去吧，趁明后天双休，你好好和他聚聚。王莉推着她出去，说换洗的衣服你也别拿了，让庄明朗给你买新的吧。"

楼下，庄明朗把施乐怡的车从修理厂取了回来，在她的一再坚持下，他没给她换新车。想想她在这也待不长了，也就作罢。

星期天晚上，施乐怡恋恋不舍地给庄明朗收拾行李，明天一早，庄明朗就要回去了。两人抱着吻了又吻，施乐怡坐在庄明朗的腿上，他说："我最多给你半年的时间把工作安排好。"

施乐怡点头，说："你不能趁我不在和赵诚去鬼混。"

庄明朗咬着她耳朵说："我的骨头都要被你拆散了，哪里还有精力？"

施乐怡掐他的嘴巴，让他以后不准油腔滑调。

最后施乐怡还是哭了，庄明朗的眼睛也红红的，原本很简单的事情，硬是被他们折腾得越来越复杂。庄明朗在心里责怪自己，那时就下决心结婚不就没那么多事了吗？唉，人就是贱啊。

第二天，施乐怡醒来时庄明朗已经走了，她抱着他的枕头，想这一切是不是真的呢，窗外下起了小雨，像是来配合她的伤感。

vol.7

南方也在下小雨。

陆莹莹一早就被私家侦探的电话吵醒了，他们找到了王莉的住处，但却没有人在，保安说也没见她搬走。

陆莹莹又问欧阳最近去过那里没有？

私家侦探说，通过买通保安，他们看了大厦这几个月的监控记录，都没见欧阳。不过……

不过什么？陆莹莹的心都提了起来。

好像那个女人怀孕了，但还不确定，也有可能是长胖，要等她回来，我们继续查。

陆莹莹挂了电话，回到房间里去看欧阳，他睡得很踏实，他通知她自己正式和王莉分手后，除了去公司也不太出门，会不会是私家侦探想多了？

她用自己的头发去挠他，把他弄醒。

欧阳躲了躲，闭着眼睛说："不会又是让我给你的学生找工作吧？前两天我就问过文联了，人家说今年无论如何都不再招人。"

陆莹莹笑起来，说："不是不是。你忘了你说今天带我去见伍仁兵的。"

欧阳笑起来，说："人家那酒吧都得到晚上才开。"

"我当然知道了，你以为我傻呀。你想想，难道我们还空手去？伍仁兵可是我的救命恩人。"

欧阳揉揉眼睛，摸着她的头发说："我问你个问题。"

"什么？"

"你知不知道伍仁兵那时一直爱着你。"

陆莹莹笑笑，扑进欧阳怀里说："反正我爱的只有你。"

顿了顿，陆莹莹说："那你还爱不爱我呢？"

她说了个"还"字，欧阳惊慌了一下。坚定地说："爱呀，当然爱了。这么好的老婆，谁不羡慕？"

电话铃响起来，是他们在英国留学的双胞胎儿女打来的定时电话。

女儿说："你们俩是不是正在亲热呀。"

欧阳说："女孩子家要矜持。"

儿子在旁边喊，"你们是得管管她了，敢交鬼佬当男朋友。"

陆莹莹笑起来，说："你离得近，你管呀。"

“那你们要授权我打她。”儿子往桌子上拍了两下，大喊，“反了你了……”

一家人在一起欢笑，只有这样的时候欧阳是踏实的，真心地高兴着。趁着这样的好心情，他做了一个决定，要送伍仁兵一份大礼物，感谢他从狼嘴里将陆莹莹的命救下来，使他有了这样一个完美的家。虽然他曾亲手试图把这个完美毁掉，但毕竟没有成行。

他想，就送伍仁兵一套房子吧。

陆莹莹知道他的想法后有些吃惊，随即眼眶就湿润了。她没想到欧阳真的还在意她，早先的时候，她悄悄在老吴那里订了套房，就是想送给伍仁兵的，从听欧阳说见到伍仁兵后，她就想着要怎样感谢她的救命恩人。

她没有跟欧阳说她也买了房的事，怕欧阳觉得她对伍仁兵有别的意思。

欧阳见她没有意见，便打电话给老吴，在他新建的那个小区，订了一套复式房。老吴也爽快，给了他八折的价钱。马上让人送钥匙和合约过来。

欧阳在支票上写下欧阳清这三个字，准备下午就把支票给来送合约的人，很多人都叫他欧阳，不知道他的全名。只有他老婆在没人的时候叫他清或者欧，他反过来叫她莹莹。陆莹莹的将军父亲，在她上中学后，就一直叫她小陆。像叫一个身边的战士，就是不像叫自己的女儿。

他的女儿正好相反，很懂得表达内心的情感，在十四岁时就会作诗，国画也画得很好，十五岁时跟一个京剧大师结缘，业余学了几年戏。

美女已经难得了，美女加才女便是不可方物。

之前的陆莹莹，每天都过着修身养性的日子，不与三姑六婆们出去玩，作为艺术学院的教授，一周去学校上三次国画课。以前他们的儿女没有出国上学时，她还一周只上一天课，大多数时间都待在家里，她说她就喜欢守着她的幸福。

直到欧阳突然跟她提出了离婚，见挽回无效时，她选择了自杀，还好抢救了过来。

欧阳这段时间一直在观察她，从他正式通知她，他已和王莉分手后，陆莹莹就变了一个人。一改之前的沉默，似乎要从每一个细枝末节里找出一些证据来，证明欧阳确实已经和王莉分手。一开始她似乎想从王莉身上下手，拼命找李菁打听王莉的下落，还特意学习起王莉的穿衣打扮来，看欧阳有没有什么反应。

欧阳没有别的办法，只好由她去了。连庄明朗想开除李菁，他都暂时压了下来。

见她这段时间没有再找李菁，不知是不是她已经完全相信自己了？欧阳想着，就试探了一下。

他说："莹莹，你真的很喜欢李菁吗？她最近在公司给我惹了不少麻烦。你提醒一下她，在公司里要本分。"

陆莹莹眨眨眼，一边梳头一边说："你公司里那些事我不懂了，李菁你该怎么对待就怎么对待。"陆莹莹叹口气说，"这女的我也觉得有些怪，一把年纪了不结婚，好像有些着魔了。你知不知道她看上谁了？"

陆莹莹神秘地笑起来。

欧阳第一次见陆莹莹这么八卦，配合着说，"谁呀？"

"你新请的总经理，庄明朗。"

"哦，李菁跟你说的？"

"不是。"陆莹莹摇摇头，说，"起初李菁经常说起他时我还没在意，后来有一次我们在健身房遇到庄明朗，她那眼神就像掉别人身上似的。难怪啊，这么大了嫁不出去，眼光也太高了。"

欧阳忍了忍，没有把李菁在公司里做的荒唐事说出来，他想等情况再稳定一些，再去攻击她的盟友吧。

为了让公司上市，他跟银行借了不少钱，每个月需要还大量的利息，老员工的人工高，裁掉一些没有实际意义的人，确实是办法之一。也可以正正风气。

他躺回床上去沉思，陆莹莹爬上来抱着他，慢慢地脱他的衣服。

从前天起陆莹莹就总是主动来缠着他，她不能从王莉那下手去查，似乎就想通过欧阳的身体来证明，他确实没有把力气再用到外面去。

欧阳为了令她早日安心，也尽量满足她。

可就算老婆的身体再迷人，他四十几岁的人了，还是要了老命啊。

晚上的时候，雨停了。欧阳带着陆莹莹在酒吧里找到了伍仁兵，伍仁兵很惊讶，上次欧阳说会来看他，他是没有当真的。当初他为了追求陆莹莹与欧阳明争暗斗，原本就没有什么战友之情。

伍仁兵请他们到隔壁的茶室去坐，说酒吧里太吵了。

陆莹莹一边感谢他一边哭起来，想起以前的岁月，三个人都非常感慨。

陆莹莹问："你怎么开了酒吧？"

"九五年就退役了，回家又没有安排到合适的工作，索性就做起了生意，折腾了这些年，有了一些钱，就开了这酒吧。"伍仁兵给他们倒茶，依然像个羞涩的小伙子，不敢正眼看陆莹莹。

欧阳拿出一张名片，说："我一直都想找你，特别想好好感谢一下你当年的救命之恩，可惜都没有找到。现在好了，以后有事记得找我。"他拿出房子钥匙，说："是送给兄弟的小小礼物。"

伍仁兵知道是房子后无论如何都不肯收，说太贵重了。而且他也不是为了房子才救人的。

推来挡去几次，气氛就尴尬了，陆莹莹想了想说："伍仁兵，我特别想请你收下。"

伍仁兵抬头看了她一眼，拒绝的话，便没有再说出来。

欧阳多年的痛处再次被触动，在一个伟大的爱恋面前，他显得卑鄙又无耻。

那年部队演习，陆莹莹作为团报的特约记者随军采访，没想到在一个野地里遇到了狼，狼叼起陆莹莹的胳膊快速地往回跑。演习时用的都不是实弹，战士们的枪都不起作用。大家尾随着狼前进，却没有人敢轻举妄动。

只有伍仁兵，看准了时机，扑了上去，一伙人才跟着扑上去，用绳子勒住了狼的脖子。救援人员及时赶到，两枪，将狼打死了。

这件事成了欧阳终身的阴影，那天，他也在场，那时的陆莹莹已经是他的未婚妻了，扑上去的却不是他，并且伍仁兵扑上去后，他依然没有挪动自己的步子。

战友们说他是吓傻了。可他知道不是的，问题不在这里。眼前这个女人和他自己的命比起来，似乎并不算什么。

在此之前，他确信自己是爱着陆莹莹的，他的爱与陆莹莹的背景一点关系也没有。这之后他对自己产生了怀疑，是真爱吗？他自己都分不清楚。

他想起了当初改年龄提前当兵的事，似乎他与陆莹莹的结合也与那事有着异曲同工之妙。

在伍仁兵的面前，他就像一个小丑，他就算付出再多，也不及伍仁兵的一个小指头，人家那是用命来爱护一个人呀。

结婚这二十多年来，他一直生活在这样的包袱之下，无论对陆莹莹怎么好，都觉得还差那么一点。起初他以为多挣钱就好了，后来他以为有了儿女就好了，可是永远都是不够的。他就是一个捡了便宜的小丑，占有了原本只有伍仁兵才能享有的女人。

并且为了这种不正当的享受，他付出了那么多，为了多挣钱，牺牲掉了部队的安稳生活；为了多挣钱，他四处攀关系，学习专业知识，甚至为了银行的贷款，多年来受到老余一家的牵制。他的公司在刚起步的那五年，就像老余家的私人花园一样。现在为了摆脱他们,又要背上没有良心的骂名。

分手了几个月,他突然很想王莉,很想很想。那才像是他最真实的生活。

vol.8

王莉收到欧阳的短信时，正躺在施乐怡的床上，与睡在地上的施乐怡说话。她们说庄明朗，说以前上学时喜欢的男生们。

王莉让施乐怡猜，自己的第一次给了谁？

施乐怡说："是那个体育部的家伙吗？"

"不是。"

"那是老秦？我记得那时候你们俩一起出去过过夜。"

王莉说："是和老秦出去通宵看过电影，但没那个。"想想她又说，"你别看老秦平时说话挺露骨的，来真事他不敢。"

"哈哈，那我想不出来了。我们还有哪些同学我都忘了。"

王莉伸手去戳她的脸，说："你呀，从上大学就一门心思掉钱眼里，有人喜欢你你也不理人家。"

"有人喜欢我吗？"施乐怡兴奋地坐起来。

"有啊，老秦算一个，还有王眼镜，李卓了。唉，好几个呢。喂，你不会真的一点也不知道吧。"

"真的不知道。不过以后等你转地上活动了，记得把这些情况跟庄明朗说说，省得他觉得我不值钱。"

王莉说："以后再说吧，你继续猜我给了谁。"

"猜不着啊，小姐。"施乐怡把头搭在床边上。说，"你告诉我吧。"

王莉说："你记不记得我们那校医？"

"啊？校医不是女的吗？"

"不是，你想想，有一年，来了个校长的亲戚，来混编制的，只待了半年。"

"啊？"施乐怡忍不住笑起来，说，"你怎么就看上他了，又不帅。你那时不是喜欢帅哥吗？"

王莉笑说："说实话，我自己都没想通，反正当时就是好奇，我又老痛经，总是他给我看，结果三两下一勾引就投降了。”

“可你们后来没见有什么来往啊？”

“是啊，”王莉做痛哭状，说，“就那一次我就后悔了，后来他说什么要娶我之类的，我就躲了。”

“啊？”

“怎么？吃惊吧。”

施乐怡猛点头：“真没想到你那时开放到这种程度。”

王莉叹口气，说：“是对自己不负责任啊，我当时后悔得想死，我怎么就便宜他了呢。可是做都做了，又有什么办法。”她拍拍施乐怡的头说，“喂，我这段时间想了好久，觉得我之所以走上后来这条路，就是因为那件事造成的。那事后感觉自己不值钱了，无所谓了。然后自暴自弃地跟了个结了婚的。”她说，“施乐怡啊，有时候我想，哪怕那个时候我和那校医是好好恋爱过的，后来都不至于这样。人应该爱惜自己。”王莉哽咽起来，说，“我好后悔。”

欧阳的短信就是这个时候来的，他说：“你还好吗？”

王莉正在气头上，见欧阳又来招惹她，就像找到了出气的。

她没有回短信，直接拨回电话去，冲他吼，“你永远永远都不要再来招惹我了，我都恨死你了！”

挂了电话，王莉坐在床上发愣。许久才说：“我一直在等他的电话，可是等来了，又能怎么样呢？”

施乐怡拍拍她的肩，说：“以后从头再来吧。”

一共住了三个星期，王莉说要走，她说：“你这里太小了，老让你睡地上也不太好。你工作又忙，别弄成黄脸婆庄明朗不要你。”她边说边收拾东西，施乐怡去给她抢回来。

王莉又说：“你呀，自尊心也别太强了，庄明朗那么几套房子，随便选一套给你爸妈当聘礼不就行了，你看你，看着是高收入人员，结果过小白领的日子。你是天生丽质不错，可老这么忙，又不去保养怎么行，你看你的皮肤，再不保养就晚了。”

施乐怡赶紧摸摸自己的脸，说：“还好啊。”

王莉瞪她，说：“明年你再摸摸。26 了，别以为还年轻。”

施乐怡叹气，说：“我要能放下自尊就好了，这么多年都习惯了。”她又把王莉的行李抢下来，说：“你就别走了，实在不行你出钱租个房子，我跟你去住，行不行？你给我办张美容卡行不行？我就专门负责你的营养，你看你除了肚子大，别的地方都瘦了。”

王莉充满感谢地笑笑，说：“以后庄明朗来了你也往我家带啊，你好意思？”

施乐怡脸一红，说：“谁带他了。”

“现在他个个星期都来，你们还老去开房？”

施乐怡的脸更红了，她说：“开什么房啊。”

王莉笑得更开心了，说：“我告诉你一个秘密啊。”

“什么？”施乐怡不明白她怎么突然转了话题。

“你记不记得你跟庄明朗刚搬到一起住了没多久，你们去买床，那服务员说可以以旧换新，你家庄明朗马上跟人说旧床都垮了。你还拽他不让他说。”

“你怎么知道的？”

“哈哈，王莉咬牙切齿地说，那天我正好和那个该死的欧阳去看家具，我们一直站你后头，你都没发现。”

王莉用胳膊碰碰她，悄悄说：“喂，怎么，那老庄是不是跟饿狼似的？”

施乐怡羞得无地自容，扑到床上，用被子盖住脸，说：“你还是走吧，越说越下流了。”

王莉不放过她，坐到床边说：“人家欧阳还羡慕呢，跟我唱什么年轻没有什么不可以。”

vol.9

欧阳被王莉骂后着实郁闷了几天，原本他还在犹豫的事，趁着这股火气就定了下来。他开会说，要施行末位淘汰制度，在半年内，要把公司里的害群之马全都清除出去。人事方面是副总经理老余在负责，这种得罪人的事情，他还真不知道要从哪里下手好。主要是他不太明了欧阳心目中该走的是哪些人，怕自己弄差了。这是私人企业，所有的事，都是以老板的意志为转移的。上次欧阳动了他的小舅子，这对他来说是一个危险的信号。他后悔那次的主动出招，反而给了欧阳进攻的机会。他心里很明白，随着近五年来欧阳公司的发展壮大，和他老婆的退休，欧阳是越来越用不着他们了。

老余找到庄明朗，说希望他在这件事上可以给他些意见。上次赵诚代表庄明朗跟他友好过后，他对庄明朗就不太有戒心了，他想也许庄明朗或是赵诚会对他有什么要求，只是还没到说的时候罢了。

正好赵诚也在庄明朗的办公室。他说：“小赵啊，你脑子快，也帮我想想。”

庄明朗原本定了晚上的机票要去北京看施乐怡，就说：“余总啊，你也知道，我就是个过客，等上市一成功，我就走了。这些人事方面的事，我确实没有你了解。”

赵诚突然笑起来，说：“余总你别听他的，他现在是忙着去会老婆。不如我和你研究一下吧。”

庄明朗想这小子可能真的有具体的事要求老余了，便帮了他一把，说：“是啊，余总，我和赵诚的公司，人事也是他在管的。你先和他聊聊吧，我下周一回来，我们再聚聚。”

赵诚把庄明朗推出门，对老余说：“他想老婆都要想疯了。”

赵诚把老余带到江边的一家茶楼，不用开空调，有穿堂风吹过，非常凉快。

赵诚说："余总，欧总想省成本的事跟你说过了吧？"

"是，但具体怎么操作，我还真想不出来。你说人工高的员工挺多的，不可能全都不要吧。而且今天人事部提出的，每个部门自己选要淘汰的人，我又觉得挺荒唐的。那不成文革了？"

赵诚点头说是是。

老余说："你有什么办法没有？"

赵诚说："我来公司不久，但知道每个月都有考核。我想是不是把近一年来考核很低的一些人，列个名单出来，由人事部出个意见，看要裁哪些人，但名单得请欧总过目。"

"请欧总过一下目，这是个好主意。"老余很高兴，至少他不会得罪了老板。

可他又一想，老板会不会觉得自己没有做实事呢，把事都推给他了？

赵诚摇头，说："不会不会，可以再出一个他想不到的方案嘛。"

"什么方案？"

"你看公司的部门，性质太重复了。什么行政部、人事部，其实做的事完全可以合并的。还有那个采购部，他们的工作完全可以分解到各个部门，人事部负责办公用品。专业用品可以由技术部自己去做，买来的东西又合用。减少了浪费的成本。"

老余越听越高兴，说小赵真是聪明，难怪这么年轻就当了老板，不像自己，快五十岁了还在打工。

赵诚赶紧谦虚地说："哪里哪里，公司虽然是我和庄明朗合办的，但他占 80% 呢，我就是跟着他这个富家子弟混混。"

两人聊得正高兴，赵诚的老婆来了，挺着大大的肚子，坐下来直喊累。

赵诚引见他们认识，互相问过好，赵诚问她老婆，“你才下班？”

她老婆说：“没办法，又加班。”

老余说：“怎么孕妇还要安排加班吗？”

“余总，你不知道，我们分行那个主任变态得很，也不知我什么地方得罪她了，我上个月就想开始休产假，她就是不批。”

“哦？你是在银行上班吗？”

“是啊，她在明飞路唯一的那家银行。”赵诚插话道。

老余忙说：“巧了，我老婆就是管那一片的，我回去跟她说说。”

赵诚一听说：“太好了，那就有劳余总了。”赵诚又说了很多恭维的话，直到分开时，老余都说小赵这个年轻人不错。他目送这对夫妇先走，原来当初赵诚给他人情，是为了老婆。老余笑笑，还了人情债，他也就轻松了。

到停车场取了车，赵诚把老婆扶上车，对她说：“这回可不要再多嘴了，再给我惹事回来，看我怎么收拾你。”赵诚在她鼻子上一刮，说，“看你长不长记性。要不是我发现老余的老婆是你们大老板，你就等着把孩子生在办公室吧。对了，明天我们要再买些东西，到老余家里坐坐。”

他老婆狡辩说，“我们那主任本来就是个老处女嘛，我们背后说说她，她就不是了？”

赵诚说：“你非说人家做什么呢，又不关你的事。”他发动车子，说，“你什么时候在工作上有人家施乐怡一半的本事，我就佩服你了。”

“施乐怡施乐怡，你就知道施乐怡，你喜欢你去找她呀。”

赵诚往她脸上一掐，说：“再乱说就撕烂你的嘴，你不知道我和明朗的关系啊。”

赵诚老婆冷笑说：“你以为施乐怡聪明啊，好好的庄明朗不要，偏偏自己跑到北京去找罪受，成天想着挣钱，庄明朗有多少钱不够她花的，还要找亿万富翁才行？怀个孩子好好过呗，就算上次怀孕的事是误会，要是我，先结了再说，结了婚还不方便怀孩子？”

她滔滔不绝地讲，赵诚不回话，这是他的痛处啊。

他老婆却没有发现异常，继续说：“你说她怎么那么爱钱呢，我听她们学校的一些人讲，她以前上学时打三份工。”

“这个我听明朗说过，她那是因为有个得病的哥哥，从她上中学起，她哥哥的肾就出了毛病，一直在酬钱换肾。拖了好多年，她上学的钱全得自己挣，还要贴补家里面。直到她工作两年后，找到了肾源，明朗当时还借了三十万给她。”

赵诚的老婆大笑起来，说：“我还以为她是圣人呢，最后还是打了庄明朗的主意。”

赵诚急了，说：“人家现在全还了。”

“啊？”他老婆更急了，说，“她真有病啊，还还钱。”

若不是看在她挺着肚子的份上，赵诚真想打她，这个女人怎么就不明白呢？

远在北京机场的施乐怡捂着耳朵问庄明朗：“谁在说我呢，耳朵这么烫？”

庄明朗摸了摸，说：“你是看见我激动的吧。”

施乐怡冲他吐了吐舌头，说：“你就自恋吧。”

庄明朗问这次要不要住酒店。

施乐怡说：“不用，我的朋友前几天走了。”施乐怡挽着他的手，去取车。

庄明朗要开车，施乐怡说：“还是算了吧，你一开就坏。”施乐怡看着他手上戴着和自己一模一样的戒指，心里甜甜的。

走了一段路，庄明朗就睡着了，施乐怡心疼地为他盖上早已准备好的毯子，他每个星期都这么两头跑，一定很累了。他的工作又多，以前可以排到周六周日做的事现在都必须赶在周五前做完，他才能安心地来陪她。

施乐怡鼻子酸酸的，再一次后悔自己当初的任性行为。

庄明朗一直睡到晚上12点才醒来。施乐怡把车开到小区楼下，熄了火，趴在方向盘上看着他，看着看着，自己也累了，她的工作也是很忙的。

醒来的庄明朗想把施乐怡抱下车，一碰她就醒了。

两人搂抱着上了楼。庄明朗一进屋就扑到施乐怡的床上，到处闻。

“你闻什么？”施乐怡问。

庄明朗说：“我闻闻有没有别的男人的味道。”

施乐怡朝他屁股上打了一巴掌，说：“是你身上有别的女人的味道吧。”她爬到他身上闻。庄明朗问她闻到什么？

“烟味。”她把他的手指放在鼻子前闻，说肯定一天不止抽一包烟。

“没有，我戒了。”庄明朗翻身躺在床上。

“戒了？不会吧。”施乐怡不相信，以前劝他少抽都是行不通的。

“真的。”庄明朗认真起来，说，“手上有烟味，是拿烟拿的，但是没点火啊，想抽的时候拿烟在嘴里放一放。”

施乐怡便在他身上搜，果真没有找到点火的设备。她奇怪地看着他，问他有什么企图？

庄明朗说：“你不是不喜欢吗？我就戒了。”他当然不会让施乐怡知道，他是为了他们的造子运动。

庄明朗在床上摇了摇，问她怎么买这么小张床。

施乐怡说：“是房东配的，见我是单身，房子又小，就配了个单人的，你怕睡不下？”施乐怡故意说，“那我睡地上好了。”

不会。他赶紧把施乐怡拉到旁边躺下，在她耳边说：“挤点好啊，我是怕摇坏了。”

施乐怡脸一红，笑起来。她想起了王莉嘲笑她的事情，她双手抓着庄明朗的衣领，把他提起来说，我警告你：“我们以前把床睡垮了的事，你可不能跟谁讲，听清楚没有。”

庄明朗也笑，说他以后写自传时要把这写进去。

施乐怡坚决不同意。

施乐怡起身去做饭，虽是半夜，两人都饿了。

庄明朗趁机在她家里找了一圈，没有找到避孕药，这姑娘一直都记不住避孕药的服用方法，到底从几号吃到几号，在网上查过很多遍了她都会忘。而且工作忙起来，吃一天不吃一天的，就放弃了这种方法。这一年多来，他们避孕就靠安全期和他戴套，算算日子，还有两周就是施乐怡的排卵期了，庄明朗非常兴奋。

他到厨房里缠着施乐怡说：“今晚不戴套行不行啊。”

施乐怡算了算说：“行啊。”

呵呵，他的计算没有错。他高兴地在施乐怡身上上下其手。

Chapter 04 一场噩梦

vol.1

小王怎么也没有想到，她和她姐夫刘明德会一起失业。行政部和采购部同时被撤，有 80% 的人会被裁掉，只有 20% 的人会被分流到其他部门。

公司在月报上说，这是一次重大的资源整合。被裁的员工有两种处理方法，合约在三个月内到期的，三个月后将不再续签，这期间员工可以去找工作，公司在时间上可以提供便利。另外的一些人，公司会按相关法律做出相应的赔偿。

老余算过账，这笔赔偿费用虽然多，但平摊到未来的几个月去，公司还是不亏的。

欧阳对老余的此种做法非常赞赏，老余做了那么多年，还是头一次被公开认可，兴奋感忍不住爬到脸上。

与此同时，赵诚老婆的事被迅速地解决了，她被调到了另外的分行，很快地放了产假。

中午吃饭回来，赵诚把这件事跟庄明朗说后，庄明朗摇摇头，说："你那老婆的嘴啊，你是得管管。要不以后施乐怡回来了，说不定哪天就又吵起来了。"

当初施乐怡刚和庄明朗在一起，便被赵诚和他老婆发现了。因为施乐怡那段时间正好在赶工，赵诚的老婆几次约她去逛街，她都没去成，而后便被赵诚的老婆扣上了清高的帽子。有一次，施乐怡帮赵诚学广告的表妹找了工作，赵诚为了感谢她，叫上四个人一起吃饭，因为赵诚频频夸施乐怡能干，而引起了他当时的女友、现在的老婆的醋意，当场就摔了碗说，你觉得她好，你和她过去。连老同学庄明朗的面子她都不给。

施乐怡气得发抖，拉起庄明朗就走。事后过了好久，赵诚才好意思再次出现在他们面前。

现在听庄明朗说让他管老婆，赵诚忙说："还是算了吧，以后主要由你负责劝施乐怡大度些，我是没办法改造她了，现在她母凭子贵，又是高龄产妇，我都不敢惹她。我们上学那会儿她都是装的，我还以为她真是个小淑女呢。"

庄明朗笑起来，说："你们从上学起，在一起有十年了吧，现在才说她不淑女？不过人也是怪，我们俩的性格天差地别的，能相处，她们就不行。"

"女人心眼小呗。"赵诚说，"所以我跟我老婆说了，一定得生儿子，不生儿子有她好看。"

庄明朗说生女儿你还能掐死她？

赵诚说："那是不能，不过得让她再给我生，在内地生不了，就到香港去，到澳门去。"

庄明朗说："这样真的可以吗？"

赵诚见他问得挺认真的，说："你和施乐怡不是才和好吗？你现在敢提生孩子？"

庄明朗笑笑，说："我有的是办法。"

这时小王敲门进来，把手里的饭盒递到庄明朗面前，说是她昨晚学着做的咕咾肉，想请他们尝尝。

赵诚说："我们都吃过饭了，你分给别的同事去吃吧。"他站起来，把饭盒塞回小王的手里，连声地谢谢她。

小王走后，庄明朗说："你今天怎么这么客气？"

赵诚说："你没看出来啊，她是要被裁了，想来找你帮忙的。"

庄明朗明白过来，说："小王家里好像挺困难的，我上次在夜市里看到她和刘明德摆摊呢，是应该提醒老余照顾一下，别把人往死路上逼。"

赵诚做了个打住的手势。他认真地说："知道你怜香惜玉，你也不能事事都管吧。你说是不是每个女人跟你提要求，你都不能正面拒绝？你要学会拒绝她们。施乐怡家多困难，你好好管管她就行了。"

庄明朗说："你这么紧张做什么，你不会是看上小王要自己下手吧？"

赵诚说："她？根本就不属于我喜欢的类型。我是怕你上了贼船下不来。"

庄明朗说："你也想得太复杂了。"

下午，小王又在他办公室门前过了几次，都没好意思进来。快下班的时候，庄明朗在内部通迅的QQ上收到了小王的一封道歉信，为几个月之前，她徇私为自己的侄子争取机会而感到抱歉。

庄明朗笑笑，看来小王是真的有事要求他了，怕他还记着她以前的不好。

难得，庄明朗是个实实在在怜香惜玉的人，在他们调查李菁时，小王又帮着当过探子，他决定在一定的范围内帮帮她。晚上下了班，与公司的客户应酬完，便开车从夜市过了一下，果然看到了小王和刘明德。

他走下车去，问小王今天找他是不是有什么事要跟他说。

刘明德见他来，赶紧迎上来递烟。

庄明朗说："谢谢，我戒了。"

刘明德在公司里看他抽过，以为他客气，又让。他说烟不好，烟不好。

庄明朗只好说："不是，是我老婆要生孩子，非让我戒了。"他想这话说出来，赵诚担心的事总不会出现了吧。他又问小王今天是不是有事。

小王的眼圈一下就红了。

她哽咽着说："我和姐夫都在裁员的范围之内，可我侄子马上就要上大学了……我们再找工作也难，姐夫年纪大了，我也没有什么文凭。以前还有王莉帮帮我。"

没等庄明朗说话，小王就痛哭起来，她趴在桌上说："都怪我害死了我姐姐，才害他们一家欠那么多钱的，弄成现在这样。"

庄明朗一听这话，被吓着了，事情比他想的要复杂啊。他不知要怎么安慰，看看刘明德。刘明德把小王拉起来，递纸巾给她擦泪，说："你别这么说，也不能怪你。我们这不是在找庄总帮忙吗？你好好说。"

小王听后强忍着不哭，干干地抽泣。

庄明朗说："你先别难过，你以前是学什么的？"

小王说是会计，但只有中专学历，一毕业就进了公司，开始在财务部打杂，后来才去的采购部。

庄明朗说："这样吧，你再等等看，公司现在也没有出最后的名单，若到时真被裁了，我再帮你问问朋友，看有没有工作介绍给你。"

小王赶紧谢谢他，留他吃点什么。

庄明朗见刘明德已经端来了烤肉，就说："那我打包吧。"

庄明朗是留下钱走的，小王怎么说，他都要给。

vol.2

还是出了问题。

庄明朗吃了刘明德拿的烤肉后，连着拉了两三天肚子，眼看着第二天就是星期五了，北京他是去不成了，原本他这周准备去播种的。

庄明朗捂着肚子，趴在床上，蔫蔫地给施乐怡打了电话。

施乐怡一听他有气无力的，忙问他怎么了？

他说，“吃坏肚子喽，拉了三天了。”

施乐怡忙说：“去医院没有？”

庄明朗说：“就拉个肚子还去医院啊？”

施乐怡大吼起来，说：“你拉三天了，你不去医院你想死啊。”施乐怡一口气报了一串药名，命令他立刻下楼去药店买来吃了。

庄明朗其实拉到第三天后就不怎么拉了，只是全身没力气。施乐怡一关心他，他就得脸了。说站起来屁股好痛的。

施乐怡又想笑，又心痛，说：“你等着，我买得到机票的话，今晚就回去。”

还好刚赶完一个广告，她请了周五一天的假，火急火燎地赶了过来。加上双休日，一共可以待三天。

庄明朗趴在沙发上等着她，一直到晚上十一点半，施乐怡才到，他都睡了一觉了。

施乐怡看着他可怜兮兮的样子，骂人的话就说不出来了。她先给他煮了点粥吃，然后让他把药吃了，又把他身上穿的和这几天换下来的内裤全洗了，用开水烫。施乐怡说：“你光屁股趴床上去。”庄明朗便乖乖地爬了上去，冲她傻傻地笑。施乐怡找出干净毛巾在开水里烫过，给他捂在屁股上。

她问烫不烫？

庄明朗呜呜地叫着，说：“舒服极了，这是什么待遇啊。”

换了块毛巾，见他有了些精神，施乐怡用力撕他的嘴，说：“以后还馋不馋了？你没事跑夜市吃什么东西，你不是不喜欢吃那些东西的吗？”

庄明朗于是便把小王的事说了一遍。施乐怡听后有些不高兴，但也没说什么。毕竟庄明朗一五一十地告诉她了，她知道他的毛病，就是对女人的同情心太过泛滥。但若不是这样，当初他们也走不到一起来，所以，施乐怡又不想去诋毁他的好心。

想了想，施乐怡说："你帮她归帮她，可别让她觉得你对她有企图啊？"

庄明朗说："那当然了，为了以防万一，我还跟他们说我有老婆呢。现在全公司的人都知道我有老婆。"

施乐怡说："那倒还算聪明。不过你要小心有种女人，就是别人帮她了，她觉得是理所当然的，一而再，再而三，那就不值得了。就算是美女也不值得的，你明白没有？"

庄明朗连连点头。

凌晨三点，施乐怡洗了澡，坐到床上，把庄明朗搂在怀里，她还是第一次像抱孩子似的搂着他，看着他还有些苍白的脸，抚摸着他的头，问他明天想吃点什么。

"红烧肉，回锅肉，宫爆鸡丁，东坡肉……"

"怎么能全吃肉？"施乐怡说，"你是饿狼啊。"

庄明朗诉苦，说，"你不想想，你不在的这些日子我是怎么过的。很惨啊。"他把脸埋到她的胸前，吸着她身上的味道。不是他不想干坏事，实在是没有力气了。

他们和好以后，这种两地分居的日子使得他们见面后就直奔对方的身体而去，这样亲昵地说说话，反倒是好久之前的事了。

施乐怡给他擦着身上冒出的虚汗，说："你恋母情结又犯了？"

庄明朗头也不抬地说，谁不想当小孩子。说着把施乐怡的睡衣脱了，直接贴在皮肤上。

在庄明朗五岁的时候，他那在当时极少见的外资公司工作的爸爸，事业做得越来越好，婚外情也越来越频繁。为了离婚，他喝醉了回来就打老婆，起先庄明朗一哭，他便收手了，后来他的外国情人给他又生了个儿子，庄明朗就不那么稀罕了，庄明朗一哭，他连着庄明朗一起打。每次他妈妈都把他护在怀里，一直到他十岁的时候，妈妈想通了同意离婚，才结束了这种生活。从那时起，他便对女性有着极强的同情心，还有一点点的恋母情结。

庄明朗的妈妈为了改掉他这个毛病，在他上大学后就跟着他那外国后爸，满世界瞎逛去了。用赵诚的话说，他有着极复杂的国际主义背景。

现在他偶尔这样黏一下施乐怡，施乐怡还是挺心疼他的。

第二天一大早两人就手牵手地去买菜，庄明朗忍着痛，走得很慢。施乐怡照他说的菜一样做了一大锅，再一次用方便盒装了放进冰箱，说她下次来的时候再接着做。她又弄了好多蔬菜，让他吃的时候加点水进去，再放微波炉里热。

有庄明朗前前后后的捣乱和纠缠，一忙就忙到了下午六点。但她不让庄明朗吃，说他不能一下子吃那么多不消化的东西。她还是让他喝粥，另外炖了一大锅鸡汤，看着他喝下去。然后她说要把鸡汤给她的朋友送一些过去。

庄明朗不干，说："那我要跟你去，我给你当司机。"

施乐怡说："你屁股不痛了？"

"不痛了。"庄明朗蹦了两下，忍着痛说。

施乐怡说："好了好了，我两个小时内回来行不行？"

"一个小时。"

"那我去三个小时。"施乐怡说再讨价还价就去得更久，他才妥协了。

一直把施乐怡送到地下停车场，开动他的车，庄明朗又追上去说："老婆，快点回来。"

"知道了知道了。"施乐怡伸出头来亲他一口。

他说："我不是光说今天。"

施乐怡点点头，说知道了。

后来的很长一段时间里，施乐怡都很怀念这个镜头，她很后悔，没按庄明朗说的，很快回到这个城市里，以至于，令她最后一无所有。

vol.3

来开门的竟然是个系着围裙的男人。

施乐怡看看门牌，说："这里是王莉家吗？"

王莉的声音从里面传来，说："快进来吧，我在里面呢。"

男人对施乐怡笑笑，说："我叫伍仁兵。"他把施乐怡手里的东西接下来。

施乐怡与他握手问好，说："我叫施乐怡。"

王莉说："是带了吃的吧，快让我闻闻。"

伍仁兵把保温筒打开，自己先闻了闻，说真香啊。

王莉直接抬起来就喝了一口，说："我想你这手艺都想了好久了。"她招呼施乐怡在她旁边坐下，小声地说："他是住楼上的邻居。"

又大声说："上回我晚上不舒服，还好是伍先生送我去的医院。"

"啊？没事吧。"施乐怡紧张地问。

王莉说："没事，就是出了点血，说是因为我坐久了。"

伍仁兵也不怯生，自说自话起来，他说："女人怀孕到五六个月啊，不运动不行，运动过量也不行。最好是每天下楼去活动半小时，在家里的时候，偶尔起来站一下。"

施乐怡说："伍先生还挺有经验的。"

伍仁兵说："唉，我也是那天送她去医院时听医生说的。"

王莉和施乐怡笑起来。王莉说："人家伍先生还没有结婚呢。"

施乐怡一再地替王莉谢谢他。

伍仁兵一摆手说："不用，我可是欧阳的老部下了。照顾一下是应该的。"

施乐怡心里一惊，越听越奇怪，也不方便当面问，就一直等着，想等伍仁兵走了，好好问问王莉。一晃五个小时过去了，伍仁兵没走，庄明朗却一连打了几十个电话来催。王莉一再劝她走，最后亲手把她推出门去。王莉冲她使眼色说："好了好了，我知道给你打电话的。"

施乐怡回去时庄明朗已经睡了，她轻手轻脚地走到床边看他。她轻轻唤他，"明朗，明朗。"

庄明朗不理她，把身体往里翻了翻。

施乐怡知道是自己不对，让他在家里等她那么久，可王莉那儿的情况确实太奇怪了。她说："你生气了，是我不对好不好？"她把脸贴着他的脸，他还是不理她。她不想和他吵架，索性到浴室去泡澡。算算，她也有十多天没有好好休息了。一躺进浴缸，便沉沉睡去。

醒来时施乐怡已经在床上，被子紧紧地裹着她，出了不少汗。庄明朗用毛巾给她擦着汗，恨恨地看着她，说还好发汗了，要不非生病不可。

施乐怡笑，一看时间竟然已是下午。她吓得坐起来，好不容易有三天的相聚时间，现在竟然只有一天半了。她抱歉地抱着他，说："昨天的事，别生气了。"

庄明朗回抱她，说："把工作辞了吧，不要这么累。"借着这个机会，他吞吞吐吐地说了一堆，说不希望她跟男客户应酬了，像老吴这类人，相处起来太危险了。

施乐怡听着忍不住笑起来，说快了。

这晚是陆莹莹和欧阳结婚二十二周年的纪念日，庄明朗这几天没去上班，赵诚怕他忘了，昨天就打电话来提醒。还好赵诚帮他们准备了礼物，两人将得体的衣服穿上，直接到酒店去赴宴。

公司的高层全到齐了，欧阳看见施乐怡有些惊奇，又有些尴尬。

陆莹莹说："原来明朗的女朋友是施小姐，眼光不错啊。"

庄明朗说："你们认识？"

施乐怡抢先说："之前去大学里旁听，有幸见过陆教授两次。"

陆莹莹也不愿王莉和欧阳的事尽人皆知，便顺着施乐怡的话附和着。她给他们安排了位置，就招呼其他客人去了。

宴会的开场是他们的儿女从国外传回来的视频，一家人其乐融融的样子，令在场的所有人都很羡慕。施乐怡想起了王莉肚子里的两个孩子，他们是被排除在幸福之外的。餐桌下，她把庄明朗的手拉过来握着，突然觉得自己有个人陪着比什么都好。

她好想和他单独相处，便悄悄说："怎么办啊？我明天晚上就要走了。"

庄明朗捏了捏她的大腿，说："你舍不得我了？"

施乐怡诚恳地点点头。

庄明朗看看时间，说："我们再待半小时，就找借口先走。"

忽然，宴会厅里又进来一个人，是伍仁兵。欧阳夫妇重点向大家介绍了一下他，施乐怡忍住自己的尖叫声，快速地给王莉发了短信，伍仁兵可不止是欧阳的朋友，还是陆莹莹的救命恩人。

王莉不紧不慢地回复说：没事的，你放心。我知道他们的关系，伍仁兵不会跟欧阳说我的事的。你别担心我，等你回北京了，我再好好和你解释。

搞什么鬼啊。施乐怡看着手机抱怨，她有一种很不好的预感。

庄明朗问她怎么了。

施乐怡说："没什么，投诉了好多回了，还有人给我发乱七八糟的信息。什么李小姐很寂寞，让我去陪陪了。"

庄明朗笑起来，说："你猜赵诚是怎么回这种信息的？"

施乐怡看看坐在另外一桌的赵诚，说不知道。

“他跟人谈好价钱，再约到某条街等，最后他不去。”

施乐怡斜着眼睛笑，说：“怕是偶尔不去吧。”

庄明朗认真地说：“不会。”

有些话，是不能说得太破的。

庄明朗拉着施乐怡去给欧阳夫妇和几位高层敬了酒，便以家里还有客人为由先告辞了。施乐怡喝酒特别上脸，庄明朗看着她红扑扑的小脸，立马就有了归心似箭的感觉。他咬着牙在她耳边悄悄说：“今晚,你跑不掉了。”

vol.4

电梯里有摄像头，施乐怡坚决不允许庄明朗在电梯里吻她。她把他的两只手都拉到背后，像押犯人似的把他押回屋里去。一进屋庄明朗就把她压在门板上，他的播种计划开始了。

施乐怡心里装着对王莉安危的担心，庄明朗吻了她很久，她都不是很投入。

庄明朗说：“怎么了？”

施乐怡笑笑说：“没事，我怕你体力还没有恢复。”

庄明朗笑，说：“你昨天不在，我早就偷吃了好多东西，力气有的是。”他把她的裙子扯下来，说：“包你满意啊。”

施乐怡呼喊着不是安全期，要戴套，庄明朗用嘴将她的声音堵了回去。说：“家里没有了。”

施乐怡有意见，让他去买。

庄明朗一个挺身，说：“来不及了。”

一直睡到下午，施乐怡才起来，庄明朗借花献佛，把她之前做的菜热好来吃。然后送施乐怡去机场。一路上，两人手拉着手，谁也不说话。似乎一说，就会舍不得对方。

施乐怡进安检时眼睛红红的，憋了憋嘴巴，没有哭出来。

庄明朗想起他们俩刚开始恋爱的时候，都没有这么热烈，以前同居的时候又过得像两口子，反而是现在，倒像是热恋了。

他学施乐怡，给她家楼下的饭馆打去电话，请他们每天给施乐怡送饭，送有营养的。哼哼，还好之前在北京时打电话叫外卖的号码被存了下来，这回施乐怡要是怀上了，可得好好给她补补。通过手机银行，他立马汇了些钱过去，给饭馆的老板。

庄明朗开车从机场出来，在路上接到了小王的电话。她哭泣着说："求你来救救我吧。"

"出什么事了？"庄明朗把车停在路边，听她慢慢说。

原来，吃了烤肉拉肚子的不止他一个，当晚有十五个人中招，连同刘明德在内。只有小王没吃，现在还被派出所抓起来了。当初她图便宜，买回来的猪肉竟有些坏了，她弄了些盐腌了一下，照卖。

庄明朗赶到派出所时，小王静静地蹲在墙角，像一只受惊的鸟。看到庄明朗，她哇的一声就哭了起来，派出所的人说嚎什么，你卖坏猪肉时怎么不想着今天。

小王也顾不上什么面子，她抓着庄明朗的手说："庄总，前几天派出所就联系公司了，余总说这是我在工作之外犯的事，公司不能管，想来想去，我只能厚着脸皮请你帮忙了。"

庄明朗劝她安静，让他跟派出所的人谈一下。

事情终究还是用钱解决了，庄明朗请了律师，一个个受害者去谈，分别赔了医药费，事情才算过去了。

但公司决定解聘他们。余总说："公司里肯定是不会要他们了，这两年来，一到夏天，他们俩因为家庭困难都去摆夜市，上班时间无精打彩的，公司都没有计较，已经很不错了。现在还有了案底，这对公司的声誉很有影响。恰恰又在裁员的枪口上，公司只能一碗水端平。"心情极度郁闷的老余尽量耐心地跟庄明朗解释着不能对小王和刘明德从宽的原因，他现在非常不想让任何一个人觉得他不能心平气和。昨天之前，他还以为自己立了功，没想到又被欧阳利用了。欧阳在他提出的部门重组方案中又添加进了几个部门，全是他的亲戚主管的部门，欧阳今天一大早就打电话给他，认真地说。"老余啊，公司这次的整改，全靠你了，你也知道公司里现在是怨气重重，矛头也都指向了你，为了公司的前途，你要挺住啊。我现在有个提议，重组的部门要增加几个，这几个部门的主管，只是暂时离开公司，以后有机会又叫他们回来。老余，你务必好好做做他们的工作，李行长那里，也要帮忙解释一下。"欧阳大力地夸耀老余此次的方案对公司的重要性，并承诺，在原有的基础上，增加老余十年的股票期权，退休后收入都很可观啊。欧阳在退休两个字上加了重音，老余的心里咯噔一下。

老余吃了哑巴亏，气得火牙都掉了几块。虽然股票期权值不少钱，可一个退休的老男人，在家里对着一个退休的领导，日子可怎么过？

事到如今他也不指望别的了，只希望欧阳承诺的股票和期权都可以兑现。

他叹口气对庄明朗说："明朗啊，以后的天下都是你们的，你何必为了这两个小员工和欧总做对呢。"

庄明朗原本想替他们再说说情的话便再也说不出来了，站在一旁的赵诚也不给他说话的机会，他打岔问老余，"嫂子退休的事定了没有？"

老余点点头。

赵诚说："余总，我真没想到给你出这个主意会变成这样。"

老余摆摆手，"是日落西山啊。"

庄明朗和赵诚刚走出他的办公室，又被老余叫了回去，他说："我咨询你们一个问题，这个期权，有没有协商后一次性领走的案例？”

赵诚留下来跟老余分析期权的事，庄明朗下楼来跟小王说，现在只好另找工作了，你们自己先找找，我要是知道有什么机会，也会告诉你们。

小王一个劲地点头，眼泪哗哗地往下流。她谢过庄明朗，从口袋里掏出五千块钱来，说是剩下的钱，他们一定尽快还上。

庄明朗劝她把钱收下，说：“没有工作了，总得有钱生活。我的钱，以后再说吧。”

小王深深地看了他一眼，欲说还休的味道。除了她姐姐一家外，对他最好的就只有庄明朗了。她算过账的，为了这次的事，庄明朗至少花了五六万。

她也知道，庄明朗这种人怕是从小就不缺钱，可人家不缺是不缺，为什么偏偏要帮她呢？

她回家照了照镜子，对里面的人说，你不配呀。

小王和刘明德的离职，为裁员开了个头，陆陆续续的，一批批的人走掉了，包括老余的亲戚们。李菁收到不再续签的通知时完全傻了，不是说老员工是要养老的吗？怎么就变了？

她给陆莹莹打电话，打多少遍都没有人接。欧阳直接就换了号码。她去找欧阳，欧阳却有半个月没在公司露面了。余总一口咬定是公司的决定，不能更改，庄明朗那她就更不敢想了，人家从来都没有看顾过她。

李菁默默地走了，没有一个同事为她抱不平。

她想到了同样被裁掉的刘明德，想来只有他这种关注过她的人知道她有多么划不来。按刘明德以前给她的地址找过去，一进巷子就看到刘明德坐在家门口愁眉苦脸地扇扇子。窝窝囊囊的样子，她看了就来气。

来找他做什么呢？让他同情一下我？李菁想，我是怎么了。

她哽咽得难受，这是此生唯一一个追求过她的男人，竟然是这样的靠不住。

这时刘明德看到了她，她来不及躲。刘明德迅速地把脸转到另一边去，用厌恶的眼神瞪了她一眼。

唉，连最低档次的他，她都失去了。

她在家里躺了一个星期，气了一个星期，饿得两眼冒金星后就气不起来了，只想吃东西。她把家里的饼干、面包、方便面全都吞了下去，又狠狠地哭了一场。去银行查了查存款，只有一万块，她这些年的钱都花在维持高水平的生活上了。她看看自己住的房子，办的美容卡、健身卡，还有一系列的会员卡，如今没有一样是能帮到她的。

她想或者就去死吧，可又没有勇气，舍不得。

她想不明白她的人生是在哪里走错的，怎么会落到今天的下场。

又过了一个星期，她终于下决心把房子退掉，想另租个很便宜的。偏偏，这段时间二手房的成交量特别大，租房的价格跟着涨了很多，更气人的是，她找到的地段就在大成科技附近，因为大成最近开发新游戏，一下子招了五百个人，周围租房的价又涨了很多。

冤家路窄啊！

李菁日日夜夜地在电脑前码字，希望可以尽快有新的收入。

以前学习写作，是为了给自己增加附加值，现在却是为了吃饭的问题。可是，她的文章都是发在报纸上的，那个稿费太少了。

她当然也想去找个工作，可打开招聘网站一看，普通员工，都要求二十五岁以下，管理层她又够不着，没有经验。

她把自己的简历改了又改，甚至在网上请一个很有经验的网友改了一下，均未使其焕然一新。

网友直接问她：你这七八年都做什么了？得把工作具体化来说才行。

比如你们技术类的公司，你是否参与了什么产品的开发了？如果是做行政，又具体是什么呢，比如人力资源的整合了，手头有多少行业精英的关系网了。

李菁没有回答网友的问题，直接下了线。她几乎是什么也没干的。起初欧阳的公司还小的时候，她就是打杂，没有钻研过哪一项。后来公司大了，又将她们这种没有技术的老员工安排了闲差。

都是提前养老害的。想着，李菁就有些恨欧阳了，他把她引入了歧途，最后又将她抛弃。这些年来，她专注于办公室里的权谋斗争，过着倚老卖老的日子。其他的，都不精通。

在她试着写了一个月杂志稿，一篇稿子都没有卖出去后，她恼火了，要去找欧阳算账。可是，她连门都没能进去，保姆说陆教授不在，老板也不在。好不容易有一次在美容院里堵到了陆莹莹。

陆莹莹说："李菁啊，公司有没有按法规赔给你钱？"

李菁点了点头说："有。"

陆莹莹说："那就好，要是没给，我得跟欧阳说去。"陆莹莹又拍拍她的肩说，"小李啊，还是安心找个人嫁了吧，眼光别太高了。实在不行就回老家，让家里安排一个。女人呀，总是得嫁个人。"

陆莹莹上了车，走了。李菁一句话也没有说出来。是啊，一切都是按正常的法律手续办的，她能把他们怎么样呢？

一直在美容院门口站到天黑，一个个男人来到这里接走自己的老婆或是女友。她突然明白了她错在哪里，错就错在，一心想靠男人过日子，可择偶的眼光太高了，蹉跎了这些年的光阴，一事无成。

她，忽然泪流满面。

vol.5

最后一个被裁掉的员工离职后，欧阳才回到了公司。他批准了庄明朗之前随意提出的，提前为公司储备金融人才的计划，连续三年，每年送五个高中毕业生去美国上大学。毕业后他们必须为公司服务七年以上。

欧阳开会时说："我们现在手头稍微宽松点了，可以做这个事。"

原本庄明朗已经忘记了小王的事，而且从知道小王用坏了的猪肉烤来卖后，那种对她不好的印象又出来了，总觉得这个人不太地道。

他说给施乐怡听，施乐怡说，要小心这种女人。他很想仔细地跟施乐怡讨论这个问题，毕竟女人更了解女人，但施乐怡现在正在阳朔拍广告，一时间还没有时间和他聊。

要不要把小王的侄子纳入奖学金的考虑范围？庄明朗有些矛盾。

这天下午，下了雨，赵诚的老婆生孩子。赵诚和他老婆都是外地人，在这里没有亲人，便打电话通知了庄明朗。庄明朗赶过去，见赵诚抱头在产房门口坐着，很痛苦的样子。

庄明朗忙问情况怎样。

赵诚说："难产。都怪我们生孩子生得太晚了，二十几岁的时候，就应该让她生的。"

这时候不好乱开玩笑，庄明朗安慰他说："放心吧，医生有办法的。"

庄明朗又出去给赵诚买了吃的，虽然现在他不想吃，等生出来，一高兴，也就饿了。他陪着等在产房门口，感觉挺幸福的，等待一个生命来临的感觉确实非常好。不过见赵诚紧张的样子，也许轮到他时，也不会这么轻松了。

想着，他发了条短信给施乐怡，说赵诚家的马上就生了。

施乐怡回短信说：那你要包个红包，祝贺一下他们，等我回来，我们再去买些小衣服，送给孩子。

庄明朗说：遵命。他现在越来越喜欢这种被她管着的感觉，很温暖的。

晚上十点，孩子终于生出来了。是个女孩，皱巴巴的样子，像个小老太太。赵诚很高兴，庄明朗打趣他，说："赶紧联系香港吧，得生第二胎了。"

赵诚不理他，看着床上躺着的小婴儿，一个劲地傻笑。

他老婆虚弱地说：“你也抱抱呀，过会儿护士就抱走了。”

赵诚伸了伸手又缩了回来，他说：“太小了，我怕抱坏了。”

“当初让你好好学你不学，真是笨。”他老婆骂他，他依然傻傻地笑。

庄明朗说：“不如我试试吧。”他刚把手伸出去，就被赵诚打了回来，说：“我女儿，我都没抱，你抱什么？”

赵诚小心翼翼地把孩子抱起来，笑得眼睛都要没有了。

庄明朗说：“叫什么名字呢？”

赵诚说：“叫赵小曼。”

庄明朗说：“太没有创意了。等施乐怡回来，让她给你们想个好的。”说完见赵诚的老婆不高兴，赶紧从口袋里拿出红包，说是他和施乐怡送的贺礼。赵诚高高兴兴地接了，见庄明朗在暗暗地笑，说：“不会是过几个月又要还给你吧，那样我可就不要了。”

庄明朗不理他，忙着用手机给孩子拍了照片，发给施乐怡看。他觉得很有必要启发一下施乐怡的母爱。

有好几次，他都忍不住想问施乐怡，肚子有没有动静，但一想，万一那天播种没成功，反而被施乐怡知道了他的动机，就被动了。

于是，他忍了。

又是在深夜回家，庄明朗特意绕开了夜市走，他是这样想通的，当初若小王没有徇私的行为，那他也是不知道她有那么一个侄子，很需要这个机会，所以，他决定不管这件事情，回家睡觉去。

他刚睡下没多久，一个年轻的男子打电话给他，说他是刘明德的儿子刘小明，小王是他小姨。他说他小姨又被派出所抓了，刘明德被裁员后又住了院，他不知要怎么办，他听爸爸说过，庄总帮过他们家，不知可不可以再帮一次。

刘小明说得吞吞吐吐，一再地说着抱歉。

庄明朗想了一下才反应过来："说她怎么又被抓了？"

刘小明沉默了好久才弱弱地说："是公安局扫黄。"

vol.6

庄明朗和刘小明一起把小王保出来后，小王就不停地解释，她说她是无辜的，只是经同学介绍到夜总会里去推销啤酒，她也没有想到推销啤酒是要陪着客人喝的。公安突然冲进来，见她被一个客人灌酒，就误会了。

她一个人拼命地解释着，庄明朗和刘小明都不说话。

分明，小王已经在这家夜总会里做了一个星期之久，第一天可以说不知道，第二天、第三天呢？

他们俩一下车，庄明朗就开车走了。雨越下越大，路况不是很清晰。

庄明朗把车停在路边，拿了根烟放在嘴里，却没有找着火。他忘了，他戒了。

一种被耍的感觉从心里面一浪一浪地滚出来，就像路边有一个乞丐，别人都只扔一块钱，自己好心好意地给了一百块。结果乞丐站起来给他看了存折，说自己是个千万富翁。并且告诉他，他比那些扔一块钱的人傻了一百倍。

庄明朗冲方向盘打了好几拳，决定以后再也不乱同情像小王这么没有自尊心的人。

他把手机里小王的电话号码设置成拒绝联系人，看看屏保上施乐怡的照片，还是她最好了，一个自尊自爱的女人。虽然在外面玩过的男人都知道，在夜总会里推销酒的小姐只陪酒不出台，但到底有出卖色相的意思在里面，今天不出台，不代表永远都不出。对于小王的底线，庄明朗再一次提出了质疑。

他忍不住给施乐怡发了条短信，说：我好想你。

施乐怡马上就回了一条：我也是。

庄明朗回电话过去，说：“你怎么还没睡？”

原本受了气的施乐怡正在独自垂泪，一听他的声音便忍不住哭起来，更委屈了。

庄明朗急了，说：“到底怎么了。”

躲不过了，施乐怡说：“跟同事起了些冲突，他说话有些难听。”

庄明朗说：“回来吧，那工作我们不要了。”

施乐怡不说话。

庄明朗知道她又在纠结，便说：“你在撅嘴吧，每次让你不要工作你就撅嘴。”

施乐怡笑起来，心里轻松了不少。很多事情是无法跟恋人提及的，她当然不会因为跟某位同事起点冲突就哭起来。遭人打击报复的事不是她不想找人倾诉，而是这背后隐含着太多阴暗的东西，她相信在庄明朗的职业生涯中下黑手的事不会比她少，但她依然没勇气向他展现自己黑暗的一面。在阳朔的这两周，在MO时的前同事冯莹，如今的当红实力派演员对她的报复，令施乐怡原本就有些零乱的心绪，更加的五味杂陈。

小米突然来敲门，施乐怡让庄明朗等等，五分钟后再联系。

小米送来了施乐怡要的关于可及时替代演员的资料。临时更换广告主角，施乐怡还是第一次遇到。

庄明朗很准时，五分钟后又拨来了电话，他说要视频，他想看看她。

两人便通过手机见了面。

施乐怡保持笑容说：“你怎么在外面呢？”庄明朗就把小王卖淫未遂的事说了。施乐怡骂了句“贱人”，说：“你以后都不许再管她。”

庄明朗点头，说：“我再管她我就成二百五了。”

施乐怡一边抹掉眼泪一边笑，叫了声“明朗”。

“嗯。”庄明朗答应着，施乐怡却没有了下文。

她又叫了声“明朗”。

庄明朗又答应，她又没有下文。

庄明朗说：“说呀。”

施乐怡脸红红地说：“我现在就想天天跟你在一起，再给你生个孩子。”她把脸捂起来。真的，在职场里，她确实滚打得有些累了。

庄明朗清了清嗓子，说：“朕同意了。”

施乐怡把脸露出来，说：“你是想要儿子吧。”

庄明朗说没有，很正经地说：“儿子女儿我都喜欢。”

施乐怡说：“你骗人，你做梦都在叫儿子。”

“我做梦说了吗？”

“没有说吗？”施乐怡故意诈他。

庄明朗以为是真的，便承认了。说：“好了好了，我承认，我是想要儿子。你想想，我好不容易创了自己的事业，总得有人继承吧，你忍心让一个女孩去扛这个重担？”

施乐怡做了个鬼脸，说：“瞧不起女人。”随即她又说：“其实我也想要儿子，儿子长大了对妈好。”

庄明朗说自私鬼。他把座位放倒躺下，说：“这样吧，生儿子算完成任务，生女儿另外有奖励。”

施乐怡突然想起了什么，她说：“你等一下。”过了几分钟，她把手机对着电脑。她说：“看到没，算命的网上说咱们明年生的话，就是儿子。”她掰着指头算了算，说：“你下个月中旬来吧，下个月怀上就是明年春天生。”

庄明朗大笑，说：“你很迫不及待嘛。”

施乐怡瞪他。

其实，庄明朗有些失望，看来这姑娘现在多半是没有怀上。他保持笑容说："好啊，你现在就开始吃好点，别到时说你累了，你不行了。"说完，他转念一想，他们分开不过才半个多月，说不定怀上了她还不知道。于是，又嘱咐了一次，让她不要做剧烈运动，保存实力之类的。

两人聊着，天就亮了，难舍难分地挂了电话，各忙各的去。

vol.7

冯莹一大早便站在施乐怡的门口等她出来。冯莹的小眼睛依然如小指头的指甲壳那么宽，嘴唇薄薄的，嘴型有些大。施乐怡一直都没想明白，为什么现在能红起来的明星都长得那么怪异，越是男不男女不女的人越红得快，连冯莹这样跟漂亮二字完全不搭边的人都能红起来。冯莹没有化妆，但也许是因为人走红后自信心加强了，气质上确实比三年前强上许多。施乐怡职业地笑笑，问冯莹找她是不是有事。

冯莹说："老同事了，想找你一起去逛逛。"

哦？施乐怡不知冯莹这样做的目的，有些犹豫。

冯莹说："我没有别的意思，就是想都来到阳朔了，不逛多可惜。"

施乐怡想今天也没什么事，不如看看冯莹倒底想做什么。她说："我得把事情先交待一下。"

施乐怡敲开隔壁小米的门，告诉她自己选定的替换人选，让她联系好，演员这周内必须到位。

小米嘴巴上答应着，眼睛不时地瞟冯莹一下，昨天还吵得不可开交的两个人如今站在一起，实在是太奇怪了。整个片场里的人都不明白这位广告总监与女主角有什么仇，为什么拍了两个星期，女主角都装傻充愣地使一个镜头都拍不成功。为了对广告客户保持信用，眼看着档期越来越紧，远在北京的张全林不得不主动找影视公司商量，他甘愿赔一些违约金，请影视公司帮忙更换新人。施乐怡是不赞成换人的，她请求张全林再给他一些时间，她会有办法对付这位大明星。

张全林却不给面子，说："还是算了吧，现在换人，公司还损失得少一些。"张全林第一次以这样的口气跟施乐怡说话，令施乐怡再也没有了转圜的余地。

小米接过施乐怡给她的文件，冲施乐怡使了个眼色，又看了看冯莹。

施乐怡笑笑拍拍她的肩，说："你去忙吧，我和冯小姐出去逛逛。"她把小米推进房间里，转身问冯莹，"你怎么会改名字叫冯莹的？"

冯莹说："是我妈找算命的人算的，说我以前的名字不好，爱遭小人算计。"

施乐怡笑了一下，她知道冯莹指的是什么。当初如果不是冯莹仗着自己在 MO 待的年限比她长，不听她这个年轻上司的话，她又怎么会对冯莹下手呢。她觉得这个世界是公平的，当初她令得冯莹没有了工作，现在冯莹又装傻冲愣地理解错她的意思，使她的广告拍不下去。因为这次的临时换演员事件，天怡静安不但没赚着钱，还倒赔了八万块进去，施乐怡的颜面算是丢尽了。

冯莹早已订好了一艘乌篷船，两人手拉手地跨到船上，完全没有了之前仇人见面的眼红场面。

施乐怡坐在船头的竹椅上，拿着相机到处拍。

冯莹坐在旁边，冷不丁地冒了句："当初我想了好久都不明白你是怎么办到的。"

"办到什么？"施乐怡平静地与她搭着话。

"让我走人。"冯莹说得很冷静，不像是要找施乐怡骂架的样子。

施乐怡好奇地说："你后来想明白了吗？"

冯莹笑笑，说："我从你身上，真正明白了什么叫以退为进。"她用手指戳了戳施乐怡的腿说，“我分析一下，你看我说得对不对。”

施乐怡笑说好啊。她完全没有想到，今天的冯莹会以这样平静的方式来与她沟通当初的仇怨，看来冯莹这些年，真的经历了不少事情。

冯莹说：“当时我不服气你，凭什么你一个刚进公司不到两年的小丫头能当项目主管，我在MO累死累活地做了四年，反而要事事都听你的。起初你使用的是怀柔政策对不对，你故意拿我当平等的朋友对待，一起吃，一起玩，在钱上你还故意吃些亏。”

施乐怡说：“是的，其实一开始的政策是很利于你的，我也不想在刚当上主管时，就背上个与下属不合的名声。”

“结果你改了政策，你发现你对我好，我还是不服气你，在工作上还是不配合你。是不是？”

“是。”施乐怡点点头。

“可是具体是因为哪一件事令你下决心改变的呢？”冯莹说，“这个我没有想明白，我一直都没有做太出格的事，态度上也一直是不听你的两次，但又会回头来听上一次的。”

“没有具体到某一件事情，从你的角度来讲，每一件事都是原因，我对你好了这么久，你都还是不配合我，嘴上说是朋友，实际处处不服气。一件件事加起来，原因是综合的。但从我的角度来说，是时机成熟了。”

“是不是因为当时你主管的第一个项目成功了？觉得自己在公司里有资本整人了？”

“这不是主要的。”

“还有更主要的？”这事在冯莹脑子里过了无数遍，她能想到的要素，都跟工作本身有关。

“因为行业地位。”

“什么行业地位？”

“我为了挣钱通过几家不同的小广告公司在外面接了很多外单，虽然那时MO还没有明文规定不能接外单，但肯定还是忌讳这样的事情的。我也是运气好，接了一些小单子，没想到其中有几家公司在一两年间就迅速地壮大起来，成了知名企业。我呢，也继续为他们服务。广告越做越多，越做越大，找我做外单的人也越来越多，这样下去，我做外单的事怕是就要瞒不住了，而且以我当时的成绩，若是有资本投资，自己单起炉灶，也差不多有四五成成功的把握。所以我就想赌一把。”

“所以你就用我当棋子去赌？特意摆个陷阱给我去跳，跟我说什么你想把主管的位置让给我，你愿意不当官埋头做自己的事情。”

施乐怡笑笑说：“准确地说是用你去试了试公司。如果我提出要让你当主管，公司肯定会想为什么凭白地要这样提出来，必然就会想到是你不听话的缘故。是我软弱管不了你也好，或是我欲擒故纵也好，你不配合我工作的事肯定是明了的。老板如果看重我的能力，想要继续用我，就得想办法帮我处理你，我也就安心地在MO再多做几年，多积累一些大项目的资源和经验，稳妥了再出去。或是公司不帮我，这就是我脱身的机会，没了工作，我正好大着胆子自己做去，就算失败了，趁着我还年轻，重新再来也还有机会。当然，也不止这些，还有一个原因。我因为发展速度太快，不但你不服气我，在管理层中也比较受排挤，他们事事不配合，我这样一闹，如果老板倒向了我这边，对他们也算是敲了一次警钟。结果你知道，老板倒向了我这边，所以你走了，我升职做上了项目经理。当然，我改名换姓做外单的事情在两年后确实也曝了光，所以我才会在合约结束时与MO不太愉快地分手了，你才会在天怡静安的项目里遇到我。”

冯莹笑起来，说：“看来我理解的以退为进还是想得窄了些，你这是把几件事都用我来当导火索啊。”

施乐怡说：“如果你配合我的工作，我也不会从你下手。”

冯莹说：“听说你男朋友是搞金融的，你后来怎么不让他给你找投资，又在MO待那么久呢？”

施乐怡摇摇头，说："我不希望我和他的感情里，有除了感情之外的东西存在，特别是钱。"

"哦？"冯莹冷笑了一下，说，"你还挺纯情的？"

施乐怡不笑，严肃地说："这是我的原则。"

乌篷船驶进了桥洞里，一时间她们都看不清对方的脸。冯莹跟船家说："在前面靠岸吧。"

施乐怡没有随冯莹上岸去，她说她想再转转。

冯莹说好吧，走了两步又退回来。她说："施乐怡，你是挺聪明的，虽然如果当初不是你使诡计让我失业，我也没有今天，但我还是恨你的，被人扫地出门的那种感觉，我永远都会记得，你这次回北京，日子必然不好过。"她眼神中的恨意像带着刀子，一刀刀地劈在施乐怡的脸上，施乐怡冲她笑笑，没有说什么。她知道冯莹当初和天怡静安签约时，故意要高了换人的赔偿金，就是为了今天让她在工作上站不住脚。可就算失去这份工作又能怎样呢？她的落点本就不在天怡静安，而在庄明朗身上。

自从与庄明朗交往后，施乐怡就宽容了很多，有了庄明朗这条退路，她不需要再那样激进地往前走，实在不行她就躲到他的羽翼之下，伺机而动。

有了庄明朗以后，她才真正明白，为什么那些嫁不出去的老姑娘会在工作中那样地激进，因为她们没有退路，必须从工作中抓住更多的东西，以保全自己的生活，或是面子。

家庭的窘迫，令她成为了一只没有脚的鸟，只能往前飞，才可以生存下来。庄明朗的出现，就像给了她一双脚，可以停下来，休息一下，想一想，连那些阻挡她前进的人也不那么可恨了。

前两天小米借了本杂志给施乐怡看，其中有一篇写剩女的文章，作者的观点比较新奇，说是现在的女人之所以剩下，主要是因为女人们已走出了家门，而男人们依然停在原地的原因。比如，以往的女人，是不能出门做工的，她们只能依靠男人们养活，所以任何一个男人，哪怕只是一个黄包车夫，只要能养活妻子，在一个家庭中，就是顶梁柱的角色，女人就觉得他是一个真正的男人。而现在的女人都走出了家门，有自己的工作岗位，她们甚至做着与男人一样的工作，拿和他们一样的薪水，所以男人原本高大的形象就没有了，而女人天生又是需要一个高大的男人来依靠的，现在说到底又还是男权社会，所以出现了大批的剩女找不着合适的对象。反过来说，剩女也是社会淘汰最低等男人的工具。

乍看之下，好像是有些道理，仔细一想，施乐怡又觉得有些牵强，她只从女人的角度来写了这个问题，却忘了有一个互相选择的问题。男人们也是有选择的权利的，女人们自身的条件摆在那里，正如网络上流行的说法，把男人和女人都按优良程度分为 A、B、C 三等，C 女配 B 男，B 女配 A 男都是不错的选择。男人们再是无能，大部分也都还是有自尊的，B 男自然知道选择 C 女最好，A 男自然就会知道选择 B 女最容易生活到一块去。所以施乐怡想了想，剩女的原因，归根到底还是好高骛远造成的。C 女总想找 A 男，怎么能不剩下呢？

想着，日头已经走到正中间了，施乐怡有些饿，便让船家往回驶去。

换演员后广告拍得很顺利，这个演员完全按照施乐怡的要求去演，一点也不像冯莹那样装傻充愣，故意演不到点子上，不过三天的赶工，就将工期全都赶上了。

阳朔很美，施乐怡没有想到，自己工作以来最大的一个败笔就产生在这里，她趁着收工后的最后一个晚上，出去给庄明朗买了一些礼物。收拾行李时又把小米的杂志还给她，还杂志时才看到，写关于剩女成因的那篇文章的作者竟然叫李菁，施乐怡上网一查，果然是以前王莉的同事李菁，在她的博客里，就有这篇文章，还有她的照片。

联想到李菁的个人条件和这篇文章的观点，施乐怡不禁笑起来，更加坚定了自己的判断。

vol.8

回到北京，张全林特意把施乐怡叫到办公室，让她解释冯莹装傻罢演的事件。施乐怡怕冯莹早已将这事跟她的公司和张全林备了案，她只得老实地说明是自己当初与冯莹做同事时，在工作上有过冲突，冯莹原是她的下属，因不听指挥，而被公司解雇的事情。

施乐怡向张全林道了歉，表示自己愿意承担一部分因此事给公司带来的经济上的损失。

张全林没有马上对此事表态，只说他需要考虑考虑。

公司例会上，张全林公开对此事提出了批评，但没有做相应的处罚。施乐怡明白，他公开批评，是想打压一下之前把施乐怡捧得太高的气焰，不处罚，是想留日后相处的余地。

之后，照样是由策划部门先说自己手里项目的进展情况。上个月，施乐怡因为之前承诺张全林会带过来的几个大客户已经正式签约，在天怡静安里，显然已经成了王牌员工，如果不是出了冯莹这么一件事，例会这个持久的战场，她目前阶段是不需要紧张的。但是现在回过头来想想，也有可能正是因为客户们都签了约,所以张全林才放心下来这样对待她。她知道，她的高薪，一直是张全林心里的一个疙瘩。

施林听她一项项地汇报着每个项目的进展情况，眼神中不安的情绪越积越多。施乐怡每说一项，他就在面前的本子上画上一杠，待施乐怡说完，他已画上了八杠。施乐怡见他开始暗暗发笑，有了一些不好的预感，难道他要就冯莹之事发难?

果然，轮到施林发言时，他声音洪亮地汇报了自己主管的一些项目进度后，又说了句还有。施乐怡的耳朵竖了起来，施林却没有提冯莹的事。

他说公司里现在有一些现象不太好，忙的忙死，闲的闲死。他先批评了他的几个下属，之前连做了几个项目客户都瞧不上，久而久之竟成了吃大锅饭的了。他认为公司应该对这些人有所处理，比如再给一两次机会，再跟不上形势，就得走人。他说："比如我手里，现在有几个小项目准备分给他们负责一下，我这里做质量把关。我看乐怡那边事情也挺多的，不如也将这些人利用起来，打打下手也好啊。"

施乐怡立马就表示同意，并且赞赏了施林的办法确实非常好，她说："我正愁找不着帮手呢。"冯莹事件当前，现在表示反抗，怕是张全林也不会帮她。施林怕是也正是看中了这点。

张全林果然对施林这个提议也非常满意，说以后大家就是要这样，事事都要从公司的立场出发考虑问题，分组是必要的，但要以事情本身为转移。张全林强调说，二位今天下午就把这事落实到人吧。

施林连连点头，说："张总今天说的事事从公司的立场出发，确实是员工们行事的准则，以后我们做事时都要注意。不能因个人的事，影响了公司的运作。"

除了施林针对施乐怡这件事，施乐怡还见不惯施林这副奴才相，当面拍马屁是他每次开会都必做的事情，张全林提出的要求，说出的理论，他总能重复说一遍，然后大大赞扬一番，再吩咐与众人。这种站立场的事是他很擅长的，分明是为了自己的私心，却总能找到一个"为了公司好"的立场，以"公司为家"的口气，宣读出来。似乎他只有单独面对老板时是员工，面对员工们时，他又成了公司的拥有者。

施乐怡盘算着手里的事情怎么分配，才不会将自己的资源被施林的人占了去。人手她是差的，可不代表就要拱手让人，具体怎么分配，他施林就管不着了。

会议完后，施林特意走到施乐怡办公室，说："乐怡啊，你分配工作可要把握一下，先分一些打下手的事给他们试试，行的话，我的人以后就归你了。”

施乐怡忙谢谢他，说：“你也太小瞧你的下属了，强将手下怎么会有弱兵。”

施林摆摆手，说也是没办法了，大家都是同事，不能老让他们闲着。

他明白，施乐怡的项目不可能就这么一下就被他挖过来了。他只是想先让她明白，在公司的框架下，并不是谁带来的客户就是谁的。都是公司的，公司有分配的权利。他施林有得到的可能。

他这样主动让了些步，施乐怡的气也就消了，剩下的是理智。

以前的施乐怡对这些权衡牵制的把戏还是有兴趣的，人与人的斗争是世界上最精彩的一出戏。人的智慧、权谋常常在这些事中得到锻炼和体现，输中有赢，赢中有输。但现在的施乐怡，并没有将未来着眼于天怡静安这片土地。她上周就想好了，只有回家做一个 SOHO，单凭技术吃饭，才能更多地把精力用在她与庄明朗的家庭里，家庭才能很好地维持下去。这次的项目转移，也许正是脱身的机会。又算是一次输中有赢吧。

于是，她将计就计，真的把一些项目整体地移给了一些同事，她不过从中协助一下，待客户完全习惯之后，她就不再管了。

她的这一举动令同事们感到奇怪，接手的人起初有些不知所措，发现她是真心移交后，又有些无所适从。

小米和施乐怡比较亲近，私下里直白地对她说：“乐怡姐，我相信你，客户都是冲你来的，他们抢不走。”

施乐怡笑笑，说：“小米，我很愿意看到客户对他们满意的。”

小米有些惊奇，犹豫了一下说：“乐怡姐，我感觉你和我们不一样。”

施乐怡笑笑，说：“你过几年就明白我了。”

施乐怡也不是乱送人情的，她目前挑选的这几个人她观察了很久，并不是不能干，而是施林干涉得太多了，有时还指错了方向。一个人的创意遭到了别人方向性的指责，基本就没有什么价值了。

这几个人在专业上是值得她欣赏的，若这次在自己的引荐下使得他们成功，至少可以分解施林的势力，施乐怡就算要退出，也不想侮辱过她的施林好过。从长远来说，施乐怡若有朝一日成立自己的公司，这些就是现成的人才和资源。

功夫不负有心人。先是一个项目通过了客户的审查，然后是两个、三个。

施乐怡在公司里的口碑一下子就好了起来，之前说她傲慢、爱出风头、事事争先的人都闭了嘴。这次取得胜利的几个同事还都分别请她吃了饭，表示感谢。

施乐怡工作这么久，口碑还没有这样好过。她确实是一个傲慢的人，工作上瞧不上同事，也不爱和不搭调的人多言，一心挣自己的钱，积累自己的资源。这次获得这样多的友好，令她的心温暖起来。

她跟庄明朗说了她的心态变化，她说，当一个好人，确实是很舒服的事情。

庄明朗笑笑，说："我老婆越单纯，我越喜欢。"

施乐怡说："你是说我以前不单纯喽？"

庄明朗说："也不是，以前绷得太紧了。"

vol.9

庄明朗到医院接赵诚两口子，赵诚说："赵小曼她妈现在要做月子，不能老抱着孩子，自己抱着孩子又开不了车，就只好麻烦庄师傅了。"

庄明朗说："行啊，我帮你抱孩子，你开车吧。"

赵诚被这话噎了一下，说："你抱着赵小曼跟赵小曼她妈坐在一起不合适吧。"

庄明朗说："都是老同学了，怕什么。"

两人正掐得来劲。庄明朗忽然看到一个人。是王莉，他肯定没有看错。

王莉一直走到他面前才看到他。她尴尬地笑笑，说："你也在这里？"

庄明朗看了看她硕大的肚子说："原来你辞职是因为有好事啊。"

王莉笑笑，说是啊。

庄明朗连连说恭喜，又问她怎么一个人来医院。

王莉说："他忙呢，常规检查我就自己来了。"夫妻间的称呼就是简单，王莉只用了一个"他"字，便将事情掩盖了过去。任何一个人，都会有唯一的那个他。

赵诚老婆从病房里走了出来，看到正在和庄明朗说话的王莉，哇的叫了一声，说："你这肚子这么大，是双胞胎吧。"

王莉一脸幸福地点点头。

赵诚用胳膊拐了拐他老婆说："你看人家，一次生俩。"

赵诚老婆说："你笨啊，这个要有遗传基因才能生的，你有吗？反正我是没有。"说完她就往外走，赵诚和庄明朗赶紧跟上去。

庄明朗走了几步又退回来，他想王莉大着肚子肯定不能开车，便问王莉需不需要搭他的车走。

王莉想想说："好啊，那就麻烦你了。"她想反正是好友未来的老公，麻烦一下也没有什么。

王莉和赵诚的老婆坐在了后排，赵诚两口子一个劲地羡慕她怀的是双胞胎。王莉不愿意再说这个话题，这都是欧阳的遗传基因在作怪。她转移话题问庄明朗，以前的同事都还好不好。

庄明朗说："裁了很多人，变化挺大的。"

王莉赶紧问："那小王现在怎样了？"

"也被裁了。"

"那刘明德呢？"

"一起裁的。"庄明朗不太想提起这一家人。

王莉没有发现，继续感叹，“真是可怜，这家人这回麻烦了。”

“他们还可以找别的工作嘛。”赵诚把话头接了过去。

王莉说，“他们很困难的，公司怎么不考虑一下呢。”

庄明朗说：“其实很多员工都有困难。”

“那个不一样。”王莉说，“你们不知道，小王很惨的，她是老来女，比她姐姐小了将近二十岁，三四岁的时候，父母就前后去世了。在她十五岁时，和姐姐一起逛街，一个疯子拿着刀在街上乱砍，砍完两个人后，他冲尖叫的小王冲了过去，她姐姐为了护着她跑，被砍了五六刀，伤到了内脏，在医院住了一两年，最后还是死了。为了这个，他们一家倾家荡产，到现在每个月都要还医院几千块，至少还得还七八年。”

“那砍人的家属就不出些钱？”赵诚老婆忙问。

“唉。”王莉叹口气，说，“那疯子是个独生子，年轻的时候高考没考上，被他爸爸打了一顿就疯了，又没有兄弟姐妹，一直是老两口在照顾他，但后来老两口陆续都死了，没有人管他，所以天天在街上晃，那天不知谁惹着他了，提起刀乱砍。他哪里有钱赔啊，把他关起来，国家还要养他哦。”

赵诚一进公司就听前台小妹说了这事，一直没告诉庄明朗，就是怕小王黏着滥发好心的庄明朗不放。赶忙打岔说，“王小姐知不知道在哪里请的月嫂比较好。”

赵诚老婆伸手打了他一下，说：“你别打岔，听王小姐接着说。”

王莉笑笑，继续说：“小王一直都很内疚的，所以这些年一直帮着刘明德照顾孩子，她的工资，个个月都交三分之二给刘明德，她一年四季都买不上几件衣服穿，非常节约。”

庄明朗有些疑惑说：“我看她对一些高级场所挺熟的，不像是低消费的人群。”

“那都是打工的结果。什么西餐厅了，高尔夫球场了，高级会所了，她都去打过工。典型的看过猪走路，没有吃过猪肉。”

哦。庄明朗感觉心里闷闷的，似乎自己冤枉了小王。

赵诚赶忙提起施乐怡，说："你老婆到底什么时候回来。"

赵诚老婆说："你这么关心干什么？"

赵诚尴尬地笑笑说："赶紧生个孩子陪我们女儿玩啊。"

王莉笑，说："庄总是应该赶紧结了，省得外面的小姑娘天天惦记着。"

庄明朗叹气，说："我家那个工作狂也不知什么时候才会回来。"

Chapter 05 暗伤

vol.1

王莉特意打电话将庄明朗对于施乐怡迟迟不归有些怨言的事告诉了施乐怡，施乐怡说："我也是在想办法尽快脱身。"

王莉说："直接辞职算了，这个年纪了千万不能出差错。"

施乐怡笑笑说："不会了。"

王莉说："这么有把握？"

施乐怡说："以前没有，现在感觉我们俩还是挺稳定的。我觉得吧，一个女人还是要有自我，所以我辞工的事，我想尽量处理得好一些。"

"知道，你又要说什么独立的经济独立的人格了。"王莉说道。

施乐怡说："这是当然，记得那时候知道我哥得了那个病后，好多亲戚朋友就突然跟我们疏远了，都想着我们家是一定要找他们借钱的，自己先躲了。”

王莉在电话这头叹气，说：“人啊，就是复杂。”

王莉又嘱咐了她几句快些回来，便要挂电话，施乐怡不干，说：“你现在到底在搞什么鬼，每次打电话问你和那个伍仁兵是怎么回事，你都说你忙，你到底出什么事了？”

王莉干干地笑，说：“其实不是不想告诉你，是我自己都不知道我是要做什么。只是感觉和他在一起时，会更加坚定自己的决心，会感觉我还不是那么孤单，不是我一个人在犯傻。”

“啊？”施乐怡不明白她在说什么。

“这样说吧，伍仁兵在某种程度上说，就像另外一个我。”王莉躺到床上去，准备和施乐怡细说。

她说：“我从头跟你说吧，那时我从你那里回来没几天，不知怎么回事，家门口洒了些油，我产检回来，一脚踩上去，人就滑出去了，还好我抓住门把手，是慢慢地坐到地上的，起初没事，我慢慢地挪动屁股移进屋去，谁知到下半夜就不太好了，肚子痛，下身流了血，当时我就蒙了，自己打了120，心里特别害怕。我想我要是死了，都没有人告诉我爸妈。等医生一直都没来，我越来越痛，越来越没有力气，我又不想找欧阳，万一我死不了呢。所以我就想起了离我最近的住在楼上的伍仁兵，我打电话给他，请求他帮我个忙，如果我出了什么事，请他打电话告诉一个叫施乐怡的人。后来我就晕了，醒来时在医院，听医生们说，还是伍仁兵帮着他们把我家的门砸开的。”

王莉笑笑，说：“也是心理作用，其实医院从接到我的电话到来到我家，也就十五分钟，是我自己感觉好漫长。”

施乐怡的眼眶里蓄满了眼泪，鼻子自然地抽泣起来。她用手捂着嘴，不想让王莉听到，同情一个人，有时候恰恰是给予伤害。

王莉见她半天不说话，说："你别难受啊，我当初决定做单亲妈妈，就知道会有这些困难的。"

施乐怡将哽咽硬生生地咽下去，粗着声音说："你从那以后就和伍仁兵常来往了？"

"嗯。连我都没有想到他会那么直接地问我，孩子是不是欧阳的，之前欧阳去他的酒吧里找过我，他说他看出来我们肯定不是一般的关系。"

"你怎么说呢？"施乐怡问。

"我开始当然是不承认，但他主动跟我坦白了他对陆莹莹的感情，说他这么多年没结婚，就是无法爱上陆莹莹之外的人。我想，他现在处处照顾我，不但是对我的同情，也是在释放对自己的一种同情吧。"

"真是复杂！"施乐怡说，"你还是小心些，我总觉得如果陆莹莹知道了你怀孕的事情，怕是会对你不利。"

王莉说："不会吧，她也是个有教养的人，而且我也没有打算再去缠着欧阳不放。"

"有教养有什么用，你忘了，她还打上门来过？"施乐怡说，"你别想简单了，你想想，一个会自杀的人，太可怕了。对自己都下得了手，对别人是说不准的。而且她的生活原本那么完美，你看过她画的画没？那是一个比我还要完美主义很多倍的人。"施乐怡又说，"王莉，说实话，我觉得我和她是同一类人，所以，我还是想提醒你小心些。人年轻的时候，觉得这个东西不好，可以不要，再去找别的。老了，没有从头选择的机会了，才会自杀，在欧阳身上，她是出不起差错的。伍仁兵这么多年都想着她，这么大的事他会不告诉她吗？"

王莉说："你放心吧，我会小心。"她对施乐怡的话半信半疑，但施乐怡的好意她总是要领的。她说："我至今也没有亲口跟伍仁兵说过，孩子是欧阳的。实在不行，到时找个顶包的。"

施乐怡说："等我回去，还是给你搬个家吧。"

王莉打趣说："别的地方我可瞧不上，要去的话，我就想去你和庄明朗的家里当灯。"

施乐怡嘘了一声说："那你去问庄明朗吧，看他愿不愿意。"

王莉大笑，说："他不把我捏碎了才怪。"

王莉又好奇地问："施乐怡，看一个人的画真的能知道她这个人吗？"

施乐怡说："通过艺术作品，至少能看出作者的人生观，特别是写文章的人，会比较容易看。你记不记得以前你和李菁关系还好的时候，你拿她的文章给我看，我就觉得此人有些太过自命不凡了。"

王莉说："你说得对，她确实是这么个人，多少同事都在她身上寒心过。也是报应，她现在被裁了，这个年纪的人，上哪儿找工作去。"

说到这，王莉神秘地说："你猜猜上次我们在机场，看到她和一个大男孩吵架，那个男的是谁？"

"你认识啊？"

"差不多吧。"王莉催她快猜猜。

施乐怡说："按理她是想找有钱的，难道是个假有钱人？"

王莉说："不是，你要猜具体点，确实是个有钱的，不过是有钱人家的儿子。我们都认识他爸。"

"谁呀？"施乐怡和王莉的工作圈子不同，除了同学，很少有共同认识的有钱人，显然，又不可能是欧阳的儿子。

王莉说："算了，你肯定也想不到，我告诉你吧，是老吴的儿子。"

施乐怡笑起来，说："老吴的老婆肯定长得不错，要不他那丑样，怎么可能生出这么帅的儿子来。"

王莉说："是呀，我以前见过老吴的老婆，很漂亮，只是毕竟老了。"

施乐怡说："男人都是不知足的。"

王莉说："你也知道啊，趁你还年轻貌美，赶紧回来守着你家庄明朗吧。"

施乐怡笑，说："这种事是防不胜防的，不如顺其自然的好。"

“所以保留自我最重要，你是不是又要这么说？”王莉问。

施乐怡说：“那还用问吗？”

临挂电话前施乐怡想起了看到李菁文章的事情，王莉详细地问了杂志名，说她一定要去找来看看，看看这个疯女人，脸皮厚到了什么程度。

施乐怡说：“不知道她这个人还好，一知道了，再联想这篇文章就感觉太搞笑了。”施乐怡突然想起来老吴的儿子在飞机上的一套河马理论，便对王莉说了。

王莉笑得不成样子，说：“这很明显，李菁是从家生的河马一下子醒悟成野生的了。”

vol.2

王莉对伍仁兵说了她的朋友对于他们这样交往的担心，伍仁兵笑笑，说：“没有我们这种经历的人是不会懂的。”他扶着王莉在小区里散步，像一对夫妻。

王莉会意地一笑，挽上伍仁兵的胳膊，拉他坐到旁边的长椅上说：“我想跟你商量一件事情。”

“什么事？”

“有需要的时候，骗我爸妈说你是孩子的父亲。”

伍仁兵点点头，说没有问题。

王莉说：“我这些年为了欧阳与外界来往得也少，但万一以后遇到什么事情，非要说出孩子的父亲是谁，可不可以也说是你？”

伍仁兵说：“当然可以。”

王莉说：“你真的不打算找人结婚了？”

伍仁兵说：“也没什么好结的。”他把头仰到长椅后面去，说，“可以不停地换女朋友，也挺好的。”

王莉苦笑一下，她知道，像她和伍仁兵这样的人，都很难走回正常人的生活里去。他们为自己的爱情付出了太多，重得已经卸不下来了，若能卸下也就不是原来的自己了。

伍仁兵坐直身子，说：“我既然当了‘有问题时的父亲’，可不可以听一下你肚子里的孩子呢？”

王莉愣了一下才反应过来“有问题时的父亲”的意思，她微笑着点点头，说好啊。

伍仁兵小心翼翼地将耳朵贴在王莉的肚子上，王莉详细地给他讲解着，哪种动静是心跳，哪一次的动静又是孩子踢她了。

有一瞬间，王莉感觉是欧阳将耳朵贴在她的肚子上，她情不自禁地将手放在他的头上。一脸幸福的她没能看到伍仁兵扭曲的表情，那代表着挣扎的意思，一边是陆莹莹泪流满面的样子令他痛心，另一边又是鲜活生命的跳动令他不能下手。上一次在王莉家门前洒油没能成事，这两三个月来，他竟不能再次下手。

放学回来的孩子们欢笑的声音惊醒了各怀心事的两个人，一个胖胖的女孩子走过来指着王莉的肚子对别的小朋友说：“你们看，我妈妈给我看她以前的照片，也是这么大一个肚子，她说我一直在她肚子里玩，玩够了，出来了，她就瘦了。”

所有的小朋友都睁大眼睛盯着王莉的肚子看，看得王莉有些不好意思起来。

忍着想笑的冲动，伍仁兵把孩子们都劝散了，他说再晚回去，动画片可就完了。呼拉一下子，孩子们就跑光了，目送他们离去，伍仁兵心里竟然暖暖的，一个个胖胖的小屁股，是多少成年人的心头肉。

王莉摸着自己的肚子，冲伍仁兵笑笑说：“我相信，我一定不会后悔的，孩子比什么都可爱。”

伍仁兵从她的脸上看到了一丝神圣的表情，与陆莹莹的神圣不同，陆莹莹的神圣感来自于她对欧阳的所有权，而王莉来自于心甘情愿的付出。

他有些后悔，当初抱着好奇心，买了这里的房子接近王莉，他发现欧阳在外面有女人又怎样？他真的可以为陆莹莹做些什么吗？

曾经，他也以为自己为了陆莹莹什么都可以舍弃，包括自己的性命。现在想来，会伤害到三方的事，他依然是下不了手的。

天就要黑了，陆莹莹与他约定的时间到了，他将王莉送回楼上，说自己要到酒吧去看看。

陆莹莹的车停在酒吧的后门，离她上一次找伍仁兵哭诉正好有一个月，她不知道她把欧阳在外面有女人的事告诉伍仁兵对不对，她只知道除了伍仁兵不会看她的笑话以外，别人都是说不准的。

伍仁兵坐上去，在黑暗中看不清陆莹莹的脸。

陆莹莹说："我拜托你的事情还是算了，现在看来王莉真的没有让欧阳知道她怀孕这事的打算。"她的声音沙哑着，一边说一边咳嗽。

伍仁兵说："你感冒了？"

陆莹莹说："没事，就是夜里着了点凉，年纪大了，就立马表现出来。"

伍仁兵说："你才多大，我还比你大两岁呢。"

陆莹莹说："哪里，男人和女人能比吗？我四十岁了，跟你们男人五十五岁的感觉差不多。"

伍仁兵问她吃药没有，陆莹莹想了一会儿竟想不起来，她分明记得让保姆给她找过药丸，可又好像没吃就出来了。

陆莹莹用双手搓揉自己的头，说："我真是要疯了，成天都想着王莉和她肚子里的孩子。从私家侦探给我看了她挺着肚子的照片，我心里就堵得慌。"

伍仁兵心痛她这个样子，说："要不还是继续吧，下回我直接给她下堕胎药。”

“不，不用。”陆莹莹摇头，说，“太残忍了，对你也不太好，万一以后被警察查出来。”说着陆莹莹又哭起来，巷子里的路灯突然被开启，吓了他们俩一跳。

伍仁兵说：“或者你就相信一次王莉，相信她是不会去跟欧阳说的，从这个角度想，你也轻松一些。”

陆莹莹用颤抖的双手拉过伍仁兵的手，说：“我真的可以相信她吗？如果她告诉了欧阳，欧阳肯定会倒向她的。”

伍仁兵点点头，说：“放心，还有我呢。”

为了随时掌握王莉的心态变化，伍仁兵几乎每天陪在王莉身边十小时以上。每天给她弄好吃的，按时陪她去医院，偶尔在附近走走，活动活动。甚至，他想实在不行就骗王莉和自己结婚，彻底断了她和欧阳的后路。

这天陪王莉去医院检查出来，王莉突然想吃海鲜。伍仁兵便开着车，带她去了有名的海港鱼村。谁知一进门王莉便遇见了熟人，王莉给他介绍了一下，长的胖的那个是吴总，做房地产的，另一个叫庄明朗，王莉以前的同事。

庄明朗的表情还算正常，似乎把他当成了王莉的丈夫。

那个吴总就奇怪了，一直在坏坏地笑。

待他们走后，王莉说：“三年前我和欧阳出去旅游，被老吴他们一群出去鬼混的房开商撞见过，别人都不说什么，就这死胖子经常明里暗里地打趣我们。”

伍仁兵赶紧说：“那他会不会怀疑你，然后去跟欧阳说？”

王莉说：“不会，再说不是有你在旁边吗？我跟欧阳分手那么久，还不能跟别人怀个孕？”

伍仁兵还是有些不踏实，却也拿不出具体的办法来给自己一个保证。

vol.3

从海港鱼村出来，老吴说："明朗，你觉不觉得刚才和王莉在一起那个男人有些眼熟。"

庄明朗说："上次欧阳夫妇的结婚纪念晚宴你不是也去了吗？"

"哦。"老吴拍拍脑袋，一副如梦初醒的样子。说，"他是那个陆莹莹的救命恩人，这事真是有意思。"

庄明朗说："兴许就是欧阳他们做的媒，难怪王莉突然就不见了，原来是修成了正果。"

"啊？"老吴打开车门，抬起头看庄明朗说，"你不会什么都不知道吧？施小姐跟王莉的关系可好得很。"

"什么事这么神秘。"

老吴说："王莉是欧阳的小蜜呀。你看那肚子大成那样，和欧阳分开这么短的时间事情还真难说。"

庄明朗这才是真的如梦初醒，原来施乐怡的二奶朋友就是王莉，王莉又正好是欧阳的二奶。世界真是太小了，转来转去都在同一个圈子里。

老吴先开车走了，庄明朗不着急，他上车后先发了条短信给施乐怡，说：哈哈，你的秘密被我知道喽。

施乐怡直到晚上才回电话来，她趴在床上，懒懒地问他是什么秘密？

庄明朗让她自己坦白。

施乐怡说："我想不出来。"

庄明朗说："那我提示一下你，是一件你隐瞒了我很久事情。"

施乐怡说："那你是在什么地方发现真相的？"

"海港鱼村。"

“海港鱼村？”施乐怡想了很久，说：“你不会是知道了我平时给你吃的海鲜都是叫的海港鱼村的外卖吧？”

“什么？原来你不会做海鲜？”

施乐怡发现自己猜错了，忙改口说：“我开玩笑的，我哪里猜得着，你快说吧。”

庄明朗说：“你再想想，还有什么事情瞒着我。”

当然不能再上第二次当，施乐怡坚决不再猜下去。

庄明朗说：“好吧，就告诉你了。我今天才想明白，上次赵诚在医院里见你去看妇产科，原来你是陪王莉去的。”

“啊？你怎么知道的？”施乐怡吓得从床上坐了起来。

庄明朗说：“我今天中午和老吴一起吃的饭，吃完出来，正好遇到王莉和一个男的进去，老吴告诉我的。我才知道你的那个二奶朋友就是王莉。”

施乐怡说：“你千万不要去跟欧阳说王莉怀孕的事啊。”

“不会孩子真的是欧阳的吧。”庄明朗问。

施乐怡说：“你不是不喜欢八卦吗？反正你千万不要跟欧阳提这事。”

“好好好，”庄明朗说，“他们的事我才不想管，我只管你什么时候回来和我结婚，生女儿的奖品我可都买好了。”

施乐怡好奇地问：“是什么？”

庄明朗说：“你一天不回来，就一天不告诉你。”

施乐怡幸福地冲着电话做了个鬼脸，她又趴回床上，轻言细语地问他这周能不能到北京来。

庄明朗叹气说：“时间有些紧张，尽量安排。”

可惜，庄明朗连续两周都被迫取消了去看施乐怡的计划。欧阳公司上市的事情，最近有几个重要的行政和法律流程要走。忙了两周，庄明朗才可以脱身出来，常到自己的公司里去看看。原本周末要恢复去看施乐怡的，可是赵诚要侍候老婆做月子，原本由他负责的事情，庄明朗要挪一些过来帮他做，又忙得顾不上施乐怡了。

电话里，他叫施乐怡过来，施乐怡有些为难。她说她正在把自己手里的事逐步分散给同事，对客户和老板，她都要有交待。

庄明朗说："那你跟你的老板正式提出辞职没有。"

施乐怡说："还没呢，现在说了，安排后事的问题我就被动了。"

庄明朗一直以为她是提出来后，在做善后的工作，没想到她连说都没有说。他的火气一下就上来了，忍了忍怒意说："什么时候可以正式说？"

施乐怡说："至少一个月后吧。"

施乐怡见庄明朗不说话，又把自己以后想做SOHO，在家里专心陪他的想法说了一下。她说，现在把伏笔埋好，就算以后不自己开公司，至少可以从现在的同事手里，接一些技术类的事情做。她强调说，人闲着，可是会闲傻的。

庄明朗这才把怨气压下去说："我知道你能安排好的，不过我想你不要太紧张了，工作的事，你只当爱好我都支持你。"庄明朗本想直接问问她怀孕没有，赵诚却打来了电话，说有要紧的事情，让他赶紧去他家商量一下对策，赵诚说得急，庄明朗便又忘了问。

庄明朗来到赵诚家。赵诚老婆刚刚带着女儿睡下，家里飘着重重的奶香味。

庄明朗被赵诚拉到阳台上，赵诚把阳台上的灯打开，抽出枝烟点上。他说有个消息现在还不知准不准确，但是个不好的消息。

"什么消息？"庄明朗从赵诚的烟盒里抽出一枝烟来闻了闻。

"两方面的消息，一方面是今晚老余来我家说的，说是国家可能要对房地产动真格的了，好像是购房的首付款要提高，针对第二套房和大面积的房子，出售条件什么的要做特殊规定，具体的内容还没有出来，但一直在吹这股风。"

庄明朗想了想，说：“也不一定就起作用，以前不是还对租房做了规定吗？房地产照样往上涨。你看外面空着的那些房子，现在托盘的人，很多都不是小业主，不是以租房来挣钱的。”

“是。我也是这么想的。这几年针对房地产的政策太多了，也没见价格降下来。不过我从你爸爸那里得到了另一个消息，应该会对降价起着决定性的作用。”

“啊？”庄明朗有些惊奇，赵诚什么时候和他那个没良心的父亲搞到一起的？

赵诚厚着脸皮笑了笑，说：“那年你爸到学校里去找你，你没理他，他不知怎么打听到我是你的朋友，就跟我联系上了，这些年，我偶尔看在他是你亲爹的分上，跟他说一下你的情况。”

庄明朗说是有好处吧？

赵诚嘿嘿地笑了两声，说：“也就是请他帮我做点小事情。以前请他买一些国内买不到的CD了什么的。”赵诚鼓起勇气拍了拍庄明朗的肩，说：“这回说不定你老爹真的立功了。他之前听我说过我们附带着炒房地产，今天给我发来消息说是他得到内幕消息，现在国外很多之前在中国炒房地产的资金都在往回撤，或者转投到期货和别的行业。”

庄明朗恍然大悟，说：“你的意思是指接下来房地产接盘的人会是普通老百姓？”

赵诚重重地点点头，说：“大多数老百姓的收入，怕是接不住。现在泡沫这么多，等回到较真实的价格，多出来的部分都可以再买一套了。”赵诚拿起桌上早已准备好的计算器，敲了一阵，说：“我们现在脱手，赚得也还可以。”

庄明朗点点头，说：“这样吧，我们等等看，看央行近期会不会调高准备金率，它只要一调，我们就全卖了。”

赵诚说也行，想想他又笑了笑，说：“还好只是我们两人自己玩玩，若是当初把基金也投向房地产，这么多房子，现在想脱手还麻烦了。”

庄明朗说：“投机的事情，确实不能玩多了。”

庄明朗突然想起了老吴，他说：“难怪呢，今天老吴请我吃饭，问了我一堆做基金的事情。”

赵诚说：“这厮入行晚了几年，别看他财大气粗的样子，不像别人钱滚了几番在那里放着，中小企业嘛，赚的钱还不够多，跌不起两回，如果他现在这个新的高级小区没有上马，倒也没什么，以前赚的直接投到别处就行了，现在上马了，若是房价跌了，新房卖不出去就麻烦了，光是银行的本金和利息，可能就要填进半条命去。”

庄明朗说：“看他的运气吧，若风刮得不快，兴许能抢些时间先卖掉。”

赵诚说：“对，他赶紧多做些广告。找你家施乐怡做。”

听到施乐怡的名字，庄明朗抱怨说：“这个女人，把工作看得太重了。”

赵诚猜他们可能有了些矛盾，指了指自己的卧房，说：“总比你事事都要为她安排的好。”

庄明朗当然知道施乐怡比赵诚的老婆强，但这一点归根到底，对他有什么意义呢？他又不缺她挣的那点钱。

庄明朗转移话题说：“老余怎么跑到你家来了？”

“来问股票的事情，之前教他玩过两回，现在有些上瘾了。”

“现在是全国人民都疯了，男女老少都往股市里跑。”庄明朗说：“危险啊。”

赵诚说：“不过老余的老婆还算仗义，好歹帮赵小曼她妈提了个主任当，等产假一完，就去上任。”

和赵诚聊到深夜，直到赵诚的女儿哭闹着起来玩，庄明朗才离去。他故意绕着临江大道逛了一圈，在偶尔心烦的夜晚，他总想吹吹凉风。他知道，赵诚说的消息多半是可信的，不需要等着看什么准备金率，反正现在卖掉房子，他也赚了很多了。可中间掺杂了他的父亲，他便不希望这些消息是真的，他并不想给他关照自己的机会。

冷风吹起，他又觉得特别孤独，特别看到赵诚家一天变一个样的女儿，从起初皱巴巴的像一个老太太，到现在越来越可爱的样子，他心动得有些失落起来。他也是三十出头了，该有个孩子。以前周围的朋友都没有，现在好朋友都有了，像是自己真的缺少了什么。

男人辛苦为什么？虽然他不敢高尚地说全是为了老婆和孩子，但总是有这个因素存在的。

他准备在未来的一个月里，每天给施乐怡发条倒计时短信，提醒她，离她承诺的一个月期限，还剩下多少天。

在他把临江大道转完一圈后，他突然看到了一个熟人，是小王，正和两个男人在夜总会门口拉拉扯扯的，他本来不想管，但见小王推开两人往前跑时，他感觉不太对劲，两个男人在追她，似乎在强迫她做什么。

庄明朗把车开过去，冲小王喊："小王，要不要搭车？"

小王赶紧点头，向他跑过来，上了车。

待两个男人反应过来，庄明朗已经发动了车子奔跑出去。

庄明朗问小王需不需要报警。

小王赶紧摇头。

庄明朗说："你没有去找别的工作吗？"

他说"别的工作"这令小王很羞愧。小王点点头，又摇头，说一时间没有找到。她把头埋得低低的。今天她面试了两家公司都没有被录取后，她沮丧地又到夜总会里去推销啤酒。她也很后悔，当初没有靠自己的实力找工作，凭着别人对她家的同情，轻易地进了大成科技，在大成科技时，又不珍惜机会，没有好好地学东西，只是跟着别人一起，梦想着能嫁个金龟婿，一下就把他们家的所有事情都解决掉。可是，现在她连别人问一些行业知识都答不上来，怕是别人都不相信她在大成做过吧。马上，刘明德因为胃病住院的钱需要续上，加上要还以前那家医院的钱，一大笔啊。谁知她今天陪到了两个变态，非要出三倍的价钱，一起带她出台，她不干，他们才一路追她到外面的马路上来。可是这些，她又怎么对庄明朗说呢？

想着，她的眼泪就滚了出来。她说："庄总，你是不是觉得我特别贱？"

庄明朗没想到小王会这么直接地问他。一时间只好说："哪里呢？不会的。"

小王说："我知道，你瞧不起我。"她不断地把脸上的泪擦掉，又不断地有新的眼泪流出来。她倔强地强忍着抽泣声，结结巴巴地说："只要还有一点办法，我也不想去陪人喝酒。"

在红灯处停下，庄明朗看着她完全被泪水打湿了的袖子，心里又有些动容了。

心下不忍，便想不如给她一次机会，自己亲自试试小王到底是不是自甘堕落的人。要是错怪一个身世凄惨的人,他感觉,会有一些过分。他说："小王，你愿不愿到我的公司去上班？我公司人少，但都是精英，你去呢，可能会被他们使唤一下。我可以先预支三个月的薪水给你。"

小王狂点头，说："当然愿意的，当小妹我都愿意。"虽然三个月的薪水并不够用，但她有了工作，跟哪个同学借借，还是能借到的。

庄明朗说："也不只是当小妹，你去呢，好好学习一下，那些都是高手，学个一招半式，以后好谋长远的发展。"

小王连声谢谢他。

庄明朗也不再说客气话，默不作声地将她送回家去。

下车时，庄明朗说："小王，女孩子要自爱。"

小王一句话不说地进屋去。这个时候她又有些恨庄明朗了，他为什么非要把她的伤口撕开来，让她看呢？

她木木地走到刘小明的屋里，见他正在看书，就放心地回到自己的房间里，呆呆地躺到床上，一种刺痛蔓延到了全身，没有一个毛孔是舒服的，像有一盆火在慢慢地烤她，连最后剩下的一身皮，都被烧毁了。

到庄明朗的公司上班后，小王最怕周二和周四。在这两天里，赵诚总会在公司里出现，处理一些公务，有时和大家开开会。他对小王的态度可谓是冷到了冰点，把小王安排到前台工作后，就再也没有给她具体的工作做。大多数时间里，小王都只不过是为同事们订订盒饭，或者出去送一下文件，寄个包裹什么的。

赵诚和所有人都乱开玩笑，与女同事，也偶有打情骂俏的事情发生。唯独对小王，似乎没有什么私人感情可言，公事公办地说话和交待事情。

人都是会看脸色的，赵诚这个小老板并不待见小王，员工们没有几天就全明白了。于是小王迅速地被孤立起来，在公司里，完全是被冰冻的状态。

庄明朗并不常来公司，很多事他都是远程安排。偶尔来一次，会问小王最近有没有什么收获，小王不好意思说没有，只好说自己太笨，还不太明白同事们的工作内容。

庄明朗便写了个书单给她，让她找些书来看看，这样学起来会快一些。

他又推荐了一家书店，说自己经常去的，在那里金融方面的书籍挺全的。他甚至动手给她画了张地图，告诉她书店准确的位置。

正说得起劲，赵诚把庄明朗拉走了。他说有重要的事跟庄明朗商量。

庄明朗随他走向停车场，问他有什么事。

赵诚说："我才要问你是什么事？你招小王进来做什么？"

庄明朗说："反正我们早晚也要招个前台，不如帮她一把。"

赵诚说："你不想和施乐怡结婚了？"

庄明朗说："这跟我和施乐怡结不结婚没有什么关系？我又没有看上小王。"

赵诚说："就怕你哪天就看上了，这在公司里影响不好你知不知道？"

庄明朗笑笑，说："这类问题好像应该是我担心你才对。"他说："好了好了，欧阳和老吴他们还等着我们呢，赶紧走吧。”

赵诚开了车门，说：“我是旁观者清，小王这个人底线很低的，还是不接触的好。”

庄明朗沉默了一会儿说：“看看情况吧，她不好就让她走人。”对于小王这人的品德，他是一直都有所保留的，但见死不救，似乎又过分了些，她的身世太过沉重，让人忘记都很难。

这晚是老吴请客，带着他的儿子，请了十几个人，个个都是老板。赵诚趁着上厕所的时候跟庄明朗说，怎么有种托孤的味道。

庄明朗拉好裤子的拉链，边洗手边说：“就怕他还有别的事情。”

赵诚点点头。他们都怕和老吴这个人沾上边，做人太过吹嘘，让人觉得不太安全。

再次回到酒桌上，老吴的儿子吴亮已经在给各位叔叔伯伯敬酒了，敬到赵诚时，老吴说：“这个不能叫叔叔，叫赵大哥吧，可不能让你老子吃亏了。”

赵诚笑起来，说：“你别担心，让我倒过去叫他吴大哥我都干，吴叔。”

一桌的人笑起来，说赵诚这小子当了爹都不成熟。

吴亮对庄明朗这个人比较感兴趣，在来之前，就听他爸爸说了庄明朗在金融界的成绩，着实有些钦佩。

他主动走到庄明朗身边，说：“不知庄总的公司招不招人，我也是学金融的。”

庄明朗愣了一下。老吴忙说：“你要做什么，你不回公司帮我的忙？想去明朗的公司里混日子？”

吴亮说：“哪里是混日子，我就是想和庄总学点东西。”

旁边的人七嘴八舌地说起来，说吴亮有眼光啊，跟着庄总一定是可以学到很多东西的。

庄明朗不好推托，说小吴要真有兴趣，可以先去看看，待上几天，有兴趣，再做决定。

老吴站起来，与庄明朗碰了下杯，说："那就真是要麻烦明朗了。"

赵诚在旁边暗暗地想，这老吴一身霸气，怎么会为了儿子的爱好拉了这么多人来摆场子。一向吝啬的老吴突然这么隆重地招待他和庄明朗，怕是为了什么别的事情，拉拉关系吧。

vol.4

这天，庄明朗特意到公司等吴亮来报到。他在办公室里编写发给施乐怡的第一条倒计时短信，小王敲门进来了。她一脸兴奋，红扑扑地冒着亮光。她一个劲地谢谢他，说："没想到庄总真的给了我侄子机会。"

庄明朗说："什么机会？"

"出国啊，我侄子昨天刚刚收到了邀请函和合同。"小王把签好字的合同拿出来给庄明朗看，原来是欧阳公司赞助高中毕业生出国留学的事。是谁提名了刘小明？庄明朗还真不知道。原先他只是随意给欧阳提了这个方案，具体的事务并不由他跟进，毕竟他不便过多地参与欧阳公司内部的事情。他的任务只是上市。

庄明朗说这个事真的不是他做的。

小王不信，说她想不出还会有谁。

庄明朗说这个简单，我给你问问。说着，他打了电话给老余，了解了情况。渐渐地庄明朗笑起来，放下电话跟小王说："你的公关能力需要加强啊，连你的侄子与欧总的儿子是初中同学的事你都不知道。"

"啊？"小王说，"是这样啊。"

"对，就是欧总的儿子跟他爸提的要求，说这是他的好朋友。"

不管怎样，这都是令小王高兴的，她兴奋地说："庄总，我想请个假，帮小明把文件送过去。”

庄明朗准备点头，想了想严肃地说：“这个事由你的部门主管负责，你去跟他说吧。”

他想，他是应该与小王保持距离的。

小王的脸一下就僵住了，勉强地笑笑，说了个“是”字。

小王走后，庄明朗才把短信发出去，施乐怡回了个亲吻的图标，说她保证尽快回来。

接着，庄明朗又给她回过去一个黄色笑话。

施乐怡骂他是流氓。

他又回一条：你再不回来，我就只好去当流氓了。

想想，他们有一个多月，没有见过面了。

赵诚领了吴亮进来。吴亮很客气，说：“没想到两个老总会一起来等我。”

赵诚说：“不对你好点，你爹怕是以后不拿房子给我们炒。”

庄明朗把赵诚推开，对吴亮说：“我看了你的资料，专业成绩还不错，我们也需要你这样的年轻人，好好积累经验，以后你爸的公司上市，就用不着我们了。”

吴亮连连点头，激动得像个愤青。

叫秘书带吴亮出去后，赵诚跟庄明朗说：“老吴真是个奸商，在这种时候说是为了感谢我们要他儿子，准备以六折的价，卖给我们三十套房。我给推掉了，说帮个小忙而已，收了房子以后没脸见他老人家。”

庄明朗笑着坐下，说老吴应该还不知道我们已经把手里囤的房子都卖了。

赵诚笑笑，说：“看来他有些着急了，前天银行又加了息。哪有给儿子找个工作，送这么大礼的，他以为我们傻啊。”

庄明朗说：“得留意一下这位吴公子，就怕老吴还有别的目的。”

不过几分钟，吴亮就在公司里闹出了动静。他在他位置的隔间里贴了大大的照片，照片里，一个女人正陷入沉思，五官很精致，睫毛很长，是坐着的，坐过飞机的人一看就知道，那是靠窗边的位置。

同事们都围了过来参观，照片的大小，甚至超出办公桌隔板的高度。

有人问这是不是他女朋友。

吴亮说当然希望是了，只是一下飞机就找不着这人了，没能继续联系。

那你贴这个做什么？

吴亮夸张地说："这是我的梦中情人，我天天都在想，说不定我多想想她，就能想到眼前来。"他看了看旁边一个年轻的女同事，说，"这和你们半夜起来削苹果应该有一样的效果吧。"

女同事脸红起来，吴亮冲她挤眉弄眼地笑。

说话声引来了庄明朗和赵诚。两人一看照片就惊住了。

赵诚大声地问，"这是怎么回事？"

同事们嘻嘻哈哈地说："这是吴亮的梦中情人，晚上会从画里走出来陪他。"

庄明朗咳了咳说："吴亮，你把这摘了吧。"说完，庄明朗就出去了。

吴亮看看大家，说："为什么？"

赵诚往他头上一敲，说："你完蛋了，这是庄总的老婆。"

"啊，庄总结婚了？"同事们惊呼起来。

赵诚说："快了。"

一群人冲他嘘过来，这年头，不到最后谁知道结果是什么？

吴亮无奈地把照片卷了起来，说真是太遗憾了。

赵诚一伸手，把吴亮抓进会客室一通逼问，半个小时后，才满意地放他出来。

晚上赵诚约庄明朗到酒吧喝酒。他说："我今天问过吴亮了，他只是在飞机上遇到施乐怡，他同学见人漂亮偷拍的。施乐怡并不认识他。这类事情，他干过不下十回了。有时在网上发动网友找人，女人们会觉得他们很浪漫。他今年拍了三个，就只有施乐怡没能被找到，他才老惦记着。”

庄明朗端起酒来喝了一口，说：“我也没有多想。”

赵诚不信，也不好再多言。

女朋友被人当面意淫了，怎么可能舒服。想着自己天天守寡似的等着施乐怡，心里愤愤的。

酒吧里的人越来越多，一个女人冲庄明朗和赵诚走了过来，端起庄明朗的酒就喝了一口。赵诚要把此人赶走，庄明朗说大家一起喝吧。他让服务生再拿一个杯子来，与女人一杯杯地将酒狂吞下去。

此时施乐怡打来了电话，她说她请了一天假，准备周五过来看他。

庄明朗哼了一声，说：“你还是忙完了再回来吧，跑来跑去不累吗？”

施乐怡被他的话噎得喘不过气来。

忍了忍，她说：“你是不是因为我一直没辞职生气了？”

庄明朗说“没有”。

施乐怡听到旁边有女人劝他干杯的声音，说：“你是和什么女人在一起？”

庄明朗说不认识，只是一起喝酒。

施乐怡气得不行，压着火气说：“你到底怎么了？”

庄明朗说“没什么”，便挂了电话。

他知道这样对施乐怡不公平，可他有些控制不住。

今天，他受了侮辱，却不知道侮辱他的人是谁。

vol.5

周五这天，施乐怡没有上飞机，倒也不是和庄明朗赌气不回去。事情的经过赵诚已经打电话跟她说了，她知道庄明朗的牛劲又上来了。她回去哄哄，应该会好的。

可是，她从周四晚上就像着了魔一样，吃什么吐什么，胃都要吐出来的感觉。

她躺在床上一点都动不了，想着，又有些生气了。庄明朗这几天都没有主动打过电话给她，凭什么她没有犯错，却要回去哄他呢。

所以她就一直躺在床上，晕晕乎乎地就睡着了，一直躺到周六晚上，她才饿醒过来。强撑着起来煮了碗面吃，可是不到五分钟，又全吐了出来。

施乐怡被吓住了，是得了霍乱吗？很快，她有了否定的回答，她并没有拉肚子，不会是那个病。会是什么呢？她抱着头想，想不出来，全身都没有力气，只好打120。手刚放在电话上，她突然想起来王莉打120的事情，天啊，难道自己怀孕了？

施乐怡倒到床上数起来，确实，上个月的例假是没有来。这段太忙了，都忘记了。

她打电话让楼下的小餐馆送来碗酸汤面，吃下去后果然稳住了没有再吐。她从来都不喜欢吃酸的，这一下反而像吃到美味一样。

她的心跳得嘣嘣嘣的，看看时间太晚了，只能明天再到医院去看。

心里七上八下的睡不着，她忍不住打了个电话给王莉，问她孕妇怀孕初期的感觉是怎样的。

王莉说："大姐，这么晚了我肚子里的小朋友也要睡觉啊。"

施乐怡赶紧道歉。

王莉叹口气说："每个人的反应都不一样了。"

施乐怡"哦"了一声挂了电话，有些失望地躺回床上去。

一会儿王莉又打回电话来，她惊叫着说："你是不是有了？"

施乐怡有气无力地说："我也不知道了，要明天到医院去看看。"

王莉逼她将她的症状说了一遍，大笑着保证，说："你肯定是有了。"

施乐怡说："还是明天去了医院看看再确定的好。"

王莉笑，说：“是啊，你去了就知道我说的是真的。”

星期天医院里的人不多，虽然一大早她就买验孕棒来验过了，但她还是想通过医生再确认一次。

医生见她填的是未婚，说要打掉可要趁早，现在已经七周了，再大就只能引产。

施乐怡赶快说：“我要要的。”

医生生硬地“哦”了一声，说：“那就好好保养吧。”她跟施乐怡说了一堆注意事项，施乐怡都全部用纸记录了下来。

走出医院，施乐怡高兴地拨了庄明朗的手机。庄明朗一接就大吼起来，说：“你知不知道我前天在机场等了你一天，你不来不会说一声吗？”

施乐怡的眼泪立刻滑了出来，她怀孕这么辛苦，他竟然是这种态度。他和乱七八糟的女人喝酒她都还没有说他，他还敢反过来指责她。在机场等怎么了，她确实是忘了告诉他，可她又不是没开手机，他先主动打个电话给她会死啊。施乐怡狠狠地挂了电话，庄明朗也没有再回拨过来。

她坐在车里哭了很久，委屈得想立马就痛打庄明朗一顿。

接下来的几天，施乐怡都在精神恍惚中度过。她把给 A 公司做的计划，跟 B 公司的负责人说了一遍。又把早上要开的会记成了是下午开。

连续几天的出错，让张全林坐不住了。

他把她叫到办公室，很严厉地批评了她。

施乐怡连连道歉，说着便哭了起来，弄得张全林更加不耐烦了，他说：“能不能以正常的方式谈问题？”

来不及回答，不受控制的，施乐怡又开始犯恶心，直奔卫生间而去。

张全林看着她的背影，作为两个孩子的父亲，他似乎想到了什么。他摇摇头，说女人还是适合在家里待着。

事情总是要有交待的，二十分钟后，施乐怡脸红红地低着头走进张全林的办公室。

她轻声地说："对不起张总，我必须得辞职了，我得回去结婚，可能不能再待在北京了。"

张全林并不惊奇，稳稳地说："那你想怎么办呢？"

施乐怡说："我按合约规定赔偿吧。"

"那你手里的项目怎么办？"

施乐怡说："只好移交给别的同事。"

"这不是这么简单的事情呀，乐怡。你想想，我是高价请你来的，必然对你的要求就和别的员工不一样，如果一些事他们都能做，怎么要高价找你来呢。你看，连冯莹那件事，我都没有怎么追究你。"

施乐怡抬起头来看他。

张全林依然笑嘻嘻地说："你别介意，我说的都是实话。"他说，"我也看出来了，你这段时间这么大方地把客户都让给别的同事，想来你也是想有个好的安排。"

施乐怡说："这是我想到的最好的办法了。"

张全林的口气软了下来，说："乐怡，我也不想为难你，可我是做生意的，总不能赔本了。你看，我高价请你来，一方面是因为看重你个人的能力，还有一方面是因为你可以带几个大客户过来。带大客户来的目的是什么呢，无非就是想长期地留住他们，好为我们天怡静安公司创造长远的利益。"

施乐点点头，表示赞成他的说法。

张全林见施乐怡还顺从，立马加重口气说："乐怡啊，我给你的年薪，在业内也算是不错了，又承诺给你业务提成，这个可不是所有的人都有的。你这样一走，有些项目只做到一半，客户对我们公司的信心必然大打折扣。"

施乐怡轻声说："张总想怎么处理呢？"

张全林说："我是过来人，我看你这样子怕是也留不住你了，你非得走是不是？”

施乐怡不好意思地点点头，她没有想到张全林会说得那么直白。

张全林说：“这样吧，提成的事就算了，咱们合约中规定的按年薪的双倍赔偿也改成一倍吧。只要交接好工作，你随时都可以离职。”

施乐怡也知道在这种情况下她是没有理由为自己争取利益的，便答应了张全林说的处理方法，虽然她知道提成至少是年薪的两倍以上。施乐怡没有跟张全林讲任何的条件，此时她除了想赶紧脱身之外，确实也想把自己的职场形象尽量地维持得好一些，毕竟在一家公司做不到半年，留下一大堆烂尾项目，于她而言，本就是件可耻的事情。现在张全林用这么过分的方式对她，她反而轻松了。

可没有想到的是，第二天，张全林又提出由施乐怡赔偿冯莹事件的二分之一的损失。

施乐怡没有力气与他争辩，也只得答应了。

尽早离职，是她现在唯一的想法。

vol.6

庄明朗越想越生气，又重新抽起烟来。对于施乐怡，他认为他已经够迁就她了。以前想在经济上帮助她，为了照顾她的自尊心，千方百计地通过给医院院长送钱来减免她哥的医疗费。现在为了她的小女人情结，又死皮赖脸地跑到北京去哄她。迁就得好啊，她越来越任性自私了，为了她的工作，迟迟不归。难道她是要嫁给一个无能的穷丈夫吗？记得以前急着结婚的人是她吧，怎么现在好像是他庄明朗求着她结婚似的。庄明朗把鼠标往桌上一拍，心想，不结就算了。美女，就是难侍候！

刚好送快递进来的小王被他的举动吓了一跳，她小心翼翼地说：“庄总，刘秘书不在，有你的快递，我怕耽误了。”

庄明朗淡淡地看她一眼，说：“谢谢你，你放桌上吧。”

“哦”。小王有些失望地出去了，从上周听同事们说起庄明朗就要结婚的事后，她就一直保持着失望的心情，她也觉得自己可笑，这里头哪有她吃醋的分。当初庄明朗第一次把她从派出所保出来时，她确实是想过他是不是对自己有意的，可当时这样的想法就被她否定掉了。怎么可能呢？小王到现在都还在问自己这个问题。

她把饭盒里的饭都戳碎了，也没能将自己忧伤的心情放轻下来。

吴亮正好进休息室来拿冰块，趁她不注意，把她手里的筷子抢了过去，小王被吓得坐到了地上，惊恐地看着吴亮。

吴亮没想到这个恶作剧这么严重，赶紧把小王扶起来。

吴亮连声说：“对不起。”

小王半晌才回了句“没关系。”

直到下班，小王依然沉浸在自己的悲伤里，她埋着头，默默地走向外面。

吴亮正好从停车场开车出来，看她失魂落魄的样子，便停下车，冲她喊了声“注意车啊”。

小王抬头看了他一眼，转头向另一个方向走去。

吴亮有些不放心，小王虽不是大美女，也算小家碧玉，他总该关心一下的。他跳下车，拉住小王问她要去哪儿？

小王说：“我回家。”

“你家在哪儿？”

“在东山小区后面。”

“那应该是走那个方向。”吴亮指着相反的方向笑起来。他说：“小姐，你把回家的路忘了？好了好了，看你这样子多半是失恋了，不如我送你回家吧。”

说着，他便拉着小王，劝她上车。

小王这才反应过来是怎么回事，忙谢谢他，说不用不用。她听同事们议论过吴亮在公司里贴庄明朗未来老婆照片的事，她想这人怕是待不久了，她为了保住工作可不能跟这个人来往。于是她非不上车，吴亮就非要她上。

最后一个走出公司的庄明朗看到了这一幕，他走到他们身后说："小王让你去取我的车，怎么钥匙也不拿就下来了。"

小王反应不算快，愣了两秒才说："对对，是我忘了。"她接过庄明朗手里的车钥匙，向停车场跑去。

吴亮在贴照片事件后还是第一次见到庄明朗，听说欧阳的公司上市时间就在下个月了，最近庄明朗大多只是晚上才过来看看。

吴亮傻傻地笑笑，说："庄总的夫人真的很漂亮，我要恭喜你呀。"他拉过庄明朗的手握了握，不好意思地说，"那个照片的事，真是不好意思。"

庄明朗笑笑，说："不知者不怪嘛。"庄明朗又嘱咐他开车小心些，便向停车场走去。吴亮有些不放心，追上来说："庄总我对小王也没有别的意思，刚才看她神情不对，只是想送她回家。"

庄明朗想了想他这话的意思，"哦"了一声说："你误会了。"

果然，小王傻傻地站在庄明朗的车旁。见他来，尴尬地说："庄总，我不会开车。"

庄明朗说没关系。他接过她手里的钥匙，开门上车去。见小王尴尬地站在一旁，没有要走的意思。庄明朗犹豫着说："要不我送你回家？"

"哦。"憨憨的小王真以为庄明朗是想送她回家，乖乖地坐了上去，差不多走了一半的路才说，"谢谢你，庄总。"

原本想找个借口把她放在半路的庄明朗忍不住笑起来，说："你这谢谢也说得太晚了。"

小王脸一红，把头低下去。这一路上她都在为她的一些想法感到羞愧，她总是想，庄明朗总是在她需要的时候帮助她，莫非是老天在向她暗示什么美妙的缘分？她想起了那些上中专时看的台湾言情小说，男主角总是在要结婚的前夕遇到一个自己更爱的女人，而后为了她抛弃以往的一切。

庄明朗仿佛在小王脸上看见了一丝少女的羞涩，最初的施乐怡脸上也是有这种表情的，但随着两人身体的接触，这种表情被甜蜜的味道所取代。越是珍贵的东西越斗不过时光和生活，这个世上，任何事都不可能完满。施乐怡怎么就不明白呢，有很多事，是不可能事事周全的。想着庄明朗更生气了，施乐怡不是不让他接触小王吗？那好啊，他今天就是要和小王在一起玩，就是不听施乐怡的，就是要做她不喜欢的事情。拿定主意，庄明朗开始逗小王说："吴亮其实条件也不错。"这话有打趣的成分，但也是实话，没有些物质基础的男人，是解决不了小王家的问题的。

小王知道庄明朗是误会了吴亮对她有意，她赶紧摇头。

庄明朗以为小王是没有看上吴亮，竟然有些高兴起来，似乎之前吴亮意淫施乐怡的那口气终于消失了。

他说有没有兴趣去吃点东西。

小王默默地点了下头。

庄明朗带小王去了日本料理店，点了很多施乐怡不喜欢他吃的东西，施乐怡的养生理论是一定要吃熟食，而且从人性上来讲，她觉得常吃生食的人会比较残忍。

庄明朗今天就是要坏了施乐怡的规矩，光是生鱼片就让人上了两份。

小王是第一次吃，见庄明朗又重新对她好起来，她吃着什么都是香的，至少生活来源上又再次稳定了。

庄明朗问她刘小明的事情办得怎样了？

小王说："还有最后几个流程要走，应该八月底就可以出发了，正好欧总的公子回来了，说是要和小明聚一聚，好像说是要和他们一家去爬山什么的。"

庄明朗又问她刘明德的情况。

小王说刚出院，现在专职摆夜摊。小王主动给庄明朗算了笔账，说刘明德现在因为白天可以休息，晚上干活的时间可以加长，而且他们又新添了一些海鲜类的菜，现在的生意比以前好很多，请了两个人，钱也不比之前加上在公司里做得到的少。她越算越兴奋，说早知道能赚这么多，小明的学费又不用愁了的话，她和她姐夫也就不用那么担心了。

庄明朗听她一笔一笔地算账，心里隐隐地有些痛疼，一个可怜的小姑娘。

你今年多大了？庄明朗的问题脱口而出。

小王说二十三了，中专毕业了五年。

二十三岁时，庄明朗才从学校毕业一年，虽然起初也是给别人打工，起点却比小王高了很多倍。小王与施乐怡有些相似，只是施乐怡为自己创造了一个很好的起点，而小王就是少了施乐怡对人生的那份算计。

庄明朗以前是欣赏施乐怡这一点的，她能够让自己在工作后的短短几年中，过上与别人相差无几的体面生活，但他现在发现，这一切都来源于施乐怡对于未来生活的算计，连他自己也在施乐怡的算计之内。

他正为此而郁闷，施乐怡又来了电话，庄明朗想也不想地就关了机，他的小孩子脾气又上来了，他想，就是要将情绪闹到底。

vol.7

施乐怡跪在马桶前一边哭一边吐，她的妊娠反应很严重，张全林批准她休息一个星期。不管庄明朗是不是还在生她的气，她都想把怀孕这事告诉他，想马上见到他。谁知无论怎么打他的电话，他就是不接，施乐怡如今除了哭和等他主动打电话来，已经想不出别的办法。在不明所以的情况下，她不想贸然发短信告诉他这件事情，她需要听到他的声音看见他的模样，知道他对这事的切实态度。

王莉的电话打来时，施乐怡正从卫生间里走出来，她躺到床上，才接了电话。

王莉的哭声在瞬间响起。施乐怡有气无力地说：“你怎么了？”

王莉说：“这回完蛋了，全部曝光了。”

“啊？”

“我是说欧阳一家全知道我怀孕的事了。”

“是伍仁兵告的密？”

“不是，是我在时代广场门口遇到的。”

“啊？”施乐怡觉得太难以置信了。防来防去，怎么就自己遇上了呢。

王莉继续哭，一边哭一边说：“直到今天，我才发现，心里是多么地盼着他来看我，我一直不搬家，除了等他来找我，又能是为了什么？没想到，就这么丢脸地被他们一家一起发现了。”

“那他们说什么没有？”

王莉哭得更伤心起来，说：“最让人伤心的就是这里了，他们一家全当不认识我，依然高高兴兴地从我旁边走过去。”

“你是说他们的儿女也在？”

“是啊，离下个学期开学，应该还有两周。”

施乐怡的头嗡的一下就大了，说：“你现在什么都别想吧，回家去好好躺着，一切只能顺其自然。”

王莉说：“我不敢回去，我怕欧阳来找我。”

施乐怡说：“那你就听听他怎么说，你再想对策。”

王莉说：“我好怕，万一他让我把孩子引产，或是根本就不理我。我可怎么办？”

施乐怡沉默了一会儿，除了叹气，她也不知要说些什么才好。她的头从右边开始逐步疼痛到左边，缺氧的感觉一点点爬上来，像是世界末日就要到来了。

王莉在街上的长椅上坐了一夜没敢回去，她害怕去面对欧阳对他的审判，除了欧阳主动提出离婚，而后和她生活在一起这个结果外，没有一个结果是她可以接受的。今天欧阳与她擦肩而过时的那种镇静，令她毛骨悚然。

伍仁兵给她打了无数个电话，她都没有去接。此时此刻，任何一个人的安慰，对于她来说，都是无济于事的。

可是，欧阳并没有去找过她，他只是在凌晨三点的的时候，偷偷地打了电话来。响了十声，王莉接起，她不说话，欧阳声音涩涩地说："怀孕的事怎么不告诉我？"

王莉轻声说："我不知道要怎么说。"

"是什么时候有的？"欧阳尽量问得平静一些，他一直都防范得很好，怎么就有了呢？他有些不解，但五年的相处，令他不想将王莉往坏处去想。

"你过生日那天，我先上楼回的酒店，我在避孕套上做了手脚。"

"哦！"欧阳这才明白她当时说的生日礼物是这个意思。

"我并不想打扰你的生活，真的。我跟你多要五十万，就是想作为孩子终身的学费。"王莉把声音提高起来，说："你还记得你给我的两个承诺吧，现在还算不算数？"二她尽量带着笑意去问他。

欧阳沉默了一会儿，答了个"嗯"字。

王莉说："好，那就这样吧，我真的不会去打扰你的生活的。"

欧阳不知该如何去说下面的话，便沉默起来，他的任何一个决定都迁扯着陆莹莹和他们的儿女，在没有处理好家里的问题之前，他确实不能跟王莉说什么有意义的话。就在两个小时前，陆莹莹半夜从床上突然爬起来，痛哭着跑出了家门，至今没能联系上。这时，欧阳可是连一个关于王莉的字都还没来得及去和陆莹莹说。

王莉在他的沉默中哭起来，她捂紧手机，不让他听到，直到手机没电，自动关了机，欧阳依然未能说出什么。他给王莉的两个承诺是自己真正的生日和王莉一起过，还有生不生孩子的决定权完全在王莉。那时他以为会和王莉结婚的，如今孩子已经七个月了，那个先决条件，早已云烟般地散尽。

天蒙蒙亮时，王莉试着从椅子上站起来，她的右手拿电话拿到酸麻，一只手撑不起肥胖的身子，正当她吃力地半站着时，一个人伸出一只手将她拉了起来。是伍仁兵。

伍仁兵的眼睛红红的，像是一夜没睡。

他说："事情陆莹莹都跟我说了，我找了你一个晚上。"

王莉冲他苦笑一下，说曝光得很丢脸。然后，跟他上了车。

王莉躺在后排，蜷曲着双腿，眼睛红红的，刺痛的感觉，一直蔓延到全身去。她挺起的肚子并没能掀起什么轩然大波，之前看似处心积虑的躲避像是一个笑话。

伍仁兵把车开得稳稳的，路况非常好，大多数的车辆都还没有出来，他看着路旁的栏杆、垃圾桶，甚至是红绿灯的架子，他只要找对方向去撞上那么一下，相信王莉的肚子就会受不了，或许他再晚一些送她去医院，陆莹莹一切的烦恼就全部解决了。

他的手，死命地把着方向盘，他害怕他真的那样去做。

在两个小时前，陆莹莹找到了他，郑重地恳求他帮她把王莉肚子里的孩子处理掉。她的态度是恳切的，模样也足够的可怜。可是，伍仁兵感觉怪怪的，像是自己最感到耻辱的事情，被人当众提了出来。起先提出要干扰王莉怀孕的人分明是他，陆莹莹越反对，他越觉得应该如此，为了陆莹莹嘛。如今陆莹莹郑重地将此事提了出来，他竟然快速地产生了被人利用的感觉。他就这样从巅峰上落了下来，高尚的为爱情献身的理想主义情结，就因为陆莹莹一个主动的意识而遭到了当头棒喝。几个月之前，与欧阳的偶遇，使得一个生活在糜烂气息中的人，想起了他曾经高尚的过往。他以为，当初他可以不顾生死地将陆莹莹的生命挽救回来，如今他也可以不计后果地将她的生活拉回原有的幸福中去。他甚至以为他多年来的单身生活，也是为了守护当初那份最纯真的情感。

他错了，他突然发现。生活，早已不知变了多少张脸。

仔细想想，关他什么事呢？抛开他对陆莹莹一网情深的那段过往不说，像陆莹莹这样人到中年的女人，婚姻出现问题的人比比皆是，凭良心讲，若是当初陆莹莹选择了自己，也许依然是这样的结局。最近他越来越相信王莉跟他说的命理观，要当二奶的人总是要当的，无论是给谁当，结局无非就是两个，有些人修成了正果，有些人没有。一个人的命该如此，又何苦去挣扎。

他得不到陆莹莹，这在二十年前就已经是注定的事情了，他何苦在这种情感的回味中，意犹未尽呢？

夜，被大力地撕开了。伍仁兵从镜子中看着紧皱眉头的王莉，心情轻松了不少。跳出负疚感的他，之于王莉，也感觉有些过度关怀了。对于那些被自己抛弃的，怀孕或是未怀孕的女子，他都没有这么热心过。王莉，不过也就是一个为自己的行为负责任的女人。一如她自己说的，命该如此。

伍仁兵将王莉送回家，他说好好休息，别想太多。而后就走了，他要重新回到自己的生意中去，与该打情骂俏的女人继续打情骂俏。他还是不想结婚，他的眼前，有一片森林啊。这几个月，就当做是一个误入纯情年代的失足老青年的可笑经历吧。

他给陆莹莹发了条信息，当做是他对于她的请求的一个回答。他说：不如当什么都没有发生过，眼不见心不烦，顺其自然的好。

可惜，这样轻松的心情没有维持多久。不过短短的一天，他又产生了疑问，自己到底是在二十年前就不爱陆莹莹了，还是现在被不愿伤害生命的心情给吓了回来呢？

毕竟，当初为了她，连命都可以不要呢。

坏事他肯定是不会去做了，心里的惆怅却一浪高过一浪。

vol.8

陆莹莹在清晨回到家时，家里一个人都没有，包括保姆在内，所有人都出去找她了。她知道自己有些冲动，但她想，如若等欧阳率先发作，她就难有回旋的余地了。

昨天，在时代广场门口，欧阳当做不认识王莉的场景给了她一个信心，只要她率先将此事定了调子，一切都还有挽回的可能性。

伍仁兵的短信提醒了她，他说，不如当什么事都没有发生过，眼不见心不烦，顺其自然的好。

是啊，不要把欧阳放在一个做选择的路口上，就不存在选择的问题了。

所以，她将沮丧的面孔收了起来，一个个打电话叫他们回来。对于王莉的事，她一个字也不主动提，儿女们想当场谈开时，也被她阻止了。

女儿说："妈妈，我们听听爸爸怎么说吧。"

陆莹莹说："说什么，不是什么事也没有吗？"她笑着望向大家，说，"大家都回去抓紧时间休息一下吧，别忘了，我们今天还要一起去爬山。"她将欧阳从沙发上拉起来，说，"我们也回去休息吧。"

欧阳木头似的跟她走进房间，陆莹莹这是将他说话的路子都封死了，她不让他提王莉的事，他若提了，就只会是将事情说死。

欧阳的头闷闷地痛，他用背对着陆莹莹，假装睡去。陆莹莹从身后贴着他，双手颤抖着，放在他的背上。

下午两点，刘小明在欧阳家等了一个多小时。欧阳的儿子欧阳成才睡眼蒙胧地从房间里走出来见他，他看着刘小明瘦弱的脸，说："你怎么又瘦了？"

刘小明说："都是为了高考熬的。"

欧阳成说："你也真是的，当初你直接找我不就完了，何苦去熬夜看书。"

刘小明的脸红了一下，说："早先也不知道你爸爸的公司有这个计划。"

欧阳成斜睨着眼睛笑了笑，得意的样子，溢于言表。他说："如果不是老杨帮你联系我，怕是你都忘了我这个初中老同桌了吧？"

刘小明说："不，那不会。"

欧阳成从鼻子里哼哼了两声，说："老杨这人好是好，就是太迂了，这个年代了，哪里还能光用学习成绩衡量一切的？"

他拍拍刘小明的肩说："你说是不是？"

刘小明说杨老师应该是单从一个教育的角度来说的。

欧阳成笑起来，说："还好我成功将你解救出来了，现代社会就是要有现代的思想，一个人的起点是什么？是成功的一半。"

刘小明不置可否地看向了欧阳，不是直视，而是有些越过他去。他比欧阳更明白什么是输在起跑线上。若不是太看重高考是改变他命运的一个武器，他这个学习尖子，也不会紧张得最后考出了丢脸的分数。到现在，他也不敢将分数告诉爸爸和小姨，他们必然是承担不起这个后果的。

欧阳成见刘小明脸红脖子粗的样子，知道自己的目的达到了。记得上初三时，他不过就是无意中瞟了一眼刘小明的卷子，就被老杨当着全班的面臭骂了一顿，说什么不要以为你家有几个臭钱，你就可以为所欲为。那时他也不过就是一个十五岁的孩子，并没有想过这么复杂的事情。

现在不同了，他不过是说了句话，就挽救了这位老杨的得意弟子，给了他这样一个高的起点，不知他们是会恨自己还是感谢自己呢？想着，欧阳成便笑了起来，他说："你先坐坐，我去洗洗脸，等我爸妈下楼来，我们就可以出发了。"

刘小明一个人坐在欧阳家偌大的客厅里，感觉自己就像一只寄生虫，随时都有可能被人用打虫药灭成灰烬。之前就知道欧阳成约他与他们一家去爬山，不过就是想当面奚落他罢了。他原本不想来，但又一想，君子报仇还说十年不晚呢。现在受了人家的情，必然要受些气回来。

其实，他也并不想求欧阳成这样的公子哥帮忙，可既然杨老师热心地帮他联系好了，他又有什么理由去拒绝呢？他没有这个资本去拒绝呢，对于他的家庭来说，这是莫大的一件好事，他的父亲和小姨都可以解脱出来，包括他自己都可以从这样紧张得没有喘气机会的家里逃脱出去。每个月还给医院的钱已经够让他们费心了，他们不可能承担得起高考失利这个打击。

于是他耐心地坐在欧阳家的沙发上，等待着一切有可能令他感到屈辱的事情发生。

欧阳成站在楼梯上让保姆再给刘小明倒杯喝的后，就消失了。梳洗完后的欧阳成并不着急下楼陪刘小明，他打开手提电脑玩起了游戏。

刘小明这样的人，在他眼里，向来都是可笑的，他们生活在窘迫的环境中，时常带着窘迫的表情。如果不是他爸成心不让他和妹妹一样上贵族学校，非要让他去普通学校与普通家庭的孩子一起交往、上学，他是不可能认识刘小明这样的人的。他与刘小明并不是什么好朋友，这次出手帮他，只是想出口气，证明他当年顶撞老杨的话没有错，上学是为了什么？说到底还是为了过上富裕而舒适的生活，与生活质量良好而又体面的人去交往。

刘小明发呆的沮丧模样，被手拉手走下楼来的欧阳和陆莹莹看了个正着。

陆莹莹热情地走到他面前，说：“你就是小刘吧，我家成成总是跟我们夸你学习好呢。”陆莹莹坐到刘小明旁边，给他剥了个橘子。

刘小明的心里突然暖了一下，这对没有架子的夫妇对他来说是一种安慰。

欧阳大声地叫欧阳成下楼来，指责他为什么同学来了也不下来陪着。

欧阳成说他是回房去洗脸了，哪有不陪他。欧阳成亲切地冲刘小明笑，俨然与刚才判若两人。

刘小明想，欧阳成很怕他的父亲呢，只可惜他完全不像他的父亲这般平易近人。

陆莹莹正跟刘小明问东问西的，欧阳玲下楼来了，她轻扫了刘小明一眼，不耐烦地说：“妈，现在太阳这么毒，还要去爬山啊？”她把手放在爸爸欧阳的肩上摇了摇，冲他挤了挤眼睛。

欧阳会意地说：“那干脆我们下次再去吧，今天就自由活动？”他看了看陆莹莹，希望她不要将自由活动的意思想歪了。

陆莹莹似乎没有什么异议，只是笑着对刘小明解释了一下说：“我们昨晚玩得晚了些，所以今天大家都有些累，起晚了，这会儿太阳又太毒，爬山的事先改期。”她要留刘小明吃晚饭，刘小明客气地拒绝了。

刘小明走后，陆莹莹唉声叹气了很久，说没有妈妈的孩子就是可怜，到别人家里都那么拘谨。她又责怪欧阳不应该把刘明德炒了，这不是给人家雪上加霜吗？

欧阳抖开报纸，说：“那能怪我吗？谁让刘明德和他小姨子在裁员的关键时期犯错误呢，我作为老板，总得一碗水端平吧。”

一听有八卦，原本要出去见同学的欧阳玲突然围到了欧阳身边，问他犯了什么错误。欧阳在她鼻子上敲了一下，说：“小孩子家瞎打听什么。”欧阳对女儿的溺爱是无人能及的，若不是女儿吵着要到国外读书，怕是欧阳成得上完高中才能得到出国上学的机会。分明是双胞胎，欧阳对儿子和女儿的要求却大不一样，女儿从小就上贵族学校，养得娇滴滴的，儿子却恨不能他将世上的苦都多吃一些回来。

陆莹莹继续念叨着刘小明的可怜身世。

欧阳却可怜起了王莉肚子里的孩子，刘小明没有了妈妈，他的孩子也许不会有爸爸。他的胸口闷闷的，故意到书房去看书，想等到晚上，再找机会去见见王莉。王莉的肚子那么大，欧阳怀疑，又是一对双胞胎。

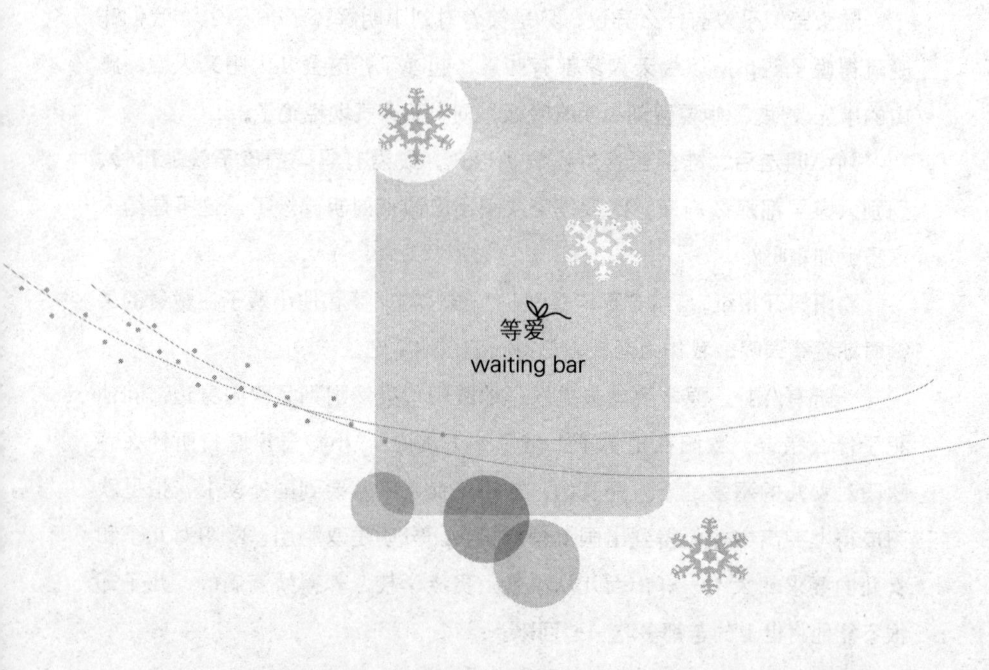
等爱
waiting bar

vol.1

刘小明回到家里后，将米兰·昆德拉的《生命中不能承受之轻》又捡起来看了看，他告诉自己，你对你的未来有责任，所以你现在要忍。

他爬在床上，哽咽的感觉越来越强烈，他一波一波地将它们吞下去，他相信一切都会像《飘》里说的那样，明天又是新的一天。

刘明德摆夜市去了，小姨还没有下班。他泡了碗方便面，一边吃一边看书，看着看着就睡着了，醒来时已是晚上十二点半。刘明德不在家是正常的，怎么小姨也不在呢？

刘小明打了小王的手机，刚响了两下就被挂掉了，只听门外响起了小王的声音，小王在外面喊他，“小明，快出来帮帮小姨。”

他跳出去，看见小王扶着一个酒醉的男人往家里走，刘小明认得他，这是之前和他一起去派出所里救过他小姨的庄总。他把庄明朗的重心移到自己身上，费了好大的力才将庄明朗扶到沙发上去。

小王说："别，别放下，扶到你床上去，你看他这样子，今晚怕是清醒不了。"

刘小明不干，一松手，就将庄明朗扔到了沙发上。

庄明朗从嘴巴里哼了一声，双手挥舞了一下。

刘小明没好气地把小王拉到房间里去说："小姨，你怎么又和他去喝酒了，你忘了你上回和他去酒吧喝醉的难受样了？"

小王推他让开，说："大人的事情，你小孩子不要管。"

刘小明不让她出去，气鼓鼓地看着她，小王能比他大多少，不过五六岁。小王说："好了好了，今天不是我和他去喝酒，是公司聚餐，他和同事们喝醉了，只有我没喝，没有醉，就把他带了回来。我又不知道他住哪里，也没有钱送他去酒店。你满意了吧？"

刘小明勉强地点点头，想了想认真地说："小姨你可别打这些有钱人的主意。"

小王一听就有些火了，朝着他的屁股就是一脚，说："去去去，你乱说什么，人家以前帮过我们好多次，现在照顾一下，还不应该？"

正说着，庄明朗的手机响了，庄明朗好不容易从裤兜里摸出了电话，把电话反着拿，也不按接听键就拿到耳边喂喂喂地接听起来。电话铃声经久不息地响着，小王和刘小明忍不住笑起来。

五分钟，电话响了六次，每次庄明朗都不能成功接听。

庄明朗不耐烦地将电话摔了出去，抱怨说打来又不说话。

小王帮他捡起来，电话又响了，一看，显示的名字是老婆，小王的心动了一下，一股强烈的好胜心驱使她接起了电话，一个"喂"字过去，她的心就狂跳不已。

施乐怡一听是女人的声音，忙问："你是谁？"

小王赶紧挂掉电话，又帮庄明朗关了机。夜，才又宁静了。

小王坐到庄明朗的旁边，一直等他清醒过来。刘小明怎么拉她，她都不走，刘小明只好任由她去了，自己回房间去继续看书。

小王想怕是这回庄明朗回家去要说不清楚了，会不会怪她乱接他电话呢？

想着她又笑起来，也许因为自己，会有一场轩然大波。一种伟大的戏剧感从小王的心里蹦达出来，小王已经不受控制了。

这些天，原本一直刻意与她保持距离的庄明朗常约她一起玩，她还真不知道他的用意，不如就此试上一试。

凌晨五点，庄明朗彻底清醒过来，头上顶着凉凉的毛巾，小王正微笑着看他。他有些不好意思，怎么醉酒到人家小王家来了。他忙向小王道歉，说："我不知怎么就到你家来了。"小王笑起来，说："是我带你来的呀，大家都醉了，他们全跑了，我又不知道你家在哪里，只好带你来我家。"小王从包里拿出庄明朗的车钥匙，说，"你硬要我开车带你回家，我不会，就带你打车来了我家。"

"哦。"庄明朗想自己可能是把小王当成施乐怡了，以往他要是醉了，都会发消息让施乐怡来接他。

庄明朗又表示了一番歉意，便告辞出来，打车回了家。刘小明这时才从房间里出来，叹了口气说："终于走了。"

小王拍了他的头一巴掌，说："你这么晚了不睡觉盯着我们干什么？"

刘小明冲她吐了吐舌头。毕竟是自己的小姨，盯着她是为了怕她干坏事这样的话，他还真不便说，于是就摇摇头，安心回房睡觉去了。

庄明朗回到家一看手机，发现麻烦大了。他确实在昨晚十二点多时给施乐怡发了短信，说自己醉了，让她来接他。后面施乐怡打了他好多次电话，都是未接。

呀，不好，有一个是接了的。

庄明朗想不起来自己跟她说了什么，会不会又引发什么新的矛盾？

上次在日本料理店赌气不接施乐怡电话的事情，他早就后悔了，想想自己气得也有些无聊，吴亮意淫施乐怡，也不是施乐怡的错，这段时间自己怎么就控制不住那股火气呢。还有施乐怡把工作看得很重，这事他也不是现在才知道的。放他鸽子就放他鸽子吧，不过再等一个月她就回来了，忍忍也就过去了。

看看时间，他想要不要这个时间打电话过去哄哄施乐怡？也许施乐怡正为了他无厘头的短信而睡不着呢。

于是他将电话拨了过去。

施乐怡接得很快，果然是没有睡着。

庄明朗尽量轻描淡写地说："之前喝醉了，稀里糊涂地就给你发了短信。"

施乐怡说："还稀里糊涂地带女人回家吧？"

庄明朗说："你怎么这么说？"

施乐怡说："她帮你接了电话你不知道？"

庄明朗认真地说："你千万别误会啊，那个人是我之前跟你提过的大成科技的小王，现在在公司里给我们当前台，今天是公司聚餐，我醉了，她不知道我住哪里，就只好把我带回她家里去。"庄明朗又补充说，"她家可不止她一个人，她姐夫，在欧阳的公司里也做过，我们大家都认识的。"

施乐怡冷笑了一下，说："这事就怪了，她为什么不让别人送你回家呢？随便在你手机里翻翻也能找到个男人来帮忙送你吧。而且为什么她接了电话，一听我的声音就挂了？"

施乐怡这样一问，庄明朗就有些回答不上来了，不管怎么答，都逃脱不了小王过于关心他的嫌疑。

他只好狡辩说："我当时醉了，怎么知道她是个什么情形？"

施乐怡说："你不知道我就更不知道了。分明跟你说过，不要再帮这个女人，你怎么就不听？还让她到你的公司去上班，是不是要她把你拐走了，你才甘心？”

庄明朗说：“你想得也太复杂了，下次你不在时，我不喝酒就是了。你扯这么远干什么，好了好了，我把事情问清楚了再告诉你吧，省得你又乱想。我现在，不想和你吵架。你，快点回来吧。”庄明朗把口气软下来，有些哀求的味道。若施乐怡再不回来，他都不确定自己是否还有耐心等下去。

施乐怡沉默了一会儿，说了个“好”字便率先挂了电话，想想庄明朗醉了还知道发短信让自己去接，她就有些放心了，看来就算有什么变故，也还不至于是庄明朗变了心。真是要赶紧回去了，省得真的发生什么不好的变故。现在有了孩子，可是不能有变的。

施乐怡这才发现忘了跟庄明朗说自己怀孕的事，她拿起手机准备再拨回去，想了想，还是算了，还是等心平气和了再说吧。这种时候说这事，像是要用肚子里的孩子去拴住他似的。

施乐怡也知道，所有的问题，都是因为自己的迟迟不归造成的。她想了个办法，她想去和张全林商量一下，让她先离职，交接的事，她跟同事们在网上联系，她会先写个欠条给张全林，保证一个月内将赔款汇来给天怡静安。

拿定了主意，她窝进被子里，强迫自己好好睡上一觉，不能让天怡静安的人看到她憔悴的样子。

憔悴的样子哪里那么容易抹去呢？施乐怡一早来到天怡静安，就引起了一些骚动，很多人用怪异的眼神看她，只有憨憨的小米没有把她往不好的方向去想，拉着她问怎么才一周不见就瘦了这么多，是不是有什么减肥秘方？

施乐怡笑笑，说不吃饭喽，想瘦最好的办法就是控制饮食。

小米又追问她肚子饿时要吃些什么？

施乐怡随口跟她说了几套水果餐，就忙着去找张全林了。

偏偏张全林不在。小米悄悄把她拉到旁边说："你别等了，他有三天没来了。"小米看看周围，更小声地说，"原来他进城前结过婚生过孩子，认识这个老婆时骗她说自己是单身，她老婆把父母留给她的房子都卖了支持他开这个公司。现在他之前有老婆孩子的事情被他老婆发现了，前几天老婆打到公司里来，说要告他去，脸都给他抓破了，怕是得养好伤才回来。"

施乐怡说："那我只好过几天再来。"

施林似乎知道了什么，故意叫住了往外走的施乐怡，他问施乐怡手里的项目进展得怎样？

施乐怡不想自己要辞职的事情这么快就在公司里传播开来，因为她不知道要怎么回答别人，自己怎么就突然辞职了。毕竟，未婚先孕不是什么光彩的事情，而且要赔给天怡静安三十几万，她也不想别人把她看成是傍大款的那种人。

虽然事实确实是庄明朗要花钱来赎她出去，但这话若从别人口里说出来，就难听了。

在外面的大会客室里，施乐怡与施林一个项目一个项目地攀谈着，故意问他对于那个学生电脑的广告有没有什么好的想法？

施林见她不着他的道，便来直的。他说："妹妹，你的事老张上周都跟哥说了，他也太黑了，等哥去跟他说说，让他把赔款降低些。"

施乐怡愣了一下，说："不用，我还赔得起。"

施林提高声音说："妹夫不错啊，愿意出这么多钱。"

不等施乐怡说话，施林又高声说："其实说起来，你为公司挣的，绝对比赔得多，这样对你太不公平了。"

施乐怡说："你这话是什么意思？"

施林笑，赶紧摆手，说："以后发达了，记得拉我们一把。"

施乐怡站起来往外走，不想再跟他说下去。围过来听的人已经越来越多，施林无非就是想造成她因为犯错被开除的假像，她可不想遂了他的愿。如果同事们信了他的话，以后谁还敢和他做对呢？

据说只要有高管离职，施林都会请同事们吃饭，然后说，看吧，不听话的人都是要走的。

等了四天，施乐怡才见到张全林，这回他倒还爽快，只要施乐怡写欠条，他就没有什么问题。施乐怡写完欠条准备走，张全林又叫住她聊了一会儿，旁敲侧击地问施乐怡在南方的城市创办广告公司怎样，房租了，行业情况了，与北京有没有什么不同。

起初施乐怡以为张全林是怕施乐怡自己回去创业的话，会抢他的客户。施乐怡说："张总，南方与北方的不同，其实主要是人的不同，南方人做事更灵活、精巧，虽说现在人员流通很广泛，但大多数南方人应该更愿意去南方，生活习惯和文化背景较相同。比如像广州这样的城市，面积没有北京大，生活成本就会低一些。哪怕住在郊区，来不及了打个车上班，也没有北京这么贵，所以一般员工的人工也就会适当地少一些。但在深圳又不同，香港过来消费的人比较多，就抬高了物价，人工可能又省不下来。其他小城市我劝你就不要考虑了，虽然运营成本会比较少，但当地的大公司比较少，大多数企业的产品销售有局限性，对于产品没有在全国都有销售的企业来说，做电视广告是非常划不来的。本地资源不足，光做外地的，成本又增加了，不如就守在大一些的城市。"施乐怡冲张全林笑了笑说，"我以前都有创业的想法的，但照现在的情况看，可能一两年内，都会在家带孩子了。"

张全林摇摇头说："那太可惜了，原本我有些想去再创办一家广告公司的，想来想去你当负责人最合适。"张全林笑笑，说，"你先生很反对你再做事？"

施乐怡没想到他突然会有这种想法，难怪一改之前一副想要把施乐怡身上的钱都榨出来的模样。

张全林也明白，若不跟施乐怡把话说透了，怕是她也不会跟自己说实话，便咳了咳说：“乐怡啊，不瞒你说，我呢，最近在闹离婚，老婆想分财产，所以我想把资金分出去，另起个炉灶。我那时候是个纯情少年啊，稀里糊涂地将公司一半的股份转到了老婆名下。”

施乐怡很鄙视他这种做法，对待当初出钱给他打江山的老婆他都是这样，何况是对她这个不过带来一些客户资源的员工。

但这也许是张全林免除她赔款的一个机会，是她不在经济上拖累庄明朗的机会，她便诚心诚意地与他详谈起了创办公司的事情来。

两人越谈越投机，张全林一边听一边点头，两人又商量了一下转移财产的办法，施乐怡说刚开始可以以外包的方式，将天怡静安的业务转包给新的公司做，费用给高一些。

张全林说：“我会以我妈的名义去注册公司，这样就好操作了。”张全林叹了口气又说，“乐怡啊，我老婆要是对我父母好一些，不要嫌弃他们是农村的，我也不会走上今天这条路。”

施乐怡安慰他说：“船到桥头自然直吧。”她情愿相信张全林这样的说法，至少可以减低她对现任老板娘的罪恶感。

不知不觉就到了下班的时间，张全林终于为此事件下了定义，他把施乐怡写的收条拿在手里，说：“乐怡啊，回去和老公商量一下，若你还能继续帮我的忙呢，这个钱就算了，我会多招些人手给你，当然不能走露风声，你自己在那边招人就行，你动动嘴帮我把架子先撑起来。当然了，你怀着孩子可能还是会有些不便，所以你要想好，和家里也商量好，是不是能妥善处理这件事，然后再给我个准确的答复。”

他执意要请施乐怡吃饭，走出办公室正好遇到同事们下班，索性，张全林给足了面子，说是乐怡要回家去结婚了，今天同事们会会餐，欢送一下。

老板带头欢送，欢送的场面自然是有些感人的，施乐怡眼睛红了几圈，意向性地喝了两口酒。

施林一晚上脸都绿绿的，他想，这回又错在哪里呢？

错就错在他的着眼点不对，如果他的眼中是整个的广告业，而不只是天怡静安，那么施乐怡一个人和他的冲突又算什么呢？只要自己有本事，走到哪里都是大爷。

这是施乐怡快速发展的秘密，只要有更好的去处，任何一个地方或是职位都只是她的过路站。她知道，快速提升的通道永远都在真正的当权者手里。

记得她在MO接到的第一个任务是做一个小型的选秀活动。

策划案写好后她直接落上了自己的大名，并未帮上司落下一个指教她的好名声。一交上去就被上司给否了,原因是她把策划案做得太大了。当然，策划案是施乐怡故意做大的，作为一个新人，亮相是最重要的。做大了不要紧，砍掉一些内容就行。完成任务只是最基本的，为了让人知道她有更强大的能力，比什么都重要。一个公司请人来，一定不会嫌弃此人有着超出他职位的能力。

施乐怡很庆幸，遇到了一个只着眼于MO的上司，他看了施乐怡的策划案后首先想到的是此人不听话，不把上司放在眼里，爱出风头，必须要打压。上司当然就不想让她这样的人过试用期，频频出难题来为难她。

渐渐地，公司里的人都闻出了火药味，办公室里向来都少不了流言这个重要的环节。与上司不和的人自然会把打压下属的事情有技巧地透露给更高级别的人员或是老板，这是其上。其下，施乐怡将策划案的内容跟公司里的同事分享，一个被否定掉的策划案，是不需要保密的。于是整个事件有了最有利的证据，大多数人都能将施乐怡与她上司的矛盾具体地描述出来。

然后，施乐怡做了这次预谋的最危险的一个动作，跟人事部表示自己准备过了试用期就离职。

人事部问是为什么？

施乐怡说原本以为MO的平台这样好，一定会很有发展前途，没想到来后举步维艰。

一个要走的人还怕什么呢？在上司最后一次用一个宣传方案刁难她后，她直接越级去找了此项目的最终负责人，向他讨教此文案的写法，她明确表示她和自己的上司有些观念上的不同。

那个项目是副总负责的，他当然早已听说过施乐怡与其上司的矛盾。他看宣传文案还过得去，自然乐意做好人，随意找了几个字来改改，便定了稿。没见很多公司的大老板在员工心目中都是好人吗？那是因为他们把矛盾都留给了别人。

一个人的去留在大公司里总是复杂的，哪怕只是为了摆架子，依然要一层层地签字上去。

按施乐怡这三个月的工作表现，说到底是可以胜任目前这个职位的，于是她被挽留了下来，并由人事部转达了公司对她工作的肯定态度。肯定过后，当然要有所表示，在转正的薪水上，会比同级的员工，再多付上一些。

这个肯定的意义并不止于金钱，更多的是施乐怡从本质上摆脱了上司的控制，虽然职位没有改变，这个一再被他否定的人被公司明确肯定了，他自然不方便再说什么。为了洗清自己打压下属的“误传”，还要违背良心地为施乐怡说上几句好话。

施乐怡这次成功的亮相，成功为她争取到了后面很多参与制作大项目的机会。通过之前的事件，至少项目负责人们省去了了解她个人能力的过程。所以后来不过一两个项目的成功，她就做上了主管。人们的心理是这样的，觉得这个人有能力，只要这个人做一两件事证明自己确实有能力，别人便欢欣鼓舞起来，要为她升职加薪，肯定别人，肯定自己。

施乐怡后来回想此事，若当初她的上司不是把她当成一个绝对的下属看，而是就事论事地当成同行，那么他完全可以坐下来，与施乐怡细谈修改策划案的方法，直至达到完成当前任务的目的。反过来还可以说，施乐怡聪明是聪明，就是做事太激进，年轻人还需要有经验的人好好带一下，把注意力放到具体的任务上来。用事实证明她目前只适合做一个下属，而不是帮助她建立那个似乎可以超越上司，而遭到报复的形象。

人在职场中心虚不得，这是施乐怡最后给自己的忠告。

那时，施乐怡还与王莉住在一起，时常会与王莉交流这些想法，王莉让她用最简单的话描述一下自己的职场经验。

施乐怡伸出三个指头，说："第一，亮相，争取机会。这个世界不是你有能力你就能去做适合你做的事的，还要当权者给予你权力去做。要展现能力，而不是告诉别人我有能力就行了；第二，造势，让尽可能多的人切实感觉到，我是有能力的，口说无凭，事实为据；第三，出成绩。出了成绩，才算是成功了，否则就会被人笑话，觉得之前的一切都是自己吹嘘的。"

王莉把她的话记在了电脑里，说是她以后做职业发展培训时，可以借用一部分，赚些外快。

敲打着键盘，王莉突然抬头说："我觉得这应该与你的外貌也有关，一个长得漂亮的人，总是比不漂亮的人，更令人关注。不是说一个公司来个漂亮的前台，有一半男同事的门卡都会弄丢了去找人补办吗？"

施乐怡说："这个世界长得漂亮的人，总是会得到更多的机会的，就算做错事，也会有更多一些的人站出来原谅她。不过你要把这个也做到培训里？"

王莉笑，说："当然不会了。"

时间过得真快啊，想想才刚入行，现在却就要告别这样的生活了，也许施乐怡会同意张全林今天的提议，但那也是另外一种生活了。

施乐怡为过去的努力而感慨，又憧憬着未来的生活，趁着这股兴奋劲，她连夜收拾了行李，在网上订了两天后的机票，明天把房退了，回去挽救可能失足的庄明朗去。

vol.2

大成科技的新闻发布会办得很热闹，专门在五星级的酒店里包了会场，大红的地毯，一直铺到酒店门口去。欧阳骄傲地在发布会上宣布大成科技上市成功的消息，同时发布的还有他们的上半年新上马的三个游戏已初步设计完成的消息，也是因为这个消息，股票上市当天的反响特别好。

很多记者都针对新游戏问了问题，更有消息灵通的记者向庄明朗咨询私募基金到底是什么，有什么定义？

欧阳和庄明朗都属于平时不爱说话，说到工作就口若悬河的人，轻松幽默的回答令现场的气氛非常活跃。

庄明朗说："投资私募基金就像娶个老婆，门槛高，付出的代价比较大，但是安全。"

一说到安全，有些想歪了的人就笑了起来。待大家笑完，庄明朗接着说："我作为基金的管理者持有基金5%的股份，一旦发生亏损，我拥有的股份将首先被用来支付参与者。所以我们在做任何一次投资时，都会很有责任感。另外，我们有两种方式来保护我们的参与者：第一种是承诺保底，基金将保底资金交给出资人，相应的设定底线，如果跌破底线，自动终止操作，保底资金不退回；第二种，接收账号，就是客户只要把账号给私募基金即可，如果跌破10%，客户可自动终止约定，对于赢利达10%以上部分按照约定的比例进行分成，此种方式主要都是针对熟悉的客户，还有大型企业单位。"

发布会毕竟是大成科技的，庄明朗最后又把话说了回来，说自己的朗玛基金，已经决定向大成科技投资5000万，相关的事情，请欧总来回答。

有个记者站了起来，他说："那我就想问问欧总，之前有大成公司的前员工出来披露，说大成为了达到上市的要求，搞形象，减成本，做内部清理，把老员工都裁了，还在员工的工资卡上做了手脚，不知是不是真的。”

欧阳面不改色地说：“怎么会呢？”

记者从旁边的包里拿出本杂志来，从里面翻出一篇随笔，说他已经求证过了，这个叫李菁的作者，确实是大成的前员工，她在她的文章里写到她放弃工作的原因，以及因为失业，她曾经过着全身上下只剩下十元钱的日子，所以作为老员工，她对大成公司感到特别失望。

记者又说：“这位叫李菁的作者，最近写了一本关于择偶方式的书，一下子就走红成了名人，不知她的这些同时发布在她博客里的言论，对大成有没有影响。”

欧阳笑起来，说：“公司进行人员调整是很正常的，要不学校里还开人力资源这个科目做什么呢？而且我们现在是上市公司，为公司节省开支，创造更多的利润，本身就是对广大股民负责任的做法。至于李菁如果确实觉得不平，想讨公道，那么请先拿出她受委屈的证据来。”

回答完这个问题，主持人便宣布发布会结束，请各位来宾移步到宴会厅去，参加大成的庆功宴。庄明朗帮着欧阳招待客人，过了今天，他也就功成身退了，不用再到大成去上班，随着他离去的，除了赵诚，还有大成内部因为改革而积聚的各种矛盾。

庆功宴上来的人很多。欧阳一家都到齐了，还有公司的高层们也都带了家属，主管科技产业的一些领导也来了，更有一些人是听说副省长要来道贺，主动挤进宴会里来的。只有老余一家没来，还在筹办这个新闻发布会时欧阳就通知了他，管理层方面由庄明朗代表就行了，老余在家里看家，他说很多人都去新闻发布会了，但家里还是要正常工作啊。

索性，老余连晚上的庆功宴也不来了，他一个人在街上溜达，回家去，无非只能加重他老婆的悲凉感。

上周，来顶替她老婆位置的人已经到位了，美其名曰是先来跟李行长学习学习，其实是想再次提醒她，退休的日子就在眼前。

老余想自己沾了老婆大半辈子的光，现在说什么也不能和她一起退休，让她难堪，只要欧阳不直说让他走，他就赖着，这副总经理，多当一天是一天。

陆莹莹很替欧阳高兴，她没有什么相关行业的朋友，便请了伍仁兵来凑凑热闹。离上次分手有三个星期了，伍仁兵一直没有对王莉下手，她真有些着急。

虽然欧阳一直也没有跟她提王莉的事情，但她从私家侦探处得知，欧阳已悄悄地又与王莉有了来往，就在刘小明去她家做客的那天晚上，欧阳找借口出去找了王莉，现在是每周必去王莉家两次，买的全是婴儿用品。

他们是铁了心，要将孩子生下来啊。有了孩子可就有了终身的关系。

可是，直到宴会结束伍仁兵都没有来，陆莹莹打了他一整天的电话都是关机的，分明那天半夜，她跑出去找他时，他是答应今天要来的。她感觉到了不妙，也许伍仁兵已经反悔，不愿为她再做铤而走险的事情。

陆莹莹就像一个失去重心的陀螺，晕眩着，跪到了地上。

欧阳和一对儿女送陆莹莹去了医院，庄明朗帮欧阳送走了一批批客人。赵诚打发老婆先回去看孩子，自己帮庄明朗应酬客人。

见其他客人都走完了，老吴向庄明朗和赵诚走了过来。

他说："两位赏脸一起去喝一杯？"

庄明朗想着那天醉酒惹事的事情，赶紧摇头说自己今天是不能再喝了。

赵诚说他女儿现在一闻到酒味就哭，他也不能喝。

老吴说："不会是都妻管严了吧。"

赵诚说："是尊重小朋友的意愿。"

老吴说："那我就直说吧，我是找两位有事情。"说着，他一只手推一个，将庄明朗和赵诚推出了酒店，他说："不喝酒就不喝吧，来点文明的，我请两位泡脚去。”

老吴亲自到工作间里挑了三个长得很水灵的女孩子为他们服务，一个女孩子的手刚放在他的脚上，他就叫了一声，说：“你的手好漂亮啊！”

女孩子刚入行，还不太懂得怎么对应这样的客人。吞吞吐吐说：“你的脚也很不错的。”

赵诚和庄明朗大声笑起来。赵诚说：“我看看，难道吴总长了双女人脚？”

女孩子赶紧说她其实不是那个意思。

老吴向赵诚摇了摇头，说：“你别为难人家小女孩。”

小女孩感谢地对老吴笑了笑，老吴说：“你家是哪里的啊？”

另一个高个女孩抢着说：“她家是原方县的，我刚刚介绍她来这里做。”

“哦，”老吴说，“原方县啊，我前几天才从那里路过。”

高个女孩说：“你是去了哪里？”

老吴说：“离塘县。”

“呀，”女孩子叫起来，说，“我家就靠近离塘县和原方县的交界处。”

老吴说：“我跟你们那个离塘县的县长熟得很。”他转头对右手边的庄明朗说，“我前两个星期，就是去他家玩了。”

“哦。”庄明朗说，“偶尔下去一下也好，比城市里的空气干净得多。”

老吴说：“那当然，不过空气还只是一回事，那里出了奇事了。”

“什么奇事？”赵诚问。

老吴说：“那里有个圆通寺，前段时间在寺庙的上空，菩萨突然显灵了。我就是为了这个事才去看看的。你们也知道，现在房价跌得那么凶，是应该去找点运气。”

庄明朗说：“你去时菩萨还在？”

老吴说：“不在了，不过管她在不在呢，我这一去才发现，真是山青水秀啊。”老吴端起服务员送来的冷饮吃了一口，说：“我找两位来就是要说这个事情的。他们县长约我去当地搞旅游开发，我之前也没有想过做旅游，现在既然提出来了，就为他们盘算盘算，朋友嘛，给他弄点政绩，我也赚点钱。不知两位有没有兴趣一起搞啊？你们也知道现在房地产的行市不好，我一个人不敢拿下。”

庄明朗说：“不知你现在有没有什么方案。有方案大家研究一下，若是有可性行，我们基金完全可以参与投资。”

老吴笑起来，说：“我哪有什么方案，之前根本就没有想过做旅游。”

赵诚说：“那怎么办？再找个做旅游的人商量？”

老吴说：“那别人还能带我们玩？现在银行把钱都从制造业收回去了，旅游这类行业很容易就能贷出钱来，他们不缺钱，我们的钱怕是投不进去。”

庄明朗说：“那吴总的意思是？”

老吴说：“那位陈县长倒是帮着出了个主意，给了个大方向，他们县啊，是这个省的佛教发源地，可以从这方面做文章，听说以前有位省里的领导，每年都要到那里的圆通寺去烧头一炷香。”

庄明朗说：“倒也是个方向。”

高个女孩一听激动了，说：“真的，圆通寺的菩萨很灵的。”

老吴逗她，说：“那你有没有去求过姻缘啊？”

高个女孩倒也不是腼腆的人，忙说：“当然求过了，说是我今年是没有什么姻缘的，但要遇到贵人哟。”

赵诚说：“那算是说对了，今天遇到吴总，一定就是那个贵人。”

老吴笑起来，说：“我哪里是什么贵人，但如果想换个工作什么的倒是可以帮帮忙。”

高个女孩站起来，说：“那就要谢谢吴总了，”她拍了拍埋头给老吴洗脚的女孩子说，“咱们换换，让我巴结巴结我的贵人。”

整个包间里的人都笑了起来，老吴笑得最大声，但也收声得最快，他说：“怎样？两位，抽空我们一起到县里面逛逛？”他看看高个女孩，说：“这位小妹妹也和我们去玩玩。”

庄明朗还在犹豫，赵诚就抢着答应了，他说："正好欧阳公司的事也结束了，趁这个空档，我们也带员工出去玩玩，正好跟吴总去考察考察。乡下空气好，吃的也好，比在城里吃什么农家乐强吧。"

老吴说："明朗，你这搭档可是真会想办法给你们省钱。"

庄明朗说："这哪是他想的，肯定是他老婆灌输的。"

赵诚忙点头，说："还真没说错，之前我在家里想这个季度我们带员工去哪里玩时，赵小曼她妈就是这么跟我分析的。"

vol.3

赵诚的动作很快，不过用了半天时间，就将项目奖金发放完了，旅游的事也定了，凡是不去旅游的人，放假两天。

老吴催得紧，中午叫大家回去收拾了一下，下午就出发了。赵诚带上了老婆、孩子和自己的妈妈，说是正好带老太太到乡下去看看南方的风光。

起初老太太不同意，说哪有带两个多月的孩子到处跑的。还是赵诚老婆劝她，说带孩子到农村去走走，新鲜空气对孩子有好处，又特别跟她提起菩萨显灵的事，她才同意了。

老吴到庄明朗的公司楼下与他们会合，自说自话地解释说："人家陈县长听说我们要去，连夜让人收拾了住的地方出来，说是随便我们哪天去。这不好啊，所以我们还是去早一些，省得他们老等着。"

老吴带了个助理，还有前一天在洗脚房认识的女孩。他把庄明朗和赵诚扯到旁边悄悄说："可不能跟吴亮说这女孩是昨晚在洗脚房认识的，我可说是我们公司的售楼小姐。"

赵诚打趣说："你还怕儿子啊？"

老吴眨眨眼，说："这小子没良心，从小就向着他妈。"

庄明朗想起了施乐怡说的儿子对妈妈更好的话，算了算时间，又给施乐怡发了一条倒计时短信，他说离你说的一个月可只有十三天了，不能反悔的。

施乐怡快速地回了一条：一定比你想的早。

施乐怡试探着说：你调查明白没有？小王为什么接了我的电话又挣了？

庄明朗按之前编好的说：我问她了，她说她见我一直按错键就帮我接了，谁知才喂了一声，我的电话就没电关机了。

施乐怡没有对这个回答提出质疑，真假都不重要。庄明朗还愿意跟她解释这样的事情，就表示问题确实不严重。只要人不变心，什么都好办。她寻问，表示这个男人还归她管。他回答，表示自己还归这个女人管。

庄明朗有些庆幸施乐怡没有对他这个牵强的回答穷追不舍。他确实去问了小王的，这些天他约小王一起玩过几次，这小妮子现在看他的眼神有些暧昧了，所以他去这样问她一下，也可以拉开一下距离。

小王没有正面回答他，只是一再地道歉，说自己当时没想到接这么个电话，会影响了庄总和女朋友的关系。

庄明朗一听，自己的感觉没有错啊，是不应该招惹小王这样的人的。她过于依附于别人生活，任何一点风吹草动，都能在她心里掀起千层巨浪。她心里沉重的东西太多，她已无法用简单的思维去想任何事情。

就像赵诚有时候说自己的，说他在面对任何一个身受苦难的女人时，都无法视而不见。

庄明朗想，这回，得想个办法远离了。

赵诚没有开车，带着一家人上了庄明朗的车，其余的员工有两三个自己有车的，搭上几个同事，就出发了。

赵诚问庄明朗去医院跟欧阳问到什么没有？

庄明朗说："欧阳只是大概记得老吴之前在这个县里投资过，具体的项目不太清楚。”

赵诚老婆说：“那欧阳的老婆怎么样了？是不是有什么病啊？”

庄明朗说：“我今早去看时已经好了，医生也说血压已经控制住，可以出院了。”

赵诚妈妈说：“这高血压的人就是得吃药，天天吃，像赵诚的爸爸就是这样。”

赵诚回头跟他妈说：“不是，这女的才四十岁，不是你想的那种老年人都有的高血压。”

赵诚老婆说：“我看她像是受了什么刺激，之前都好好的，大好的日子她晕了，真是不吉利。”

庄明朗猜想可能是王莉怀孕的事情，有什么事会有这个对陆莹莹的刺激大呢？

三个小时后，到了县城，也不休息，县长亲自陪他们到了华农镇的华农山庄，吃土家菜，喝米酒。庄明朗和赵诚都被劝着喝了好些酒，赵诚还好，有老婆和老妈在身边管着，别人还算手下留情。庄明朗就惨了，彻底领教了干部们的酒量，才喝了一圈，他就觉得手脚都不是他自己的了，跑到外面一阵恶吐后，瘫在了地上。

赵诚和吴亮把他抬到房间里躺好，赵诚就溜了，吴亮接着出去应战。

只来了小王一个女同事，男同事们都自高奋勇地为她挡酒，不过在老吴的攻势下她还是喝了一杯，只一杯，就醉趴下了，农村的米酒，可是很烈的。

吴亮的酒量最好，所有人都倒下了，只有他还站得起来。在服务员的帮助下，他歪歪扭扭地将一个个同事都扶回屋里去躺着，扶到小王时，服务员说已经单独开了房间。吴亮把手一挥，说不用，她跟庄总就行。他笑着补充道，我可是知道他们秘密的。

于是小王被放到了庄明朗的床上，吴亮一边帮他们关门，一边笑。见窗帘没拉，吴亮又回去帮他们拉上窗帘，嘴里嘀嘀咕咕地说，和我爸一样，老婆那么漂亮，还要在外面乱来。

门一关好，吴亮顺着门板就滑了下去，再次睁开眼时，天已经亮了，庄明朗正生气地看着他。小王捂着红红的脸，在他头上一通乱打。

吴亮抱着头站起来，说："出什么事了？"

小王眼泪流下来，庄明朗把吴亮拉到一边说："你昨晚怎么把小王送到我房间里了？"

吴亮想了想，说他想不起来了。他看看周围，问庄明朗还有没有别人知道?

庄明朗指指一个服务员说："应该只有指证你的这个人知道。"

吴亮冲服务员笑笑，说："兄弟，昨晚是我弄错了，你别记着啊。"他又走过去跟小王道歉说："对不起，是我喝多了。"

小王瞪着他吼道："你是猪啊？"

吴亮说："好好好，我是猪。"他用手指把鼻子推起来，说这样像不像。小王见同事们往这边来了，赶紧把他的手打下来。

庄明朗为小王又要了间房，让她回去梳洗一下。小王看了他一眼，眼神中飘过一丝怨恨。凌晨四点的时候她就醒了，庄明朗死猪似的躺在床的另一边，她想推醒他，他却睡得很沉，推了很久，他才睁开眼瞟了她一下，说"乐怡，我的头好痛，帮我揉揉"便又睡了过去。

小王有了一种失败感，虽然她还不能够完全确定，如果与庄明朗发生了关系，后果会怎样。当然，她也不知道，那时的庄明朗也已经清醒了，这样做的目的，只是想让她也清醒过来，不要对他们的关系有过多的想象。

县长大人跟庄明朗和赵诚详细解释了当地旅游行业的一些情况，便回县城去了，他嘱咐镇上的干部，一定要将几位大老板招待好。

镇长亲自陪他们到了圆通寺，请方丈介绍了当地的佛教文化，又把前段时间菩萨显灵的的奇特景象描述了一遍。

方丈说，那是五彩的光啊，很明显是菩萨的尊容，闪亮亮的，停留了有一两个小时。就在这座房子的顶上。

庄明朗认真地听着，他从小受妈妈的影响，对菩萨有着天生的敬畏。寺庙里的路是用泥沙铺的，虽然平整，但一下雨就不好走了。方丈说是缺资金，水泥可能一下子还铺不起。

庄明朗当即开了张五万块的支票给方丈，至少先把寺内的路修好吧。

赵诚的妈妈抱着孙女在佛前求了平安符，又捐了一百块钱。这是她多年的习惯，逢庙必拜。她又劝儿子儿媳和她一起磕了头，说总是会有好处的。

赵诚的老婆以前不信这些，自从有了孩子后心态就变了，只要是可能对孩子有好处的，她都要做，她拽着赵诚跪下去，嘴里默默地许着愿。

男同事们都不太好意思去跪，只有小王不但跪了，还求了支签。是下下签，写的是一江春水向东流。方丈摇摇头，说：“施主，求事不成。”

小王很尴尬，站起来说：“其实我就是随便抽抽，也没有问什么事情。”

女人最懂女人，赵诚老婆悄悄对赵诚说：“求的不是姻缘才怪了。”

小王求的是不是姻缘，她自己也说不清，她只是想试上一试，如果她对庄明朗有意的话，会不会有个结果。她的前提是如果，所以连她自己都有些糊涂了。

可是下下签的到来并没能打消她对庄明朗似有非有的情感萌芽，反而掀起了斗志。她就不信，她真的拿不下庄明朗来。

接下来的两天，华农镇的镇长又带他们四处转了转，去水库钓了鱼，到河里游了泳，吃了自己摘的瓜果蔬菜。重要的是，在这样宁静的地方，睡了几天的好觉。

如果不是怀疑老吴有别的目的，庄明朗倒还真有兴趣帮他们融资，把这种原生态的旅游做起来，成本不用太高，主要花心思在如何保持上，再找施乐怡这样的人来策划一下，以佛教文化原思路，设置一些主题就更好了。不用搞成大众旅游，可以是专门为有钱的高压人群解压、疏导心灵的。他与赵诚商量了一下，这回先不答复他们，回去后另外派人来查一下，看看老吴在这中间到底有没有什么猫腻再说。

星期三，他们就踏上了归途。

vol.3

星期三，欧阳准时到王莉家接她到医院去做检查，很不巧的，遇到了伍仁兵。伍仁兵也有些不知所措，愣了一下，才与他打了招呼。

欧阳说："你这样子像是在搬家啊？"伍仁兵抱了个大箱子，后面有几个民工跟着他，抬着几件家具。

伍仁兵说："是啊，我刚把这房子卖了，有几样家具很喜欢，就一起搬走。"

欧阳也不多问，笑笑说自己还有事，就先走了。

王莉这次很快就给欧阳开了门，不再像第一次那样，让他在外面站了半个多小时。欧阳依然是很平静的样子，把买来的吃的用的，各就各位地放好。他说："你今天感觉怎么样？"

王莉说："还是一样，没有什么特别的。"

欧阳说："他们还老实？"

王莉说："当然是要活动活动的。"

欧阳从袋子里拿出两串风铃，走进他这段时间断断续续布置的婴儿房，将风铃挂在小床上。他用手指戳出了响声，说再贴好墙纸，就布置完了。他问王莉喜不喜欢。

王莉站在门口怪怪地笑，说："你不必这样。"

欧阳也并不介意王莉的冷淡，相比起来，他对她的冷淡会强上十倍。他从文件包里拿出准生证递给王莉，说："你收好了。"

王莉看了看，说："有钱就是好啊，什么都能搞到。"

欧阳说："我能做的也就只有这些了，孩子户口的事情也搞得差不多了。"

王莉说："你还准备再做些什么呢？我很好奇，除了与我结婚之外。"王莉想象过很多种欧阳来找她的情形，可她怎么也没有想到是这样的。三个星期前，欧阳来到她家，她不给他开门，他就一直站在门口不走，也不出声，就默默地站着。王莉心一软，便开了。问他有什么事，欧阳想也不想就说，对不起，除了和你结婚以外，我什么事都可以为你们做。他说这是他唯一可以做到的，他说他想了好多天，如果他再次选择离婚的话，陆莹莹这条命怕是再也救不回来了。

欧阳知道王莉对他的决定很不满，看看表，离去医院还有一些时间，便拉王莉在沙发上坐下，说："你还记不记得上次你过生日那天，喝醉了在一个酒吧里，我去把你找回来的那家酒吧？"

王莉说："你是说伍仁兵开的那家吧。"

"你们后来有来往？"欧阳赶紧问。

王莉笑笑，说："他和陆莹莹的事我也知道，你就不必大惊小怪了。"

欧阳沉思了一会儿说："我给你搬个家吧。"

王莉说："你怕伍仁兵去跟你老婆讲？你老婆那天在时代广场门口不是自己看到我怀孕了吗？还用别人去讲？"

欧阳说："可是她并不知道你住哪里。"

王莉说："我不搬，我不怕她来找我，我又没有要求你什么，你怕她是你的事。"说着，王莉站起来提上包，就往外走。

欧阳追上去，把王莉劝上自己的车，往医院开去。

欧阳说："你再考虑考虑吧，我今天一看到伍仁兵就有一种很不好的感觉。"

王莉轻笑，说："你就别瞎想了，我还准备请伍仁兵偶尔给孩子当当爹呢。"

欧阳被吓了一跳，与王莉分开这段日子，她到底做了什么？无缘无故的，伍仁兵怎么就住到了王莉家楼上？

欧阳解释不出来伍仁兵的到来，就如同解释不出来伍仁兵的突然离去一样。

欧阳说："王莉，你知不知道伍仁兵今天搬走了？"

王莉"啊"了一声，也觉得有些意外。可她现在是万万不想顺着欧阳的意思来的，她说："他当然跟我说过了，若不是我这个样子，我还会去帮帮他。"

到了医院，王莉和前几次一样非不让欧阳跟进去，她说："我跟所有人都说我老公死了，你跟进去我不好解释。"欧阳看着她拖着笨重的身体往里走有些心痛，说："你慢点，我在车上等你出来。"王莉头也不回地说："不用了，你回去吧，今天施乐怡回来，我要到机场去接她。"

欧阳当然不放心王莉一个人去机场，他一直在医院门口等王莉出来，再载她到机场去接施乐怡。

施乐怡看到王莉和欧阳站在一起时愣了好一会儿，才和欧阳打了个招呼。欧阳帮施乐怡提了行李，问施乐怡结婚的日子是不是近了，他说上个月庄明朗还跟他打听过酒店办婚宴的事情。

施乐怡笑说她还不知道。

欧阳见王莉听到别人结婚有些不高兴，便赶紧转移了话题。

欧阳问施乐怡现在北京的空气质量是不是好了很多？

施乐怡说为了奥运嘛，一直在整治。

施乐怡又问了欧阳一些游戏产业的事情，欧阳东拉西扯地又说到房地产上面去，从房价，一直说到通胀的问题，两人最后谈到了国家大力整治小产权房的问题。

王莉听他们这样谈话特别变扭，忍不住打岔说："你们俩怎么每回遇到都像上百家讲坛似的？"欧阳和施乐怡笑起来，这才终断了这场无味的谈话。

他们又能说些什么呢？作为王莉的好友，欧阳对她不客气有些不太好，王莉又不是他的正经老婆，与她的朋友太过亲近，又感觉怪怪的。太亲近了，对施乐怡来说也不是朋友之道，中间还夹了一个庄明朗，本着朋友妻不可戏的道理，欧阳就更不好和施乐怡相处了。无话找话说，便成了他们遇到时常做的事情。

施乐怡没有直接去找庄明朗，而是先去了王莉家。一到家就一通狂吐，她说如果不是欧阳在，她早就吐了，现在她一点汽油味都闻不得。刚才欧阳的车熄火那一下，真是让她够难受的。

王莉给她拍着背，说："你这反应可比我当时大多了。"

施乐怡说："现在算是好多了，能忍到上楼来才发作。"

王莉问她什么时候告诉庄明朗，让他来接她，施乐怡便把张全林想找她帮着创办公司的事说了，她说："我还没有想好怎么跟庄明朗说这件事，怕他不同意。"

王莉说："你就别折腾了，好好把孩子生下来要紧。"

施乐怡接口说："我这不是为了不赔那三十几万吗？我不想搞得像他要来买我似的。"

王莉摸着自己的肚子说："你呀，什么时候把自尊心放下，什么都好办了。"

施乐怡埋头在水池里洗了脸，说："我还怀疑他和某个女人勾搭上了，所以我得到他家突击检查一下。"

王莉指指施乐怡还未突起的肚子说："或者睁只眼闭只眼算了，先稳定下来再说。"

施乐怡摇摇头。王莉只得苦笑了一下。这世上，怕是再也找不出比施乐怡更倔强的人了。

vol.4

老吴得到庄明朗给的答复后，试图再找几个理由说服他，庄明朗却不给他机会，他说："吴总，我们第一轮的投资计划确实已经结束了，现在要看看收益的情况，才能考虑下一轮的。"

庄明朗说："吴总，不着急，我们也不是说现在就否定这个项目。像这种事可以先策划，我推荐个人选，你看合不合适？"

"谁呀？"

"施乐怡，这种策划的事，她最拿手了。我呢马上就和她结婚了，我也不想她为别的公司跑来跑去的，不如交些事给她做，把她管起来。"

老吴口气硬硬地说："那要恭喜你了。我也不是着急，只是现在有钱找地方投资的人那么多，怕错过了好机会。"

庄明朗说："不会不会，我查过了，他们县现在有几个镇都因为建小产权房的事被罚款了，他们现在找人投资都带有附加条件，投资方得把这个罚款承担下来。那可是好几百万啊。"

老吴一听话说到这份上，就不好再说什么了。那些小产权房是谁建的，全是他建的，当初图土地便宜，房价又是中午的日头，越涨越高，现在好了，国家一打压，买小产权房的人就少了。还背上了官商勾结占用农民赖以生存土地的名声。他找到县长一商量，想出了一个开发旅游的主意，正好这些房子可以利用起来，直接就核算为他投资的一部分。可是他大部分的钱都套在房子里，力量不够。通过吴亮，他确信了庄明朗的经济实力，才走了这么一步，是太急了。

老吴挠挠自己的头，说："他妈的，一点也不仗义。"

庄明朗结束与老吴的通话，便开始准备下午与零新基金的老总会谈的资料。这一两年来，朗玛基金因为在业内的良好成绩，开始成为其他基金的投资对象。庄明朗为了这次会谈，之前准备了好几天，他把资料全摆出来又检查了一下，发现少了两份文件还在家里的移动硬盘里没有拿过来。看看时间，自己是来不及回去拿了，他把家里的钥匙和门卡拿出来，去找赵诚，秘书说赵诚带女儿去打预防针去了，半个小时后才能回来。

庄明朗在公司里转了一圈，看看公司里的人，只有小王是知根知底跑不掉的人，只好给她说了地址，拿了钥匙给她，让她到家里去拿移动硬盘。他原本也有些怕她再误会什么，但又一想，家里到处挂了施乐怡的照片，小王看后，应该也会更加清楚自己的实力还差了很远。

小王捧着庄明朗家的钥匙和门卡，像得了尚方宝剑，打了个车，直奔庄明朗家而去。她一直以为庄明朗家会与欧阳家一样，是栋别墅，没想到只是高级的小区公寓。

但是，这也是很贵了。她在心里怯怯地想，怎么都比我有钱啊。

她轻手轻脚地进了庄明朗家，在庄明朗说的位置怎么也找不到他说的移动硬盘。她也不好到处去翻，便打电话问庄明朗。庄明朗正好在接客人，说一会儿再打给她。她便在房子里四处参观起来。

这是一套四房两厅的房子，客厅和主卧里都挂着一个女人的照片，确实很漂亮。

她走进主卧里，拉开衣柜，巨大的空间里，却只有两三件女人的衣服，还是新的，标签都没有撕，小王一下子就疑惑了。难道这女人不是长年都在这里？她又拉开下面的抽屉，全是男式内裤。小王的脸咻地一下就烫了，赶紧看向别处。

庄明朗的电话打了过来，他让小王到卧室的笔记本电脑旁看看有没有。

小王看了一圈，终于在床边的地毯上找到了笔记本，移动硬盘还插在笔记本上。

小王蹲下去准备拔出来，突然听到了钥匙开门声，有人走了进来，小王走出客厅来看，正是照片中的那个女人。

施乐怡被小王吓了一跳。说："你是谁？"

小王把手里的钥匙和门卡拿出来，斩钉截铁地说："是庄总让我来拿东西的。"她跑回卧房里，把移动硬盘拿起来，说就是来拿这个。她的语气很生硬，充满了敌意。

施乐怡"哦"了一声，她突然想起了小王，当初和庄明朗一起去看电影的就是她。但小王对她的态度让她感觉有些怪，她用眼角扫了眼卧室，发现给庄明朗放内裤的抽屉没有关。便故意给庄明朗打了求证的电话。

庄明朗接得很快，说自己正陪客户过会儿给她打。

施乐怡说："你别急着挂，你是不是叫了你们公司的人回家来拿东西。"

庄明朗说："你怎么知道，你回来了？"庄明朗压低声音高兴地说："你终于回来了。"

施乐怡说："你赶紧说是不是吧。"

庄明朗说："是是，你赶快让她给我送过来，急着用的。"

施乐怡冲小王挥挥手，说："你赶紧去吧，路上小心些。"她的语气很亲切，听得电话那端的庄明朗心痒痒的。

小王一出门就哭了起来，难道她是贼吗？还要打电话求证。她就见不惯施乐怡这样的女人，不就是长得漂亮吗？有什么了不起的。

施乐怡在房子里检查了一圈，没有发现异样才出去了，她回到王莉家，倒到沙发上就叹气，说："果然是出事了，你那个前同事小王，是看上庄明朗了。"

施乐怡把今天的事说了一遍，她说："为了给这小王敲警钟，我的行踪算是暴露了。”

王莉安慰她说：“小王哪是你的对手，她的条件差远了。”

施乐怡说：“反正现在我感觉不好，再说庄明朗这个人，女人有没有能力对他不是很重要的，小王的长相也还是他会欣赏的类型，人又年轻一些。他呀，心理阴影，凡是可怜的女人，他都想保护。”

王莉想说你还有孩子啊，想想还是算了，越这么说，怕是施乐怡越不会这么去做。万一她逆反心理一上来，故意去瞒着庄明朗，事情反而糟糕了。

施乐怡拉过王莉的胳膊，假装哭起来，说：“怎么办啊，好多女人都是在怀孕的时候，老公被人勾走的。”

王莉说：“那样的话，我们俩就结伴去荷兰。”

“去荷兰做什么？”

“荷兰同性恋可以结婚啊，到时我们就假装是同性恋，最多我再吃些亏，假装是三个孩子的爸爸。”

施乐怡被逗得笑起来，说：“我算是明白了，什么是只要女人还承担着生孩子的功能，就不会有男女平等。失去了不要男人的权利，就生怕男人不要自己了。工作也要停下来，有什么发展的机会都要放弃。”

施乐怡正发着牢骚，庄明朗打来了电话，他着急地说：“你在哪里？你不是回来了吗？”

施乐怡说：“你在哪儿？”

“我在家。”

施乐怡说：“我在王莉家呢，你过来吧。”她跟庄明朗说了地址，让他开可以多拉几件行李的车过来。

施乐怡继续躺在王莉家的沙发上，似哭非哭地哼哼，王莉说：“小姐，你就是想得太细了，现在不是什么事都没有吗？你想想我，比起你不是惨了很多？”

施乐怡一听又赶紧起来安慰王莉，问她现在和欧阳到底怎样了。

王莉说："你终于想起来问我了。"

施乐怡笑，说："我也不知怎么了，怀孕以后吧，情绪就出了问题，老是盯着一件事情想。"

王莉说："问题又回到了原点，他就是不能跟他老婆离婚。虽然我决定要孩子时就打算好了自己过，但他现在明确给了结论，我又挺伤心的，人就是挺贱的，之前还觉得自己很有牺牲精神，现在一想，还是有所求的。求不到啊。"王莉哽咽起来，说，"孩子以后要是知道他们的爸爸是这样对他们的，不知会怎么想。"

施乐怡摸摸她的头，说："别想了，顺其自然吧，实在不行我陪你去荷兰。"

王莉破涕为笑，说："我们俩怎么都得有一个人过好喽，你不能自寻烦恼。你过好了，我也觉得安慰。"

施乐怡说："是是是。"

庄明朗是第一次以好友男友的身份面对王莉，还真不知道要怎么相处，之前作为同事客气惯了，一下子还随意不起来。

王莉要给他倒水泡茶。他说："我自己来自己来。"站起来却又不知水在哪里，施乐怡笑，说："你们坐着吧，就别倒了。"

施乐怡坐到庄明朗的旁边，双手抱着他的胳膊，说："这回认识了，以后她家换煤气罐什么的，就由你包了。"

庄明朗连连点头，说："可以可以。"

王莉笑，说："我有那么穷吗？这小区是管道的。"

庄明朗说："没关系，以后有什么用得着我的，别客气。"说着说着，他就看向了施乐怡，把她的手抓得紧紧的。

王莉看不下去了，说："你们赶紧走吧，别在我这孤家寡人面前眉来眼去的。"她指挥庄明朗把施乐怡的行李全搬上车，再将两人都推了出去。正推着，欧阳来到了门口，见到庄明朗和施乐怡，有些尴尬，愣了一下说："两位结婚的时候记得请我啊。”

庄明朗和施乐怡连声答应着，赶紧走了。

进电梯时听王莉没好气地对欧阳说：“你又来做什么。”

欧阳回头看看，说：“进去再说，进去再说。”

欧阳一进门就把手里的光盘放到王莉的电脑里去，他一边启动播放，一边说：“我就一直觉得伍仁兵跑到这里来住有问题，果然一查是真有问题。”

画面出来了，王莉看到一段模糊不清的场景，正是伍仁兵在往她家门口泼油，一看录像的时间，大概过了两个小时，王莉就摔倒了。

欧阳说：“这段录相早被他花钱让保安毁了，这是找高手恢复的。”

王莉摇摇头，说：“他这是为什么？”

欧阳说：“反正会对你不利，还是搬个家的好。”

王莉轻轻地点了下头。她紧紧地抓着欧阳的胳膊，没想到，到头来能够相信的还是这个没有良心的欧阳。她红着眼说：“我怎么就那么倒霉呢？”

欧阳拍拍她的手，说：“你先去睡吧，我帮你收拾收拾。”

车门关上，庄明朗把施乐怡抱进怀里。

庄明朗捏捏她的下巴，故意恶声恶气地说：“回来两天了也不告诉我。”

施乐怡说：“我要去私访啊。”她搂紧他的脖子，说：“看吧，被我抓了个正着，一个活生生的花姑娘。”

庄明朗笑起来，转移话题说：“你就不想早点见到我？”他的眼睛顺着施乐怡的领口望下去，头一点点地往下埋。

施乐怡一把给他揪了起来，说：“别人看见，先回去。”她把身子坐直，系好安全带，嘱咐庄明朗开稳一点，别太快了，要不把她的宝贝给摇坏了。

庄明朗说：“你买了什么东西这么金贵？”

施乐怡说：“还不是你送我的东西。”

庄明朗不明白她的意思，想不起来自己送过她什么娇贵的东西。

施乐怡怕他激动了开车出事，怀孕的事准备回到家再告诉他。她想起了小王，试探着问庄明朗，“你现在怎么懒得连衣柜的门和抽屉都不关了？”

庄明朗说：“没有啊。”

施乐怡说：“我都看见了，装内裤的抽屉大开着，你还叫女同事回去给你拿东西，也不怕别人看见了，笑你。”施乐怡把头靠到他肩上嬉笑着说，“你是不是故意让她看啊？”

庄明朗皱皱眉，说：“我哪有那么变态。我昨晚都没有换内裤，怎么会去开抽屉呢。”

“啊？”施乐怡狠狠地用手指戳他的头，说，“是不是没有人监督你就不知道换？”

庄明朗傻笑，说：“不就是等你回来天天监督我吗？”他反手过来摸摸施乐怡的脸，说：“没有老婆的男人，可怜啊。”

施乐怡笑着，她想看来真是小王开的抽屉，自己没有想错她。

车一停好，施乐怡就先冲上楼去，庄明朗在后面喊：“你别疯了，家里没别人。”他把她的行李一件件地弄进电梯，再运上楼。在卧房的卫生间里找到了趴在马桶上狂吐的施乐怡，他给她拍着背，说：“你怎么了？”

施乐怡起来把他推出去，说：“你先出去反省反省，自己想想，我洗了澡再告诉你。”

庄明朗是丈二和尚摸不着着脑，索性到客房里的浴室洗了澡。男人的动作快，不过十分钟他就躺到了床上，等着施乐怡。情欲的火焰燃烧起来，现在大活人就在眼前了，火焰燃烧得尤其迅猛。他冲浴室里喊：“你快点啊。”

施乐怡说：“你反省得怎么样了？”

庄明朗哪里还顾得了别的，他说：“你再不出来，我就冲进去了。”

施乐怡打开浴室的门，伸出头来说：“从箱子里把我的干净内衣拿来。”

庄明朗咻一下从床上蹦起来，冲进浴室，把施乐怡抱起来说：“这时候了还穿什么。”

赤裸着的施乐怡大叫起来，说：“我还有事情跟你说。”

庄明朗不管，扯掉自己身上的浴巾，就要乱来。

施乐怡赶紧说：“我是要告诉你我有了。”

庄明朗这才冷静下来，把她抱到床上。他用力拍了自己脑袋一下，怎么忘了问这事了。他傻笑着说：“真的有了吗？”声音有些沙哑了。

“嗯。有十一周了。”施乐怡把他的手抓来放在肚子上，说：“你就要当爸爸了，还这么粗鲁。”

庄明朗高兴得在施乐怡脸上一通乱亲，说：“太好了，我们生个儿子气死赵诚。”忽然，失望的神情浮到了他的脸上，他瞄瞄施乐怡的身体，说，“那现在就不能了？”他实在舍不得把手从她身上拿下来。

施乐怡看他难受的模样，想了想说：“那你轻点，慢点。”

vol.5

庄明朗从一醒来就开始观察施乐怡，除了呕吐之外，她还有些消瘦。他摸了摸她的肚子，一点凸起的痕迹都还没有。他想是得赶紧结婚了，否则肚子大了，不好看。

施乐怡睡得很沉，庄明朗打电话跟赵诚说施乐怡回来了，他这两天就不去公司了。他还特别强调了他要当爸爸的事情，问赵诚应该弄些什么给施乐怡吃比较好。

赵诚说：“正好我妈在，你问问她。”

赵诚的妈妈一件一件地说给庄明朗听，庄明朗认真地用笔记了下来。说了十几分钟，施乐怡醒了，庄明朗挂了电话，着急地问她有没有什么不舒服的地方？

施乐怡笑笑，说：“没事，但你要乖一段时间了，医生说了，前三个月和后两个月要完全禁止，其他时候也要节制。”

庄明朗怪她没在电话里先告诉他，这样他有个心理准备，也许就不会那么火急火燎了。

施乐怡往他脑门上打了一巴掌，说：“你还好意思说，我从一个月前就打你电话，想告诉你。你不是不接我电话，就是冲我吼。”想起之前的委屈，施乐怡哭了起来，说，“你还怪我。”

庄明朗连忙道歉，说：“都是我不好，鬼迷了心窍了。”他把吴亮到处贴施乐怡照片的事说了一下，施乐怡说：“那你怎么不揍他呢？”

庄明朗喏喏地说：“那又显得太小气了。”

施乐怡冷哼一声，说：“那你冲我发火就对了？”

“不对不对，是我不对，你不要生气。”庄明朗憨憨地笑，摸了摸施乐怡的肚子说，“乖，你妈生气你是不是有不舒服啊？”

见到庄明朗孩子气的样子，施乐怡笑起来，说：“你记不记得你昨晚说了什么？你怎么说生个儿子来是为了气人家赵诚，你生儿子就为了气他呀。”

庄明朗自己也感觉好笑，说：“平时开玩笑说惯了，再说这种事情我也没有经历过，一下子也不知道要说什么。下次就好了，下次我肯定比这次说得好。”施乐怡听他说没有过这种经历非常高兴，庄明朗在她之前有过四个女朋友，她知道同居过的有两个，虽然有些耿耿于怀，但以现代社会的标准，她也不好说些什么。知道她们没有怀过孕，施乐怡觉得自己终于和她们区分开了。

庄明朗把施乐怡的脸捧起来亲了亲，说：“我们赶紧结婚吧，趁你的肚子没有大起来。”

施乐怡把嘴一撅，说：“女人就是倒霉，到了这种时候，连不结婚这三个字都不敢说。”

庄明朗说：“你去北京待了大半年胆子大了呀？敢想不结婚这回事了？”

施乐怡摸摸自己的肚子，说："儿子，你爸爸说风凉话，你是不是也生气啊？"

庄明朗趴到床上，说："这回完了，我从此要给你当家奴了，受尽凌辱啊。"

施乐怡说："那我给你取个名字叫星期六？"

你一言我一语地说着，施乐怡有些饿了，说要起来弄吃的。庄明朗扶她躺好，说："你别动你别动，我来。"

施乐怡不屑地说："你什么时候会做家务会做饭了？"

庄明朗惭愧地笑说："你告诉我怎么做，我先给你凑合一顿，下午我去找个保姆来。"庄明朗用手机录下施乐怡说的煮粥的过程，从床上跳起来，向厨房走。一会儿又伸进头来说："对了，你离职这事要付多少赔偿金？我今天就一起办了。"

施乐怡不想一回来就和他闹别扭，假装睡着了。几分钟后，竟然真的睡了过去。

醒来时庄明朗已经从家政公司请了保姆来，只需要一天来做两顿饭就行，庄明朗想过段时间把施乐怡的妈妈请来，再有保姆帮着，他就全放心了，正好借这个机会帮施乐怡家安顿下来，想来这样的时候，施乐怡也不好反对什么。

庄明朗早就想过，把东门那边的一套房子，送给施乐怡家，只是之前没有找到合适的机会，令施乐怡能接受得很乐意。

这下就说是当聘礼，总不会错了吧。

晚上施乐怡和庄明朗到商场里去买了很多小衣服和玩具去赵诚家，施乐怡把赵小曼抱在怀里，喜欢得不行。肉肉的身体，娇嫩的皮肤。施乐怡亲亲她的小脸，不住地说孩子很可爱。赵诚老婆越听越高兴，原本她是很不喜欢施乐怡的，见她夸自己的孩子，便主动问施乐怡还回不回北京去。

不等施乐怡回答，庄明朗抢着说："当然不回了，以后就天天在家里待着，我去哪里，她就去哪里。”庄明朗走过来逗孩子，说：“赵小曼你以后天天去我家找小朋友玩。”

施乐怡说：“赵小曼你跟他说，我又不是跟屁虫，还天天跟着你走呀。”

赵小曼笑起来，抓着庄明朗的手，伸了伸舌头。

赵诚老婆吓得把赵小曼抱了过去，说：“乖，那个上面有巴巴。”

赵诚说：“她就是伸伸舌头，这么小哪里就拉得动明朗的指头？”

赵诚老婆说：“这个要从小教的，等拉得动再教就晚了，就放到嘴里去了。”

赵诚的妈妈听不过去，打圆场说：“你们无不无聊？”

这样，施乐怡和庄明朗就有些不好意思再坐下去了，又和赵诚聊了几句便要走，赵诚送他们出来，说：“你们别介意，她这个高龄产妇，紧张孩子有些过头，以前怀孕的时候她就神经兮兮的。”

施乐怡笑笑说，“没事，哄孩子玩嘛。”

庄明朗说：“我还不知道她啊，都是老同学了。”

把赵诚劝了回去，庄明朗搂过施乐怡的腰，说：“还好你才二十六岁，不会像她那样。”

施乐怡昂起头瞪他，说：“二十六岁你以为还小啊。”

庄明朗说：“那谁让你二十岁的时候不认识我，那你二十一岁时我就让你当妈。”

施乐怡在他腰上一掐，说：“你才上大学的时候就生孩子呢。”

庄明朗说：“那有什么，休学一年，再回去继续读就是了。”

施乐怡见是机会，赶紧说：“那我现在要是还想工作你同意吗？”

庄明朗说：“那要等你生完孩子看情况，你一生完，就忍心丢下孩子不管啊。”

施乐怡说：“如果我能安排好呢？”

庄明朗说：“那也等生完了再说。”他把她扶上车，说，“我带你去个地方。”

施乐怡问他是去哪里，庄明朗就是不说。

施乐怡认识这一带，离欧阳家不远，之前王莉刚爱上欧阳时，常约她到这一带转转，说想遇上欧阳，多看他几眼。

庄明朗确实在欧阳家对面的小区停了车，他说："记不记得我说生女儿有奖，我今天就先把奖给你发了。"

施乐怡说："万一不是女儿呢。"

庄明朗贼贼地笑，说："那就再生嘛。"他把赵诚跟他说的可以到香港澳门生孩子的事告诉了施乐怡，他说他都打听过了，花个十来万，有专门的中介公司安排。

施乐怡说："你这是早有预谋啊。"

庄明朗得意地说："我办事，你放心了。"他指了指后面，说，"那边就是欧阳家，以后还可以去串串门。"

施乐怡拉住庄明朗问："你是怎么想通的？以前不想结婚，现在竟然想多生几个？"其实她也想多生几个，只要养得起，孩子多些，家庭才兴旺。只是不知现在的计划生育政策什么时候才调整，她可不想东躲西藏的，到香港生又怎样，未生前还不是要在家里躲着。

庄明朗笑，说："这不都是落入你的陷阱了吗？有什么办法？"说完他就先冲上了台阶，一边开门一边说："这房是去年才建好的，比欧阳那个还大一些。"他拉着她进了屋，三层楼都全部装修好了。

施乐怡说："是买的时候就装好的？"

庄明朗说："那当然，我想买个要自己装的，到时又要花不少时间，不如这个省心，我可是根据你喜欢的风格选的，你要觉得哪里不好，我们再换换。不过等孩子生了再换吧，听说孕妇和孩子不能在刚装好的房子里住。"庄明朗算了算，说，"这个房我前几个月买时，就说装了有半年多，我们结婚时可以搬进来。"

他拉着施乐怡一个个房间地看，说："前面的事我办了，选家具可就由你负责。”庄明朗拉她进最大的那间卧房，说：“这就是我们的新房了，里面有个小房间，正好可以先做婴儿房，孩子大了，再搬到外间去。”他在施乐怡脸上亲了一口说，“我们一个接一个地往外搬。”

施乐怡看着自己未来的家，这一刻，甚至想放弃张全林的提议。但她从长远来想，这确实是她预演创业的一个机会，庄明朗长年做风险投资，万一有个什么闪失，还是她手里经营着一些实业比较好。

庄明朗见她在走神，说：“你怎么了？你不喜欢啊？”

“不，不是。”施乐怡抱紧庄明朗的腰，说，“我有件事想跟你说，又怕你发火。”

庄明朗说：“我现在是你家家奴了，哪里能发火。你说来听听，是不是赔偿金比我们预计的多？”庄明朗想来想去,除了这个,施乐怡还会有什么麻烦呢?

施乐怡把脸贴在他的胸前，一五一十地将张全林新建公司邀她一手操办的事说了，只是没有说张全林是为了离婚而转移财产，她做这种事情，还是不希望庄明朗知道的。

施乐怡说：“这样就可以不赔偿什么了，我也可以当是给自己一个演练的机会。”同样，她没有说她主要是为了自己挣些钱来，好补贴父母和哥哥，现在她的账户上只有五万块钱，明年他们一疗养回来，要想安置好一个家，差得太远了。她如果事事都求助于庄明朗,那么她这些年的努力又算什么呢，早早地傍个大款就算了，何必等到现在。虽然与庄明朗的关系不能等同于傍大款，但结果一样，也是令她心有不甘的。

施乐怡越说越小声，她听到了庄明朗越来越快的心跳声。

庄明朗很久都不说话，施乐怡抬头看他，说：“你生气了？”

庄明朗摇摇头，说：“没有，但我不同意你这么做。你生完孩子想怎样就怎样，我都支持你，现在肯定不行。”他反手搂着她往外走，摸着她的肚子劝道，“你不过再等七个月，加上做月子一共八个月，再等等，啊。”

施乐怡还要说话，被庄明朗带着怒意的眼神给瞪了回来。

vol.6

一连几天，庄明朗都是压着火气与施乐怡相处，他不想冲一个孕妇发火，但她的行为，确实令他非常生气，哪有一个女人怀孕了都那么不安分的，别人没钱是没有办法，必须要继续工作。施乐怡为什么，总是要做一些让他感觉他很无能的事情出来呢？

他回到公司里来正常上班，不想再给施乐怡提这种要求的机会。他把公司刚请的司机派给了施乐怡，让她去选家具，选拍婚纱照的地方。施乐怡以前都为这些产品策划过广告，很熟悉，不过才两三天，就全部搞定了。

庄明朗总是在公司待到很晚才回去，几天来，没有与施乐怡吃过一顿饭，但每次到了吃饭的时间，他都会打电话给她，告诉她要多吃一点，等他不忙了，他就回去陪她。他看着时间，感觉施乐怡要睡了，才赶回家里去，他像前两天一样，洗了澡，上床去抱抱她。

这天他一抱上去就感觉到了不对劲，施乐怡的眼泪已经打湿了枕头，他把她的脸翻过来，泪水挂在脸上，非常可怜。

他说："你怎么了？是不是今天吐得很厉害。"

施乐怡说："没什么，这几天已经不怎么吐了，就是孕妇情绪不稳定。"施乐怡要翻过身去睡，庄明朗不让，他说："你是不是生我的气了？"

施乐怡摇摇头，闭上眼睛，不再理他。

庄明朗心软了，说："是不是气我不让你去做事。"

施乐怡依然摇头。

庄明朗说："这件事对你来说就那么重要？"

施乐怡这回点了头。

庄明朗说："那好吧，你跟我仔细说说，在你挺着肚子的这段时间，你要做些什么？"

施乐怡一听高兴了，主动趴到他怀里去。她说："主要是先把公司建立起来，租个办公的地方了，招几个基本的人员，把法律手续办妥，银行账户开好，等我生完孩子，再真正地组建广告制作团队。"

庄明朗说："那组建这么早做什么，没有业务，还要养个空架子？"

施乐怡想是瞒不住了，便说："张全林有可能是想转移财产出来，不知是什么原因。"

庄明朗想了想，说："这不会给你带来什么麻烦？"

施乐怡赶紧说："不会，我又不是法人，只是个打工的。"施乐怡摇晃着庄明朗的身体，"你就答应了吧。"

庄明朗说："那你过两天去公司里找找赵诚，说说情况，之前我的公司创立，程序也是由他主要去办的，让他帮你办了，你也就轻松了。"

施乐怡在庄明朗的嘴上一吻，说："你可不能反悔啊。我明天一早就正式答复张全林。"

庄明朗帮她把眼泪擦干净，说："我是怕了你了，工作狂。我对你这么好，你可得好好把孩子养好啊。"

第二天，庄明朗和施乐怡去照了婚纱照，中式的和西式的各照了一套，又制作了MV。穿上婚纱的施乐怡漂亮极了，庄明朗围着她看了几圈，说："早知道这么漂亮，早就让你穿了。"

他用手臂圈了一下施乐怡的腰，说："还好，只粗了一点点。"

施乐怡把嘴凑到他耳边说："我要是生完孩子瘦不回来，就把你生吞活剥了。"

庄明朗说："你肯定不舍得。"

正说着，影楼的老板认出了施乐怡，他这影楼的第一款广告就是施乐怡帮着做的。他知道她的PS技术是一流的，请她当场为员工们示范了一下。然后打了个七折的价。

拍完，庄明朗带施乐怡去喝骨头汤，说要给她补补。一边喝两人一边商量结婚的事。庄明朗说："家具明天就能全部送来了吧？"

施乐怡看看记事本说："差不多，就差一个订做的婴儿床了。"

庄明朗说："酒店我已经订好了，你妈请人看了日子没有？"

施乐怡说："看了，说是下个月底有个好日子，要不就得等到三个月以后。"

庄明朗说："三个月后你的肚子都大了，肯定不行。"

"是啊，"施乐怡说，"我妈不明白，问我怎么突然这么着急结婚，我只好说是你着急，说你正好这段时间有空。"

庄明朗笑，说："你就直接告诉她呀，说她要当外婆了，她难道不高兴？"

施乐怡恨他一眼，说："只有你好意思这么说，我不管，等结了婚，你自己去跟他们通报消息。"

庄明朗说："我说就我说，又不是坏事，我就是这么跟我妈说的，说她要当奶奶了，赶紧回来抱孙子。"

施乐怡说："你通知你爸没？"

庄明朗摇摇头，说："赵诚应该会通知的。"

施乐怡把手放到庄明朗的手上，默默地看他。

庄明朗说："没事，现在我自己要结婚了，我对他又有了一些新的看法，也许他当初结婚的时候，也和我一样，想着要对这个人好一辈子的。可惜了……"

现在，施乐怡唯一不放心的就只有小王了，凭着女人的直觉，她知道这会是一个隐患。她必须将小王从他们的生活中剔除出去，才能安心。她的低姿态太能够令男人们有满足感，她又离庄明朗那么近。

吃完饭，施乐怡拉着庄明朗到旁边的广场去散步。有很多孩子在他们面前跑来跑去，施乐怡说：“时间真快，我们不过才交往了一年多，再过这么久，孩子就会爬了。”

庄明朗弯下腰逗面前一个盯着他们看的小胖子，他说：“你叫什么名字？”

小胖子说：“我叫刘胖胖。”

施乐怡悄悄说：“怕是外号吧。”

庄明朗又问：“你几岁了？”孩子扭着小胖屁股便跑，转头说：“你等着我去问问。”小胖子跑到一个女人面前，说：“妈妈他们问我有几岁。”

小胖子的妈妈冲庄明朗和施乐怡笑，说：“你去跟叔叔阿姨说，我离两岁还差一个月。”

小胖子跌跌撞撞地向庄明朗跑过来，说我离两岁还差一个月。说完他指着自己胖胖的小手给庄明朗看，骄傲地说：“你看，我有表。”

庄明朗蹲下仔细一看，原来他的小手上，用圆珠笔画着一块表。庄明朗说：“好，这回有了标志，就不会丢了。”

施乐怡把手上的手链拿下来，绕了两圈绕在孩子的小手上，说：“阿姨再送你根表链。”孩子高兴得拿去给他妈妈看。女人说不能乱要阿姨的东西。施乐怡说：“没事的，几块钱的小玩意儿。”

施乐怡和庄明朗继续往前走，施乐怡把脸贴在他的胳膊上，走累了，想坐在旁边的石椅上，庄明朗说石头太凉，要坐就坐他腿上。他坐下去，拍拍自己的腿。广场上人太多，施乐怡不好意思坐，庄明朗一把就把她拉了过去。

Chapter 07 不透风的墙

vol.1

施乐怡和庄明朗都不是本地人，但他们都是从上小学起就生活在这个城市里，结婚的喜帖发出去了四五百张，庄明朗订了六十桌酒席，日子就定在下周三。算算，还有十二天。

新家也都布置好了，庄明朗成功说服施乐怡让她的父母和哥哥住进了他在东门的那套房子。两家的父母见了面，连庄明朗的亲生父母与后父后母也都握手言欢。

庄明朗对他父亲的语言是简单而客气的，但也比这些年来的不理不睬强上许多。

施乐怡不同，对待庄明朗的父母都一样的热情，毕竟他们生育了庄明朗来送给她，于她而言就需要感恩了。

施乐怡苦命的父母在庄明朗这国际化的家庭面前，起初有些不自在，被施乐怡批评过后，就自信了起来，毕竟他们的女儿也不是没人要的那种。

庄明朗第一时间向岳父岳母承认了错误，表明施乐怡还有七个月就会给他们添上一个外孙。

施乐怡的妈妈先是白了她一眼，随后又露出了无奈的淡淡的笑容。

庄明朗的妈妈打圆场，说到底是件好事，双喜临门。

赵诚的妈妈也来凑热闹，说："他们算好了，我那媳妇结婚如果再晚点，就连着满月酒一起办了，你们看乐怡这身材，都还没有开始走样。"

庄明朗忍不住笑起来，小声对施乐怡说："我终于知道赵诚的幽默是从哪里来的。"

施乐怡说换成是她女儿未婚先孕试试，肯定不会说得那么轻松。

大局已定，其余一些众多的琐碎事务，分别由两位妈妈负责。施乐怡彻底放松了下来，难受的妊娠反应也结束了，只是偶尔睡觉的时候腿会抽筋。庄明朗便会像个忠心的奴仆一样起来给她揉捏。

施乐怡想无论如何，在结婚前她都要将小王处理掉，于是这天自己做了庄明朗爱吃的东西，送到公司里去给他当午饭。

她还是第一次在上班的时间来庄明朗的公司，所有的员工都好奇地看她一眼。这位传说中的老板娘他们只在吴亮张贴的照片中看过，没想到真人比照片上还要漂亮。

小王是前台，是第一个看见她的人。按理说她们已经见过了，她却把脸调向了另一边，当做没有看到施乐怡。

施乐怡不会放过她，过去敲她的桌子说："不认识我了吗？"

小王无奈地站起来，缓缓地叫了声"施小姐"。

施乐怡说："没想到你就是王莉常常跟我说的那个小王。"

小王有些惊奇，说："你也认识王莉。"

"当然了，我们是大学同学。"

小王"哦"了一声，说："庄总的办公室在二楼。"

施乐怡说："我知道，谢谢你。"

正要往里走，赵诚从门外进来，看到施乐怡，说："来查岗啊？"

施乐怡亮亮食盒，说是来当跑堂的。

赵诚把食盒接来打开闻了闻，说："有没有我的份？"

施乐怡说："当然有，我现在欠你的人情债啊。"

赵诚说："这种偿还方式不错，帮你办的事情，我一定在半个月内办下来。"

施乐怡忙谢谢他，说："你帮了大忙了。"

赵诚摇摇头，说："就当是我送给你和明朗的结婚大礼了。"

庄明朗在办公室里听到施乐怡的声音传来，便迎了出来，他一只手自然地托上她的腰，小心地把她让进屋里去。

赵诚也不客气，跟进庄明朗的办公室，坐下来就自顾自地把饭盛出来吃。

庄明朗过去抢，说："你别把我的吃完了。"

赵诚又抢回来，说："本来就有我的。"他看看施乐怡，施乐怡说："有你的有你的。"

庄明朗问："施乐怡吃了没？"

施乐怡说吃了才来的。庄明朗才坐下来吃，第一口菜咽下去，他和赵诚异口同声地说："好久没有吃到了。"

施乐怡说："不如你们俩投资我去开个饭馆。"

庄明朗说："就在我家开就行了。"

赵诚说："我每隔个十天半月的，就去包一次场。"

见他们吃得差不多，施乐怡很直接地说："你们俩谁管行政这一块？"

庄明朗指指赵诚。赵诚问有什么事?

施乐怡说:"我和王莉商量好了,想把你们的前台,弄回大成科技去,欧阳已经同意了。"施乐怡说这话时死死地看着庄明朗,说:"赵诚,你同不同意啊?"

赵诚笑起来,看看庄明朗,大有你终于引火烧身的意思在里面。他对施乐怡说:"我没问题,你们聊吧。"赵诚退了出去,庄明朗奇怪地问施乐怡是为什么?

施乐怡说:"我觉得这个人不地道,对你有企图。"

庄明朗说:"这种话不能乱说。"他走到施乐怡面前,摸摸她的头,说:"我可是绝对没有什么外心的。"

施乐怡说:"我有证据。"

"什么证据?"

施乐怡说:"第一,她一有事就找你帮忙,不止一次,必然会觉得你对她至少不反感,就觉得自己有机会;第二,上次你喝醉了,她帮你接电话又不说话,不是自己心虚,就是故意的,想让我误会。你想想我的电话号码被你存成什么名字?是老婆,对不对?"施乐怡从办公桌上拿起庄明朗的手机,找出自己的号码。她说:"这很明显嘛,她知道谁打来的,故意接听;还有第三,那天你让她回家拿东西,她在家里把你的内裤翻出来看。"

施乐怡抬头看庄明朗,说:"这一点最让我觉得恶心了。"

庄明朗相信小王这样的人是有可能做这样的事,他也是想让小王走的,只是怕自己太快答应施乐怡,她反而觉得这里面有问题。于是他"考虑"了很久,才勉为其难地答应了,他说:"下不为例啊。"

施乐怡说:"那当然,我还照顾了她的自尊心呢,我都为她安排好了,让大成科技发封邀请函给她,让她有面子地回去,欧阳也答应给她安排个小职务,加点工资。她的侄子可能会是未来大成的骨干,就以照顾家属的名义。"

庄明朗说:"是你让王莉跟欧阳说的?"

施乐怡笑说："这是她送我的结婚礼物。"

庄明朗说："你这个朋友还仗义嘛。"

施乐怡说："那是那是。"

庄明朗说："你真的容不下她？"

施乐怡说："我的感觉是很准的。"她拉过庄明朗的手，说，"我就干这么一回霸道事。好不好？"她不停地甩庄明朗的手，说，"你记不记得我们刚交往时，你以前的女朋友找我，你还和她单独去见面，我都不觉得有什么不妥，这个人我确实不放心。"

庄明朗说："我不会的，你知道她也不是我喜欢的类型。"他的手掌抚在她的脸上，用拇指拨弄她的皮肤。

施乐怡说："我不放心她，就算她还没有对你展开什么攻势，我还是想把她的心思掐死在摇篮里。"

庄明朗盯着施乐怡的眼睛看，说："你真的是相信我的？"

施乐怡重重地点头，说："相信的。"

"你真的只是不相信她？"

施乐怡说确实是这样。

庄明朗缓缓地笑笑，又强调了一次下不为例。

施乐怡整个人都黏上了庄明朗，说："我太喜欢你了。"

庄明朗赶紧拉开些距离，压低声音说："别招我别招我，我要把这个月的名额留到洞房那天去。"

施乐怡脸红地摇摇头，笑说："我就担心那天你那些朋友来闹新房，他们的鬼主义又多，玩得太过火。"

庄明朗说："不怕，我早就想好了，到时你装呕吐，我就说我老婆怀孕了，反应大，请他们手下留情。"

施乐怡想这回完了，她未婚先孕的事情，非被他张扬到全世界去不可。

要下班时，是庄明朗亲手把大成的邀请函给了小王，他真诚地恭喜她可以得到这个职位。他亲自交代人事部组织部门人员吃个饭，欢送一下，再给小王多发两个月的工资，从明天起，小王就可以不来了。

没有给小王驳回的机会，庄明朗说以后有空常回来看看。说完便走出了公司，和等在楼下的施乐怡一起，到王莉的新家去看看。

小王不知道这一切是从何而来，但她知道，一定是有原由的。

她有种受了欺负的感觉，想要报复的心思，迅速地发展壮大。

vol.2

吴亮刚从外面办事回来，就在公司楼下看到了施乐怡。她站在庄明朗的车旁，像在等人。吴亮走过去打招呼，他说："你好啊，你还记得我吗？"

施乐怡摇摇头，防备着往后退了一步。

吴亮笑着提醒，"那次在飞机上，我还给你拍了张照。对了，我现在在庄总的公司上班。我叫吴亮。"说完，吴亮伸出手去准备与施乐怡握一下，突然，后面有人将一只手搭在了他的肩上，吴亮被吓了一跳，见施乐怡冲后面的人笑，转头看是庄明朗。

吴亮说："庄总，喜帖收到了，我爸让我替他恭喜你们。"

庄明朗接过他伸出去的手握了握，说："谢谢你。"庄明朗说："我们还有事，就先走了。"他把施乐怡扶上车，说以后躲这个人远一点。

施乐怡"嗯"了一声，偷偷地笑。

被庄明朗发现了。说："你笑什么？"他坏坏地用手指在施乐施的脸上弹了一下。

施乐怡故意说："没什么，你要不喜欢这人，你就开除他吧。"

庄明朗"切"了一声，说："我才没你那么霸道。"

施乐怡说："你知不知道这吴亮跟谁谈过恋爱？"

庄明朗说："只要不是你就行。"

施乐怡说："你猜猜嘛。"

"王莉呀？"庄明朗想跟施乐怡关系好的女人也就王莉了。

"不是。"

"那是谁？"

"以前追过你的，一个猛女。"

猛女？庄明朗一下子想起了李菁，立即又装做没想到的样子，怕施乐怡多心，李菁的事，他从来都没有主动跟施乐怡备过案，想想也没有办法说，人家李菁也没有正大光明地追求过他。

施乐怡说："你真想不起来？"

庄明朗重重地点头，说："确实想不起来。"

施乐怡大笑，说："别装了，遇到那种人不印象深刻都不行。你说了，说出来吧。"

庄明朗不上当，说："我真的不知道。"

施乐怡"哼"了一声，说："她现在可是在出版界火了！你后不后悔啊？"

庄明朗说："那种疯女人，最多也就是芙蓉姐姐的级别。"说完就发现自己上当了，伸手往施乐怡头顶上假意挥了一拳，说："敢诈我。"

施乐怡大笑起来，说："看你还装不装。"

庄明朗马上换上一副老实人的口吻说："吴亮这小子怎么会和李菁这种人扯到一起的？"

施乐怡于是把当初和王莉在机场看到的那一幕描述了一遍。

庄明朗说："都是网络害人啊，与狗聊天都不知道。"两人说笑着，庄明朗想起了自己一直以来的疑惑。他说："听说当初欧阳的老婆自杀过，是因为王莉吧。"

"嗯，"施乐怡点点头，说："要不是那个李菁，王莉两年前就嫁给欧阳了。"

庄明朗说："他们不是包养的关系？"

施乐怡不高兴他这么说王莉，说："好歹也是我的朋友啊，怎么可能那么没水准，而且王莉家也不穷，父母都是高级工程师，虽然没有欧阳有钱，但也不至于为了钱走这一步。"施乐怡想反正庄明朗也知道王莉的事了，索性全都告诉他，以免他再误会王莉。她说："当初欧阳是准备离婚后娶王莉的，但欧阳在陆莹莹面前没有说他想离婚是为了和别的女人在一起，他知道这样说，对于自尊心极强的陆莹莹是行不通的，肯定离不了。所以就说是自己对她没有感情了，无法生活下去。"

"喂"，施乐怡用手指敲了一下庄明朗的腿，说，"欧阳真的挺能装的，大概有一年吧，陆莹莹真的以为他是对自己没有感情了，松口说愿意离婚。连财产和儿女怎么分配两人都商量好了，是李菁那个笨蛋歪打正着地告了秘，陆莹莹才发现了有王莉的存在，死活都不肯离。"

"你是说李菁并不直接知道欧阳和王莉的事？"

"是啊，说不定到现在她也不知道。"

"那是怎么回事？"庄明朗好奇地看向施乐怡。

施乐怡说："你看着前面好好开车！我告诉你了，你可不能跟着学啊！"

庄明朗说："是是是。"

施乐怡说："你知道大成科技的最顶楼上，欧阳有个小套间吧。"

"我知道，欧阳加班晚了常在那里住，有时候陆莹莹也去住。"

"那时欧阳和王莉也常在那里约会，有一天，李菁见扫地的阿姨手里提了件女式睡衣从楼上下来，就问她怎么提件衣服，她那时在行政部管这些人，她怕她们偷东西。那个阿姨怕她想歪了，就告诉她是今早上去打扫卫生时在楼上的垃圾桶里捡到的，还问她要不要充公，李菁那时候刚在美容院里和陆莹莹搭上了线，她以为是陆莹莹昨晚在楼上住的，想拿了新买的化妆品上去，给陆莹莹试用，巴结一下。"

"她先打电话给陆莹莹，说她想上楼去找她。"

“陆莹莹却说她没有在楼上。

“李菁说呀，你这么早就走了。她又拍马屁问陆莹莹，扔掉的那件衣服她还要不要的。

“陆莹莹觉得奇怪，说是什么衣服。

“李菁说刚才阿姨上去打扫，在垃圾桶里捡了一件女式睡衣啊。”

施乐怡说：“陆莹莹要面子，你也知道。她当时就把话接了过去，说那衣服不要了。其实她就是从那时起知道欧阳有外遇的，所以她就找人查，最后查到了王莉。”

庄明朗说：“难怪后来欧阳一直都有些姑息李菁，是怕陆莹莹敏感了。”

施乐怡拍拍他的头，说：“你也不笨嘛。”

庄明朗和施乐怡嘻嘻哈哈地下了车，完全没有注意到停在这个高级小区的大门口的车里就坐着陆莹莹。陆莹莹自从知道欧阳再一次为王莉搬了家后，就再也睡不着觉了，她的精神亢奋到了极致，一躺到床上，大脑就会非常兴奋地命令身体快速地弹跳起来。

她眼睁睁地看着庄明朗和施乐怡走了进去，王莉的身边有着这么多的帮手，只有她是一个人，苦苦地挣扎着。一双儿女在庆祝完欧阳的公司上市之后，就回英国上学去了。现在欧阳没有了顾忌，直接跟她表明，他可以不离婚，但不可以不管王莉。欧阳还把她叫到书房里，给她看了段录相。欧阳问陆莹莹是不是她叫伍仁兵去王莉家门口泼油的？

陆莹莹说不是。她知道欧阳并不相信。

但是欧阳说我信你，我也相信，以后你也不会做这样的事情。

陆莹莹不置可否。

欧阳看了看她，也没有再说什么。

陆莹莹后悔之前用了自杀的方法，以至于关闭了欧阳真心回归的路途。之前欧阳若要离婚，她就死，这次可怎么办才好？欧阳并不要求离。她也不想再去死，死了也就便宜了王莉。

她趴在方向盘上无声地痛哭，泪水出来的却很少，似乎在这些天里，就要流干了。心中的怨恨憋在胸口，阵阵地痛。她把车子开了出去，平时都用司机的她，技术并不是很熟练，跌跌撞撞地往前冲。

她来到一个公用电话亭里，打电话给伍仁兵，伍仁兵很快便接了电话，他那边很吵。

陆莹莹不出声，伍仁兵立马就挂了电话。陆莹莹再打，伍仁兵在电话里狂叫起来，说："你是谁啊，说话！"

陆莹莹还是不说话，这回她主动挂掉了。分明，自己是明白的，伍仁兵已经不愿意掺合到这件事中来，她上次昏迷过后，又打了他无数次电话，他都没有接过。

她坐到地上，电话却响了起来。她伸手拿下来，想管他是谁呢，只要能跟自己说说话就行。

没想到是伍仁兵拨回来的，他在一个安静的环境里，他说："你是谁？"

陆莹莹苦笑了一下，说："是我。"

伍仁兵沉默了好久才说："哦，是你呀，怎么了？"

陆莹莹一听到这种关心的词汇，便再也忍不住了。她无力地说："我怎么办啊？欧阳有两个星期没有回过家了。"

伍仁兵没想到陆莹莹会换电话拨给他，他原想多次不接她电话后她应该明白了自己的用意。他明白陆莹莹的心思，尽量客气地说："莹莹，王莉的肚子里，毕竟是两条人命。"

陆莹莹不说话，用空洞的眼神看着头顶的夜空，什么也没有，像是要下大雨的意思。

伍仁兵那边有朋友叫他快一点。他说快了快了，他叫了声莹莹，说："这种事吧，或者从王莉那边入手，让她的朋友劝劝她，她有孩子，你不是也有吗？要是欧阳不跟她结婚不是也很划不来。"伍仁兵随意编出这个办法后，便说了再见。他说："莹莹，你想开点吧。"

电话里传来嘟嘟声，陆莹莹的眼睛突然一亮，陆莹莹给私家侦探打了电话，说她愿意出十万，在一天之内，买王莉父母的电话号码。

王莉的朋友不会为了她的行为而感到可耻，但她的父母一定会。

vol.3

没想到欧阳也在，他正在给王莉揉腿，他当过父亲，对这事还比较有经验。庄明朗和施乐怡的到来并没有让他停下来，似乎到了这样的时候，他和王莉都不介意公开关系了。

庄明朗和施乐怡反而有些不好意思，似乎撞破了别人的丑事。

施乐怡故意说要参观一下王莉的新家，拉着庄明朗一个房间一个房间地看。一边逛一边注视着客厅里的欧阳和王莉，见他们揉完了，施乐怡和庄明朗互看了一眼，才轻松地坐到他们对面去聊天。

欧阳和庄明朗聊着现在房价下跌厉害的事情。他们聊起了老吴。

欧阳说："他那个旅游项目你们没有投资吧？"

庄明朗说："没有，项目好好策划一下倒还有得做，就是牵扯的事情太多了。"

欧阳心知肚明地笑笑，说："听说他新建的那个小区，现在都要建完了，没有卖出去多少。上月买房的业主，这个月就想要退差价。"

"退差价那是不可能的，合同签的多少就是多少。不过听吴亮说老吴现在把资产整合了一下，除了在金融市场做些投资外，还在找机会转行，听说想到四川去养猪，今年猪肉的价格可是飞得很快，国家也给了很多补贴。"庄明朗说："其实这也是个办法，听说猪肉涨价后，广东还出现过蒙面人抢了一车猪的事情。"

四个人都笑了起来，欧阳又问了庄明朗现在几支股票的情况，然后邀请庄明朗参加下周在怡新酒店为老余退休而办的欢送宴。施乐怡和王莉坐在旁边听着，越来越没有意思了。

王莉冲施乐怡眨眨眼，说："你进来我给你看件衣服。"

施乐怡便随她进了卧室。

一进去施乐怡就看到了放在桌上的男式睡衣。施乐怡说："怎么欧阳也搬来了？"

王莉点点头，拉施乐怡在床上坐下。她说："我心里也不踏实呢，万一她老婆又自杀……"

施乐怡说："欧阳又跟他老婆说要离婚了？"

王莉说："没有，但他在我这待了两个星期了，没有回去过。我感觉他是因为发现了伍仁兵往我家门口泼油，想害我流产后，就像是卸下了心理包袱，觉得自己完全可以不顾及陆莹莹的感受了。"

"他怀疑是陆莹莹让伍仁兵干的？"

王莉点点头，说："要不我和伍仁兵无冤无仇的。"

施乐怡摸摸王莉的肚子，说："有七个多月了吧，一定要小心啊。"

王莉幸福地笑，说："我现在一个人也害怕，他在这我也害怕。"

施乐怡说："尽量在家里待着吧，一切都交给他去处理。"

王莉说："我也只有这么想了。"

施乐怡和庄明朗正要告辞，外面突然下起了雷雨，虽然他们有车，但王莉说从小区里走到停车场，还是要淋一些雨的，不如就在她这里住。

施乐怡说："你捐献把伞就行了。"

王莉拉她到窗边，说："你看，这样的雨，用伞遮得住吗？"王莉回头跟庄明朗说，"她现在可不能淋雨啊。"

庄明朗说："那就再坐坐吧，小了我们再走。"

一坐便到了夜里两点，雨一点都没有要小的意思。王莉分别给他们找来睡衣，安排他们到客房睡了。

欧阳也没有要回避的意思，大大方方地帮着王莉从主卧那边搬了被子过来，一副男主人的模样。

施乐怡躺在床上睡不着，把庄明朗的手拉过来抱在怀里紧紧的。

她趁起头来看庄明朗，小声地说："你睡着了？"

庄明朗"嗯"了一声。

施乐怡拽拽他的手，说："你以后会不会学欧阳啊？"

庄明朗忍不住笑起来，翻身对着她，说："你现在不说你的朋友永远正确了？"

施乐怡说："我是说欧阳，又没有说王莉。他分明有老婆，还要和别的女人……"

庄明朗把被施乐怡抱着的手抽出来，让她枕在自己的胳膊上，说："我不会的了。"

施乐怡笑，想想说这些话也没有意义，想必陆莹莹当初也是问过的，便不再问了。

第二天，一大早欧阳就起来了，王莉起来给他做了早餐。施乐怡昨晚缠着庄明朗说了一晚上的话，今早说什么也不让庄明朗起床去上班。

梳洗完毕的庄明朗一次次地把施乐怡的双手从自己脖子上拿下来，说："这是在别人家，我不起，他们要笑的。"

施乐怡说："我不管，你再多睡一个小时。"

庄明朗坚决不干，说："要不我也不去上班了，我们起来回家去睡？"

施乐怡耍赖说自己起不来，也走不动。

庄明朗有些生气了，用力把她的双手扯下来，说："我不跟你疯了，我上班去了。"说完，飞快地冲出了房门，与欧阳一起出了门。

他们一走，施乐怡便大笑起来，在这种自己不需要上班的日子里，她发现逗庄明朗生气，也是一件很好玩的事情。

王莉走进来，说："你们疯什么呢？庄明朗跑得那么急。"

施乐怡说："没什么，我才发现，他有时候还挺害羞的。"

王莉说："你知道欧阳昨晚跟我说什么吗？"

"什么？"

"他说看不出来你那么凶。"

"我凶吗？"

"他觉得你凶啊，是指你想方设法弄走小王的事情。他说苗头都没有一点点，你就火烧房似的。"

施乐怡从床上坐起来，说："他这回是帮了大忙的，他说我凶我就凶吧，我不生气。不过他哪里知道，我的感觉准得很。"

施乐怡没有很快回去，王莉说："还有三天你就结婚了，不如在我这里多玩一天。"

施乐怡觉得有道理，便发信息告诉庄明朗，让他下了班直接到王莉家来吃饭，再一起回家。

庄明朗不太愿意，他说他面对王莉和欧阳这对组合时实在有些尴尬，毕竟他是先认识的陆莹莹，而且陆莹莹和他妈妈的关系不错。

施乐怡知道这是让他有些为难，便回信息说这是最后一次了，她保证。

庄明朗只好答应。

vol.4

王莉和施乐怡一起去电影院看了刚上映不久的《色戒》，看完两人去附近的超市买菜。王莉挽着施乐怡的手，一边逛一边说："你是看过张爱玲的小说的，她的小说里也是写这个女人为了一个戒指就改变了主意？"

施乐怡笑，说："你真应该看看这本小说，张爱玲写了三十年，对女人来说，爱情的本质都在里面了。你想想，这个女主角王佳芝，为了使美人计暗杀易先生，原本是抱着英雄主义情结要勾引他上床的，但她分明装的是一个已婚的少妇，不可能是处女吧，然后她就得先跟一个男人上床，也可以获得一些经验。你看电影里那男人的形象就知道了，小说的原话是说这个男的嫖过妓，是他们这群人中唯一一个有性经验的。结果王佳芝倒是牺牲了，易先生却回了上海，她成了笑话。这口气总得找地方出吧。"

王莉说："这个我知道，她也是为了延续这种英雄主义的情结，到了上海后又继续接受了这个任务。这口气不是出了吗？"

施乐怡说："没有，这就是很多观众都被梁朝伟蒙蔽的结果，其实易先生的形象并不好，年纪也比她大很多，作为易先生的情人，他们的交往，就是奔着生理和金钱上的交往而去的，但她不得不一直过这种不知什么时候才能结束的生活。你想深一点，对于一个女人来说，最有意义的是什么？最终的追求是什么？"

"你是说感情？"

施乐怡点点头说："是啊，作为一个女人，在这个过程中，能没有气吗？女人千百年来都是一样的，情感的归属比什么都重要。杀了易先生，那种民族主义、英雄主义的意义就被固定下来了，付出了多少，然后她获得了多少荣誉而已，但对女人来说，这根本就没有一个伟大的爱情故事来得精彩，她通过这个男人送她一颗连自己的太太都不舍得送的大钻戒来确定易先生应该是对自己动了真心了，然后，她用对同伙的背叛，来表达自己对这个男人的爱情和回报，成就自己的传奇。这对女人来说意义是无限的，是找到了最终的归属。"

王莉说："有些自己骗自己的意思。"

施乐怡说："单看一点是这样，但连起来一看，这个女人这样做以后，易先生不可能不爱上她。除了她还有哪个女人会为了自己去送命呢？虽然他最后下命令把王佳芝给杀了，但他不可能忘记这个人。而且，所有的女人都比不上她了，谁能争得过一个死人？"

王莉听着笑了起来，拉着站在原地说话的施乐怡往前走了走，她说："你这样一说倒有些像陆莹莹和伍仁兵了，她要面子得很，欧阳外遇的事她从来不对外讲，但全对伍仁兵讲了，还两人一起干坏事。"王莉"哼"了一声，摸着自己的肚子说，"还好我们命大。"

施乐怡选了只鸡放在推车里，说："最怕这种爱上爱情的人了，一般都有些鬼迷心窍。"施乐怡又说，"你真应该看看张爱玲的原文，真的，爱情的本质都在里面了。"

王莉说："我才不看呢，我最烦看那种说人家婚外情的。"

一听这话，施乐怡不好再说什么了，她往推车里捡了好多菜，说："差不多了，我们回去吧。"

回到家，王莉习惯性地从包里拿出条毛巾扔到地上，再踩着走过去，开了门。门开了，她却没有进去，她回头问施乐怡，"你跟我说句实话，你是怎么看待我和欧阳的事的？是不是也都想着我们是为了上床和钱财而在一起？"

施乐怡知道自己之前的一些话刺痛了王莉，一下子不知要如何解释。

王莉说："算了，你是知情人，当然不会那样看我的。"

施乐怡点点头，想解释一下自己当时的意思，可一想，也没有什么意义了。

两个小时候后，鸡汤的香味飘满了整个屋子，王莉帮着施乐怡把做好的菜端到桌子上。欧阳打电话来说自己要开个短会，会晚半个小时的样子。庄明朗也发信息来说自己堵在路上了。施乐怡便盛了两碗鸡汤出来，跟王莉说："我们先喝点。"

一碗汤还没喝完，便有了敲门声，王莉一边起来开门，一边说："我猜是你家庄明朗，欧阳没有那么快。"

门一开，只听"啪"的一声，王莉的脸被人打了一巴掌，她捂着脸，甩了甩头，才看清来人。她委屈地叫了声"爸、妈"，嘴角渗出血来。

施乐怡忙上前去把她拉开，说："叔叔阿姨，进来再说吧。"

施乐怡把门关上，拉王莉的妈妈坐下，她妈一坐下就大哭起来，说："真是不争气啊。"

王莉的爸爸双眼布满了血丝，死盯着王莉看，恨恨地拉起她的手，说："跟我去医院做引产。"

王莉护着肚子往后退，说："孩子都七个月了，怎么忍心？"

王莉的爸爸说："你对他不忍心，对我们就忍心？我们的老脸都被你丢光了。你还有脸寄钱给我们，你妈妈还到处说你有出息，比我们俩强。强个鬼！耻辱啊！"王莉的爸爸用力把她拽过去，说，"你要是还认我们，就去把孩子引了，跟我们回家去，好好找个人嫁了。"

王莉的妈妈也站起来劝，说："我和你爸爸，都是知识分子，受人尊重了大半辈子，从来都没有被人那么说过。"她伸指头去戳王莉的头，说："你自己想想，你小的时候我们是怎么教你的，有没有教你去做人家的情妇。你知道人家老婆跟我们说什么吗？问我们是不是想要钱，她倾家荡产都愿意，只求你不要破坏她的家庭。我们是要卖你吗？"

王莉的妈妈把她爸爸的手拉开，一个紫青色的印子留在了王莉的胳膊上。她妈妈心痛地用手指抚摸着，说："你就是找个离了婚的，我们也想得通的，这个社会了，我们都能接受，毕竟你是正正经经地和别人在一起，我们也不说什么。现在人家孩子比你都小不了十岁，又没有离婚，你何苦呢。走，跟我们去医院把孩子引产了，何苦为这种男人生孩子？"

王莉的眼泪哗哗地往外流，声音哽咽得说不出话来。她拼命地摇头，想要挣开妈妈的手，躲回房间去。

她爸爸及时拉住她，反手又是一耳光，说："除非我们死了，你才能把这孩子生下来。"

施乐怡怕弄出什么事来，赶紧打电话给欧阳。谁知王莉妈妈的动作很快，一把将电话抢了下来，她说："乐怡啊，你跟我们莉莉是好朋友，我们也很喜欢你。你怎么就不劝劝她呢？当了五年情妇啊，你还是不是她的朋友？"

施乐怡回答不上来。王莉颤抖着声音说："妈，这不关她的事。"

王莉的父母这回一起上，一人拉一只手地把王莉拖着走。

王莉大喊："我不去。"

施乐怡急了，一手拽着王莉衣服的后面，一手去拿另一部电话。她和王莉都不敢太用力，害怕伤着肚子里的孩子。

眼看着王莉家的门打开了，王莉的半个身子被推了出去。王莉情急之下抬脚抵了一下门框，谁知沉重的身子往后一仰，整个人都被弹了回来，人往后倒，头先碰在柜子的棱角上再倒到地上，身后的施乐怡也一同摔在了地上，王莉下身的血立马就流了出来，她爸爸抢过她妈妈手里的电话，迅速拨了 120，一边拨，一边念叨着："这样掉了也好，也好。"

施乐怡慢慢地从地上爬起来，和王莉的父母一起把王莉抬到沙发上。其实附近就有一家医院，只可惜现在是下班高峰期，救护车二十分钟后才赶到。刚把王莉抬上车，欧阳的车正好开进小区，强烈喘息着的施乐怡一手指着救护车，一手向欧阳挥舞着，半天没有说出话来。

欧阳看到了王莉，衣服上全是血，一对老人陪着。他也管不了那么多，一个越身跳上了救护车，施乐怡四肢无力地坐到旁边的长椅上，她想给庄明朗打个电话，告诉他，自己要到医院去。

庄明朗的电话响了两声便挂掉了，施乐怡抬头见庄明朗正冲她走过来，施乐怡站起来，说王莉出事了。刚说完就跪到了地上，庄明朗几步跑过来，抱她上车，一路闯红灯到医院。

vol.5

施乐怡流产了。庄明朗抱着头坐在病床边，等待她醒来。

施乐怡睁开眼看到的庄明朗是非常陌生的，零乱的样子，以及哀伤的神情，她感觉到了不妙，立马坐起来问庄明朗孩子怎么样了？

庄明朗扶她躺下，拉着她的手努力地笑了笑说：“没事的，我们再要就是了。医生说不会影响到以后的生育。”

施乐怡拉紧庄明朗的手，一股钻心的痛从她心底冒出来。眼泪一下就涌了很多出来，正好进来的庄明朗的妈妈赶紧放下手里的水果说：“不能哭不能哭，这和做月子差不多。”她用毛巾把施乐怡脸上的泪擦干，看了眼庄明朗，示意他安慰一下，便自己出去了。

庄明朗坐到床边，扶起施乐怡，让她靠在自己的怀里。施乐怡抬头看他，她用手指梳理着庄明朗有些零乱的头发，说：“是我对不起你。”

庄明朗苦涩地笑了笑，他没有说没关系，他确实是有些怪施乐怡的，如果不是她坚持要与王莉在一起，也不会出这样的事情。不但孩子没有了，就在眼前的婚礼也被搞得乱七八糟。

施乐怡转身，双手环上庄明朗的腰，再次说：“都是我不好。”

庄明朗在施乐怡的背上轻抚着，说：“你现在什么都别想，好好休息两天。”

施乐怡用力地点头，抽泣声再次响起。突然，她想起了今天是他们要去领结婚证的日子，她说：“结婚证的事可怎么办呢？”

庄明朗说：“没事，赵诚会去解决，这段时间结婚的多，排个期不容易，别浪费了。”

“啊？这个不可以代领的吧。”

庄明朗说："又先上车后补票喽。你好好休息，明天的婚礼可有得累的，我真怕你顶不住。"

施乐怡短暂地笑了一下，说她一定能撑过去。她又问庄明朗医生有没有说掉了的这个孩子是男是女?

庄明朗摇摇头，说："没有说，可能现在还看不出来。"

施乐怡伸出指头数了数，说："要在明年之内生的话，咱们得在这三个月内再怀上。"

庄明朗说："笨蛋，先把身体养好了再说。"

施乐怡说："不，我说过的，一定要在明年之内给你生个儿子。"

庄明朗在她脑门上敲了敲，说："态度倒还不错。"

在楼下的病房里，医生正在给王莉做着第六次急救。她被送来时，失血过多，肚子里的孩子也奄奄一息，医生只得先从她的肚子里将孩子取了出来，还好，两个孩子都是活着的，是两个男孩，至于能不能长久地活下去，就要看两兄弟的命了。他们躺在暖箱里，完全不知道自己的母亲就要离去。

王莉的头因为重撞，头内大量出血，送医院又送晚了一些，医生也无力回天。

欧阳与王莉的父母焦急地等在门口，王莉的父亲不停地用手拍自己的头，说："都怪我，都怪我。"

欧阳拉住了他，说："都是我不好，她的一切痛苦都是因我而起。"

王莉的父亲一拳打在欧阳的脸上，欧阳不受控制地转了两圈。这一刻，就是王莉的家人把他杀了，也是应该的。

他倚靠着墙站着，也不去擦嘴角的血迹。

医生出来了，说："她要见你们。"

王莉的声音非常低哑，有气无力的。她一手拉着父亲，一手拉着母亲，说："我对不起你们。"

王莉的母亲拽着她的手，说："是我们不好，等你好了，带着孩子跟我们回家。"

王莉的父亲也赶紧附和着说："我们一定帮你把他们教育好。"

王莉说："谢谢爸爸，谢谢妈妈。"她转头看向了欧阳，她说："没想到会走到这一步，那时候你要和我分手，我说等我爱不动了我们再分，没想到真的有这么一天。"王莉说，"真的好累，真的爱不动了。"

欧阳泪流满面，艰难地说："等你出院了，我们就结婚。"

王莉摇头，说："我知道我等不到了。"她四处张望着，问："施乐怡呢？"

欧阳说："在，你等着。"欧阳飞似的跑上楼来，冲进施乐怡的病房里大喊："快，王莉要不行了。"

施乐怡从庄明朗的怀里跳到床下，打着赤脚就跟着欧阳跑。庄明朗提起她的鞋，跟在后面跑。

王莉紧紧地抓着施乐怡，她说："你一语成谶了，这回看谁敢跟死了的人争？"

施乐怡说："你别乱说，要争也活着去跟她争。"

王莉摇摇头，说："我就是不放心孩子。"

施乐怡忙说："我知道我知道，我会盯着的。"

王莉点点头，说："我要把欧阳给我的钱全都给你，你得帮我……"

施乐怡点头，说："我知道，孩子的费用我会帮你安排好的。"

王莉说："不光是孩子能用，还有你，记着，自尊心别太强了，好好和庄明朗过，难得比他好的了。"

施乐怡狂点头。

王莉又拉过了自己母亲的手，她说："妈，我知道你们嫌那钱脏。我对不起你们，我把财产托给乐怡了。"

王莉的母亲摇头，但她的女儿已经看不见了，王莉永远地合上了眼睛。

王莉走得太快了,所有的人都没来得及做准备。施乐怡因为刚才的狂跑,再次出了血,再次晕了过去,脸色苍白到了极致。庄明朗的妈妈在病床前看着,说:“明朗,明天的婚礼看来是办不成了。”

庄明朗点点头,看看刚刚赶来的施乐怡的妈妈,叫了声“妈”。

施乐怡的妈妈说:“就按你妈说的办吧。”

庄明朗立马招集了几个人,给所有被邀请的亲朋打电话通知大家婚礼推后的消息。陆莹莹也是在庄明朗给她打去的电话中才知道出事了,她没有想到她的一个举动,不但令王莉丧了命,还害了施乐怡肚子里的孩子。

陆莹莹不断地在电话中问庄明朗这件事是不是他跟她开玩笑的。

庄明朗说:“没,王莉真的死了。”

陆莹莹一下就坐到了地上,两眼,渐渐无光。王莉得到了报应,那么自己呢?同时,她也知道,欧阳这回是再也不会要她了。

王莉的葬礼是庄明朗替施乐怡去的,除了欧阳和王莉的父母没有别人。王莉的父母坚持要带两个外孙回去抚养,欧阳同意后他们便也同意把女儿葬在了这个城市里。王莉的妈妈说:“莉莉,应该更喜欢这里。”

施乐怡被两个妈妈管了起来,一切生活照做月子似的办。她也没有力气反抗,突来的变故,实在令她措手不及,她总是梦见以前上学的时候和王莉在一起时的场景。还有她们后来一同租住的那个小屋子,以及王莉跟她说自己爱上了一个已婚男人时,她劝王莉的那些话,全都历历在目。

两个妈妈都禁止她哭,每天租一个搞笑片给她看。并且为了不让小夫妻忍不住亲密,把庄明朗赶到了别的屋子里去住。两位妈妈每天轮流与施乐怡睡在一起,说是一切都为了他们的婚礼可以赶紧办完,健健康康地生个孩子。

这天,王莉的父母提了很多营养品来看施乐怡,他们的头发全白了,王莉的父亲看着一下老了好多岁。

他们赔着笑脸，来给施乐怡道歉。

施乐怡热情地接待了他们，反过去安慰他们说自己还年轻，孩子再要就可以了，婚礼也只是推后一段时间而已。

庄明朗从头到尾都陪在旁边，脸上没有什么怒意，但从始至终他一句话都不说，他用沉默的方式，表达着他的不满。

施乐怡悄悄捅了他很多回，他依然不和王莉的父母说一句话。

王莉的父母很快便告辞了，施乐怡说等他们带着孩子回去时，要去送他们。施乐怡把他们送到小区门口，帮着叫了车，才回去。

一进家，就见庄明朗把王莉父母买的东西统统扔了出去，他正狠狠地吸着一根烟。施乐怡走到他面前，什么也没有说，紧紧地抱住了他。

她知道，站在他的角度，是很难原谅王莉的父母的。

施乐怡像之前无数次说的一样，在心里说了句，对不起。

vol.6

时间过去了半个月，两位妈妈都撤走了，施乐怡恢复了自由，庄明朗搬回主卧来住。像是一切都恢复了正常。张全林的公司施乐怡也组建了起来，她隔上一天到公司里去看看，待张全林转移出第一笔资金，她就可以开始招专业人员。

南方的城市冬天来得晚，也很短暂，但还是有冬天的，冷冷地风吹来，刮着脸生痛。施乐怡更愿意在家里待着，煮上一锅火锅，与庄明朗大吃一顿。庄明朗依然掌握着点菜的主动权，偶尔约上赵诚一起来，三个人再喝上一杯。

这天赵诚来得有些晚，庄明朗有些饿了，施乐怡让他先吃几块饼干垫垫。

晚了半个小时，赵诚一进门就说：“你们看好日子没有？什么时候办婚礼？”

施乐怡给他们俩夹着菜，留意着庄明朗的反应。这段时间以来，无论谁来问这个问题庄明朗就说是施乐怡的妈妈说的，好日子近两个月都没有。

连施乐怡问他，他都说不是你之前跟我说的，你妈说三个月后才有好日子吗？现在一个月过去了，不是还有两个月？

但天天睡在自己身旁的人施乐怡怎么会没有感觉呢？从孩子掉了，婚礼耽误过后，庄明朗对自己的态度就变得冷淡了，他早出晚归，甚至回家来也是打游戏。如果施乐怡不提要求，他就自己安静地躺于床的另一边，像是完全为了解决生理问题，每周六早上与她亲热一下。亲热就亲热吧，他把保护措施做得很好。如果说之前的两个月他是为了她的身体着想，不想她那么快又再次怀孕，但两个月之后施乐怡就确定这是有问题的了，庄明朗对于婚礼的事只字不提，连完全布置好的新家，施乐怡想约他过去看看，先搬一些衣服过去，他都找借口推掉。

庄明朗也知道施乐怡正关注着他将给予赵诚的回答，他避重就轻地说，定了再告诉你。

庄明朗端起杯来，说干了。

第二天，施乐怡与庄明朗的战争终于爆发了。这天是周六，庄明朗早早地便醒了。他按惯例将施乐怡吻醒，把她的衣服全部褪去。施乐怡比以往热情，四肢并用地缠着他不放。庄明朗坏坏地笑，说：“别着急。”

庄明朗伸手到床头的抽屉里去拿套子，被施乐怡一把抢了过来，

庄明朗说：“乖，要不你帮我套上。”

施乐怡撒娇说她不要这个。

庄明朗伸手去抢，说：“乖，你喜欢哪一种，我们下回再买。”庄明朗急得满头大汗，他说：“再不给我后果很严重啊。”

施乐怡就是不给，她把一盒都压在身下。她喏喏地说：“我想要孩子。”

庄明朗说："结了婚再要。"

施乐怡说："什么时候结？"

庄明朗不正面回答，他又抱着施乐怡哄了一会儿，她还是不给他，庄明朗翻身跳下床，冷冷地说："不给就算了，我还不做了呢。"说完他走进了卫生间，门紧紧地关上，却挡不住他喘息的声响。

施乐怡咬着嘴唇痛哭起来。

从此，庄明朗再也没有提出过这样的要求，他总是很晚才从公司回来，然后直接进客房去睡。

施乐怡受不了这样一天说不上一句话的生活，便主动搬到东门那边去，与父母和哥哥住在一起。两位妈妈好不容易才把她养胖了些，现在竟比以前更瘦了。

妈妈一问她是怎么了，施乐怡就摇头，说没什么。

婚期变得遥遥无期，甚至连两位新人都不怎么来往了，两家人都急得不得了。庄明朗的妈妈来问施乐怡是怎么回事，施乐怡说是要问庄明朗。她再回去问庄明朗，庄明朗又装做自己很忙，没有空结婚，后来索性出了一个月的差，出差回来，年关也就到了。

庄明朗的国际化家庭在过年时有了一个想法，到乡下去，过一个传统的中国新年，放放鞭炮，吃吃粗粮。施乐怡一家当然在邀请的范围之内，施乐怡和庄明朗都明白，这是两家老人，为他们特意安排的。

很勉强的,庄明朗和施乐怡同意了这次安排。赵诚两口子也被叫来助阵，一路上赵诚已有半岁多的女儿赵小曼成了最抢手的成人玩具，从这个手上，传到那个手上，胖胖的小脸，不知被多少人亲过了。

庄明朗把她抱在腿上，施乐怡喂她饼干吃。施乐怡说叫我。赵小曼便冲她笑一下，赵诚的老婆高兴得不得了，说："我这女儿啊，聪明，说话说得早，会喊妈妈，但是从来都不乱喊。"

她的话刺痛了施乐怡，她想起了那个失去的孩子。施乐怡把脸转向了窗外，闭上了眼睛。庄明朗也感同身受，便把孩子还给了赵诚，伸出胳膊，把施乐怡搂进了怀里。施乐怡惊了一下，随即转过身来把脸埋进庄明朗的胸前。周围的人都暗暗地笑，互相传递着那个信息，瞧，他们和好了。

吃饭时庄明朗像往常一样对她照顾有加，又是帮着提包，又是帮着夹菜。他还提议一家人一起做个游戏。可惜此行的目的是为了他们两个和好，因此一群人都选择了回房间去睡觉，留得他俩大眼瞪小眼地互看着。

晚上，乡下的温度比城市里要低上几度，人一走散，施乐怡感觉到了凉风，紧缩起自己的身体，庄明朗坐到她旁边去，挡住了从窗缝里吹进来的风。

他说："最近怎样？"

施乐怡说："就是忙工作上的事情，等过完年，就招些跳槽工，把制作团队组建起来。"

庄明朗说："有什么需要我做的就跟我说。"

施乐怡笑笑，说："谢谢。"

庄明朗点上枝烟，望着窗外，若有所思了一会儿。

"你。"

"我。"

两人一起开了口，庄明朗抖了抖烟灰，说："你先说。"

施乐怡说："还是你先吧。"

"你先。"庄明朗又强调了一次。

施乐怡说："好吧，我觉得我们俩的事还是谈开来比较好，我希望你有什么想法，就实话实说地告诉我。"

庄明朗点点头。

施乐怡说："你是不是生我的气，气我没有保住孩子，所以不想再理我了。”

庄明朗摇头，说：“我起初也这么认为，现在分开了一段时间，我觉得其实问题早就有了，注定要有的，孩子的事情让我们的问题爆发出来。不出孩子的事情，也许还会出别的。”

“你是指什么问题？”

庄明朗猛吸了口烟说：“你有时候就像一堵不透风的墙，我怎么吹也吹不进去。”

“墙？”施乐怡有些听不懂他的话。

“你把一切都安排得很好，好得严丝合缝。你的工作，你的生活，有时候，包括我。”庄明朗看着施乐怡，说，“我有时候感觉自己像一个局外人，跟着你的生活节奏转，却转不到里面去。”庄明朗笑笑，说，“你知道我们交往这么久以来，我主导过的事情有哪些吗？”

施乐怡摇头。

庄明朗说：“有两件：第一件是当初在北京的酒店里要了你，然后你跟我同居了一年多；第二件就是让你怀孕，让你回到了这里。其他的你所有的事情你都安排得很妥当。我不想结婚时，你就自己跑了，然后我把你追了回来，你又一件件地在北京安排好你的事情，最后才轮到我，我是最后一个。我就像一股吹不进墙去的风，我突然发现，你从来都没有把你的人生交代给我过，我感觉你不是很信任我，你在意你的工作、前途、朋友，其实你也知道，我有能力帮你做很多的事情。”

“所以有时候我会想，我之于你，到底占了多少分量。”

施乐怡说：“我没想到最后会让你有这种感觉。”施乐怡的声音有些颤抖了，她说：“其实我做这么多事情，只是不想成为你的负担。我想把自己的事务都处理好，使我们的关系，尽量的单纯一些。”

庄明朗把手放在施乐怡的头上，说：“我懂，你的自尊心就像你的命一样。可是乐怡，你就不能为了我放轻松去生活一次吗？作为一个男人，我更希望你可以把你的人生交付于我，希望你生活得轻松快乐。你有时候太执著于自己的原则了。”后面一句话，庄明朗没有说，施乐怡过分执著的结果，就是弄掉了他们的孩子，还有他对她的期望。

施乐怡的眼眶红了，抬头看庄明朗，说：“你想好了要分手？”

庄明朗摇摇头，说：“我也还不是很确定，不如，我们顺其自然吧。”

施乐怡痛哭起来，她知道，她已经失去他了。

不想让家人听到，施乐怡捂着嘴跑进房间里，庄明朗跟着走进去，他从柜子里拿出被子，说：“我今晚就睡这沙发上。”

施乐怡不置可否地钻进床上的被子里，不停地抽泣着。

庄明朗一根接一根地抽烟，落了很多烟灰在被子上，烧了很多的小洞出来。

第二天施乐怡装感冒没有出房间，庄明朗跟大家辞了行，带着施乐怡先回了城里。

所有的人都以为和好后的两人去过二人世界了，推着赶着地撵他们回去。

vol.7

转眼，新年就过完了。庄明朗和施乐怡依然没有婚期传出，他们也没有明确说是否分手，只说再等等看。两家的父母都疲惫了，庄明朗的父母又回到自己原来的生活中去，施乐怡的妈妈试探性地问施乐怡，“我们需不需要从明朗的房子里搬出去？”

施乐怡摇摇头，说：“我会安排的，你们放心住吧。”她怎么忍心让好不容易又有了稳定生活的父母再次过着动荡的生活呢。她想，分几次付款，把庄明朗这房子买下来。

庄明朗的妈妈临走前约施乐怡喝了次茶，她表示无论结果如何，她还是希望施乐怡可以成为她的儿媳妇。她把原本这次要送给施乐怡的结婚礼物送给了施乐怡，施乐怡打开一看，是一条钻石项链。

施乐怡说还是等结婚的时候再给我吧，要是……她不想把结不成三个字说出来，她怕自己忍不住要哭。

庄明朗的妈妈非要她收下，她说："你不是已经叫过我妈妈了吗？我当你是女儿也行的。"

施乐怡的心里非常酸楚，她从来都没想过，她和庄明朗会闹成今天这个样子。送走了庄明朗的妈妈，施乐怡向公司走去，今天第一批来面试的人到了，她得去见见。

她埋着头走，刚走到公司门口，一只手拦住了她的去路，抬头一看是吴亮，施乐怡疑惑地看着他。吴亮说："不会又不认识吧？"

施乐怡淡淡地笑了一下，说："你有事吗？"

吴亮说："我已经离开庄总的公司了，正在筹备发起一支私募基金。想请你帮我设计一下公司的LOGO。"吴亮说，"我见你帮庄总做的那个很好，便找到你们公司来，没想到刚走到门口就遇上了。"吴亮一边说，一边直直地看着施乐怡，他知道施乐怡和庄明朗出了问题，神情忧郁的施乐怡比之前更添了一丝妩媚。身形瘦弱的样子，让人多了一份怜惜。

施乐怡职业地笑起来，说："请到公司里去谈谈吧。"

公司的人马还没有组建起来，施乐怡只好自己亲自做这张单，很快，便与吴亮达成了协议，半个月的期限还是有些紧的，她说要到吴亮的公司去看看，还需要吴亮把自己对公司未来的发展方向好好描述一下。又问吴亮有没有什么特殊的要求。

吴亮说："要求就是我们今天别谈了，等我完全想好了，再找你谈。"

说着他的电话就响了，电话声音很大，很明显是个女人的声音。

吴亮说："快了快了，我马上就来。"

施乐怡把吴亮送出去，说："一看就知道是女朋友催你了。"

吴亮摸摸头，说："不是女朋友，只是以前的一个网友，现在成名作家了，我想去见识见识。"

施乐怡想起了李菁，似乎那已经是很遥远的事情了。那时候她还有庄明朗，有王莉，有对美好婚姻的期望。

现在她就像一只无头的苍蝇，连方向都迷失了。

从第二天起，吴亮就一天给施乐怡发一封情书，前几封施乐怡还看看，后来见是他的信就直接删了。再走投无路，施乐怡还是不会喜欢这种小弟弟的。施乐怡也不回信给他，希望他可以知难而退。

利用两天双休日，施乐怡飞到王莉父母所在的城市，去看看两位老人和孩子。没想欧阳也在王莉家，正与二老吃着饭，见施乐怡进来，王莉的父母高兴地拉她坐下，又是盛饭又是夹菜。他们与施乐怡和欧阳不停地说着王莉小时候的事情，特别是王莉的母亲，仔细分析着这两个双胞儿子与王莉有哪些相似之处，比如翻身了，哭的频率了，晚上起夜的次数了。施乐怡和欧阳听着都挺难受的，但脸上依然要装做高兴的样子。

吃完饭，施乐怡和王莉的妈妈用婴儿车推着孩子到楼下去晒太阳。王莉的妈妈一出门就叹气，她说："乐怡啊，想想人活着真是没意思，像欧阳这种人，现在我们竟然盼着他来，你说多可恨的一个人呀，现在却成了我们生活中不可缺少的一部分。"

施乐怡说："阿姨，以前的事就别想了，就把他当半个儿子看吧，毕竟他是孩子的父亲，而且我看他也有要替王莉孝敬二老的意思。"

王莉的妈妈点点头，说："我们现在也是这么想的。"

王莉的妈妈拉施乐怡到小区里的椅子上坐下，她说："乐怡呀，有件事我想跟你商量商量。欧阳这次来想劝我们跟他回去，搬到他家里去，一是我们可以继续照顾孩子，二是他也可以就近照顾我们。"

"你爸爸呀，现在身体不好。"王莉的妈妈完全没有发现自己的口误，拉着施乐怡的手说，“我真怕你爸爸有一天要是病了，我怎么忙得过来。”

施乐怡心里刺痛着，她忍着眼泪，说：“那我爸怎么说呢？”

王莉的妈妈说：“他坚决不同意，但我又有些想去，又不想去。”

施乐怡说：“去的话确实方便互相照顾，但是欧阳的老婆怎么办？”

王莉的妈妈看了眼施乐怡，说：“你不知道吗？他老婆跟他提出了离婚，说是再不从这个家庭中解脱出去，她就不能从她令王莉走向死亡的阴影中走出来。她现在已经到别的城市去生活了，上个月还给我汇来一大笔钱，我还不知道要怎么还给她呢。”

直到施乐怡和欧阳离开，王莉的爸爸依然没有同意欧阳的请求。施乐怡说：“让老人家再想想吧。”

欧阳点点头，与施乐怡一同上了飞机。

在飞机上，他把儿子的照片拿出来看了又看，施乐怡从来没有见过哪个男人用那么柔软的眼神看人。

欧阳请施乐怡再劝劝王莉的父母。

施乐怡说有机会她会再说说的，毕竟老人家也老了，是需要人照顾。

欧阳见施乐怡手上依然戴着戒指，便以为别人说施乐怡和庄明朗已经分手的消息是假的，他犹豫了一下说：“婚期改在什么时候？”

施乐怡摇摇头，说：“我们已经很久没见面了。”

欧阳说：“最近明朗常常到我们公司去接小王下班，是因为这个？”

施乐怡抬了抬眼皮，有些意外，她没想到事情的真相竟然是这样的，她原本因为自己给庄明朗带来了那么大的心理困扰而产生的愧疚感全部烟消云散。她为自己感到悲哀。

等爱
waiting bar

Chapter 08 尘埃飞扬

vol.1

庄明朗也说不清自己现在和小王是什么样的关系。自从过年时和施乐怡在乡下说开了以后，他就有了一种很奇怪的感觉，似乎自己在施乐怡面前，像一个小男人似的，在老婆那里得不到大男子汉似的尊严而懊恼不已、愤愤不平。也许赵诚说得对，不但施乐怡把婚姻的事想得太细，连他自己都是这样的，所以，他们才有了现在这个模糊的结果。

他有时候也会想念施乐怡，却又不想去找她，便到酒吧里坐坐，喝上两口，却不多。

第一次去喝时，就遇到了小王，她正和一个男人面对面地坐着，就坐在庄明朗的旁边，男人在给她倒酒，她似乎很紧张。灯光有些暗，庄明朗看不清他们所有的神情。

他也不想去理他们，自顾自地喝着，有时候拿出手机来看看施乐怡的号码，却又不想拨过去。

不知为什么，小王突然跳到了他的面前，对那男人说："你先走吧，我遇到熟人了。"

男人拉她走，她死活都不起来。

男人便放弃了，说那就算了。

庄明朗问她这是在做什么。

小王说那个是她在婚恋网上认识的，见了面感觉不喜欢，不想再跟他出去玩。

庄明朗奇怪地说："怎么约到这么黑的地方见面，长相都看不清。"

小王笑着说："我怕别人说我丑。"

庄明朗笑笑，没有顺着她的话往下说而夸她漂亮。他当然知道女人们的小伎俩，但他认为自己没有义务去配合。

小王主动倒了杯酒，说："不如我陪你喝吧。"

庄明朗不置可否地自顾自地饮着。

小王问起了王莉的事情，她说以前她就发现过王莉和欧总的关系不简单，之前王莉辞职时她以为断了，没想到最后弄了这么个结局。

庄明朗不想提这些事，便转移话题问小王怎么这么年轻就出来相亲？

小王说："没办法，我姐夫说我不出嫁，他就不再考虑结婚的事情。"

"他想再结婚？"

"一个男人总该有个老婆才好的，现在小明的事我们不用操心了，家里的经济一天天好起来，我就劝他再找一个，谁知他说这回要先给我办了陪嫁，再考虑他的事情。"小王说，"他也是被李菁打击了，对这事不太有信心。连李菁这样条件的人都看不起他，何况是别人？"

庄明朗说："听说李菁现在写小说成名了。"

“啊？”小王撇撇嘴，酸酸地说，“人嘛，没有一样，总要有一样的，她在工作上再没有什么成绩，就得饿死了。”

小王见庄明朗不答话，知道自己有些不招人待见，忙转移了话题。她说：“我今早在一个网上看了一堆笑话，全是说口误的，脸都笑抽筋了。”

她说：“一个女人走进一家饭馆说，老板，来盘土豆丝，不要放土豆。”

庄明朗一听，被嘴里的酒呛了个正着，像是心中的怨气都被呛出来了，他笑起来，说他们以前上学时也有个搞笑的口误笑话。管理学校机房的人姓猪，有次有人打他电话说：鸡科长，你在猪房吗？

小王大笑起来，忙说自己还有好笑的呢。小王一个接一个地说，庄明朗的心情放松了不少。

有了这次愉快的相处，庄明朗再次无聊时就约小王出来聊上一聊。这段时间以来，他试了跟很多人相处，只有跟小王在一起，才不会提起施乐怡。他想经过之前的事情，小王应该明白他们是不可能的，并且小王在此之后，也一直在相亲，似乎对他真的没有了任何想象。现在两人说些轻松的话题，就像他们刚认识的时候一样，小王乐得白吃、白玩，这样挺好的。庄明朗也想过跟别的女人交往，但绝对不是小王，光凭她在夜总会陪过酒这一点，他就无法容忍。

这天老吴新开的一家酒楼开张，送了几张免费的餐券来给庄明朗和赵诚，庄明朗原本和赵诚约好了一起去，位置都订了，赵诚的女儿突然发高烧，去不了，庄明朗便叫了小王去，没想到一进门见到了吴亮和施乐怡，两人正往二楼走上去，庄明朗跟上去，见他们在二人位上坐了，有说有笑地说着什么。庄明朗心中的怒火一下就烧了起来，他怎么都没想到，施乐怡这么快就和吴亮有了来往，她分明知道，吴亮对她是有企图的。

吴亮看到了庄明朗，施乐怡没有看到。吴亮故意指了指自己的脸，说：“你这里有个黑点。”

施乐怡用手在脸上抹了抹，什么也没有。

吴亮笑，伸手在施乐怡另一边脸前轻轻地划了一下，手指并没有触到施乐怡的皮肤，但庄明朗这么远的距离看去，就是摸上了的。

施乐怡笑笑，胡乱用吴亮递来的纸在脸上擦了擦，继续问他一些关于他的基金的问题。

吴亮一边回答，一边在心中暗暗地笑，这回庄明朗不误会才怪。当初不就是挂了挂他老婆的照片吗？庄明朗后来竟然一直不让他参与公司的核心业务，浪费了他好几个月的时间。

小王也看见了这一幕，她奇怪庄明朗怎么不和施乐怡一起来吃，见了面也不打招呼。他们的事她通过以前的一些同事知道了一些，推迟婚期她是知道的，但没有想到这两人已经到了这样的地步。

小王感到自己心中那个遥远的梦想突然又有了实现的可能性，她在心中盘算着，下一步要怎么去做。

她给庄明朗挟了很多菜，说这些菜的味道还不错。

施乐怡晚上还要赶工，与吴亮草草地吃了，便要走，吴亮说想邀请她再去喝杯咖啡，施乐怡婉言拒绝了，她怕吴亮提起他写情书那些事，现在和吴亮的合约也签了，她不想影响工作。她说下次由她请吴亮。

转身站起来的施乐怡终于看到了庄明朗，他正黑着脸看她，当然，施乐怡也看到了小王，于是她回瞪回去，回头对吴亮说：“我今天就请你喝吧。”

vol.2

咖啡馆里早已等着一个女人，施乐怡一下便认出了是李菁，她没想到吴亮会来这手，带李菁来见她，有这个必要吗？

李菁开口就提了庄明朗，说自己之前和他曾做过一段时间的同事。

“哦。”施乐怡笑笑，没有说什么。

李菁不停地问施乐怡一些问题，比如说是哪个学校毕业的，有多少岁了。她说她想写一个关于广告业的小说，想以施乐怡为原型写。施乐怡说：“我一个个体不能代表什么，也不想你来写我。”她没有回答她任何一个具体的问题。李菁哪里是想写什么小说，无非就是想来看看庄明朗曾经的准老婆是什么样子的，是不是并不如自己。

施乐怡觉得这很没有意思，坐了十分钟，便起身告辞。吴亮说要送她，她说你陪陪李小姐吧。

李菁在她背后冷笑，故意对吴亮大声说：“也不过如此嘛，漂亮的脸，永远都是假象。”

吴亮赶紧说：“小声些。”直到两个月后，施乐怡才有些明白吴亮这么帮李菁的好处，听说吴亮把一个女作者睡了，被人逼婚，而后躲到国外去，女作者在博客上长篇大论地骂他，引得不少人说要用人肉搜索把他搜出来，想办法要整治他。施乐怡这才隐隐地明白了吴亮当时的所图。

吴亮的公司自然就暂停了一段时间，施乐怡帮着做好的LOGO，暂时没有了用武之地，不过还好吴亮把款付了，施乐怡才放了心。

施乐怡在QQ上见到过一次吴亮，他的个人签名是：其实跟名人睡和跟非名人睡，都是一样的。施乐怡差点笑喷了出来，想起李菁那副不知道自己姓什么的样子，施乐怡只想起了两个字：活该。吴亮见她在线，还问她看了这么久的信，有没有什么感想。施乐怡说：“我的感想就是你不要再发了，发了我也是不看的。”

但这晚施乐怡还不知道这一切，她气庄明朗都离她远去了，竟然因为他还给自己带来这么无聊的事情。

尤其是他这么快就和那个小王搞在一起了，令她非常生气。

但确实有事情要赶工，施乐怡只得忍了忍那股火气，打了辆车，准备回公司去。

一上车，她就看见了庄明朗的车迎面而来，小王依然在他的身旁。施乐怡让司机跟上他们，越往前走施乐怡越慌，他们到了东山小区后面，小王下了车，与庄明朗挥手告别。见庄明朗没有跟小王进到哪间屋子里去，施乐怡提起来的心才放下来，她平复了一下心情，请司机再往公司开。

庄明朗却突然把车开了过来挡住了他们的去路，司机伸出头去叹了口气，说他妈的，还好没撞上，这奔驰撞了我可赔不起。

施乐怡差点笑出来，说："那我们绕路走吧。"

司机往后倒车，一边慢慢倒一边说："现在有钱人都他妈霸道，我们撞撞公交车还行，这世道，看见有钱的，还是离远点好。"司机一边说一边看施乐怡，施乐怡明白他的话外音，他见施乐怡让他一路跟着这么个有钱人，多半把施乐怡想歪了。

出租车还没倒完，庄明朗已走到车门旁，他伸手拍了拍后排的车门，司机一副有好戏看了的表情，把车停了下来。

庄明朗拉开车门，施乐怡又关上，又拉开，她又关上。

庄明朗一使力，把车门拉开到极限，一只手把施乐怡拖了出来，把她的手臂捏得痛起来。

施乐怡大叫着说："你要干什么？"

庄明朗说："我才要问你一直跟着我干什么。"他一只手揽住施乐怡的腰，把她控制住，一只手递了钱给司机，说："你先走吧。"

司机很听话，一溜烟就跑了。

施乐怡气得一脚向出租车开去的方向踢去，大骂他不仗义。鞋子被踢飞了出去，她一只脚站不稳，身体往庄明朗身上靠。

庄明朗笑了笑把她扶上车，再去给她捡了鞋子。一穿上鞋子，施乐怡又跳下车来，庄明朗堵着她的路，不让走。

施乐怡说："你想怎样？"

庄明朗说："我就问你跟着我干什么？"

施乐怡说："我想往哪走就往哪走。"

庄明朗说："不说实话。"

施乐怡笑，"说不说实话又关你什么事？"

庄明朗说："你不跟着我就不关我的事。"

施乐怡没好气地说："我好奇，我跟着看看不行吗？"

"看什么呢？"

施乐怡被他困在车与他之间，施乐怡连哭的心都有了，难道她要说她想看看，在这么短的时间内，庄明朗跟小王发展到了什么地步？

她不说话，看向别处。

庄明朗好久都没有这么近距离地看过她了，这个女人是他所有交往过的女朋友中最漂亮最能干的，也是最不服软的。想着他的气又上来了，为什么这个女人就不能在他面前低个头呢，每次都是他去哄她，去求她，去宠她。在其他女人那里，他可都是被哄的那一个。他甚至想，如果当初不是误会施乐怡怀孕，还有后来真正的怀孕，自己是否会在那一次施乐怡去了北京后，就不再联系她了。

她跟着他分明是在意他的，为什么就不能说句软话，体贴一下他的心？

庄明朗把她的脸扶正过来，说："那你说说你和吴亮现在发展到什么地步了？"

施乐怡冷笑一下，说："签了合同，他给了订金，我帮他做事。"

庄明朗说："怕是吴亮不会只希望这么简单吧？你们公司人都没招好，就找你们做事？"

施乐怡突然想气他，说："他也就是写了几封情书给我，你有我邮箱的密码，你有兴趣，我欢迎你参观。"

庄明朗知道她说的是真的，说："还有呢？"

施乐怡说："还有什么你不是更清楚？你追求别的女人时想做什么，他也是男的，不都跟你一样？你想拉女人的手了，他也想，你想……"

庄明朗狠狠地瞪着她，施乐怡便不再说了。一秒，两秒，三秒，庄明朗伸出脚去，在车轮上狠踢了一脚。

施乐怡被吓了一跳，她从来没见庄明朗发这么大的火。

庄明朗愤愤地上了车，发动车子，扬长而去。

这时施乐怡才发现自己的包落在出租车上了，她身无分文可怎么回家。她恨不能咬庄明朗一口，骂了句：这个混蛋。

这一带是很老的城区，道路不好，卫生也差，有好几段路都在维修，路灯都不亮，施乐怡穿着高跟鞋，只歪歪倒倒地走了半个小时，就险些崴了两次，没办法，在有了路灯的地方，把高跟鞋脱了提在手里，一步步往前走，哪怕她很小心，时不时地还是会踩到细小的沙尘，她蜷曲着脚趾，痛到心里去。

vol.3

施乐怡走了一两个小时，路上的行人越来越少了，初春的天气不但温度不高，还有些潮。施乐怡的脚完全湿了，脚后跟有几个地方渗了几条血丝出来。她走一段，见路边有椅子又坐下来休息。休息到第七次时，她在路边广场的长椅上坐了下来，终于哭了起来，她从来都没有受过这样的罪，实在是太难受了。

她把脚放在长椅上，半躺了下来，她想，就是天上下刀子她也不再走了，她闭上眼睛，疼痛得睡不着。

迷迷糊糊的，她听到过路的车辆里，开着的收音机正在报时，正好是零点。

她想还是继续走吧，这么晚了不回家，家里又打不通她电话，怕是得着急。她算了算，以现在的速度，走回家去，应该还要两个小时，以往她加班，也是这个时候才回去，她扶着椅背站起来，休息了这一会儿，竟然比刚才痛了许多。

她又坐下来，想要怎么办呢？呀！她惊叫了一声，真是气糊涂了，打110报警，正好请警察送她回家呀。

她咬咬牙，站起来，有了希望，还快走了几步，她看着周围，看哪里有电话。正找着，听到庄明朗呼唤她的声音，她想自己一定是听错了，继续往前走。

突然有个人冲到了她的面前，气喘吁吁地说不出话来，正是庄明朗。施乐怡一见他就双手并用地往他身上打去，伤心地哭着，一个字都骂不出来。

庄明朗任她打着，两人都平静了，他把她背起来，一边走一边说："那个司机还不错，发现你的包后，就给我打了电话，我回过头来找你，你却不见了，我又找反了方向，就耽误了这么久。"

施乐怡指指前面，说："我现在分明是住在那边，你怎么会找反的？"

庄明朗说："那个方向就是吴亮家，我想着去那儿要近些。"

施乐怡说："我怎么会知道他家住哪里？"

庄明朗把施乐怡背进车里，憨憨地笑了笑。他看着施乐怡渗着血的脚，想把她的袜子脱下来看看伤势，施乐怡穿的是连衣裙和长袜，他把手伸进施乐怡的裙子里去扯袜子，被施乐怡一巴掌打在了手上。

他再伸，施乐怡又再打。

他讪笑了一下，说那你自己来。他发动车子，把施乐怡的包递给她，说，"先给家里打个电话吧。"

施乐怡打开电话，看到刚才司机用她的手机拨的号码，庄明朗的电话号码曾经被庄明朗强迫着存成了老公这个名字，他说要和他的手机对称才可以。难怪司机第一个就找了他。

从医院里打了破伤风的针，清洗包扎出来，已经是凌晨三点半了。施乐怡在庄明朗的背上就睡了过去，庄明朗把施乐怡带回家里去，把她放在他们曾经共同的床上。他轻手轻脚地为她脱去裙子，施乐怡里面穿的正是他们举办婚礼前最后给她买的一套连体内衣。全黑色的，蕾丝花边，非常性感。庄明朗赶紧帮她盖上被子，他知道，如果自己一直无法打开心结，很快，便会有人顶上他的位置，为她购置东西和欣赏她的身体。可是，他无法忍受自己永远都被施乐怡排在最后，他确信施乐怡爱他是爱得不够的，至少不像其他女人对他那样。他需要她再听话一些，再依附他一些，再缠着他一些。

他到客房里躺下，想着这些问题，一晚上都没有睡着。直到天亮，他才迷迷糊糊地睡了一会儿，不久，又在施乐怡的叫喊声中醒了过来。

他跑进主卧室，问她怎么了？

施乐怡已经穿上了裙子，说："我怎么在你家？"

"你家"这两个字有些刺激人，庄明朗声音高了些，说："你现在走不了路，你不来我家，你家谁能把你背来背去的？就你哥那体力？"

施乐怡知道他也是好心，口气便软了下来。她说："我……我想上厕所。"

"哦。"庄明朗把她抱起来，送到卫生间里去。

施乐怡说："谢谢你。"

"嗯。"庄明朗答应了一声。

接下来的几天，庄明朗都在家里办公，随时听候施乐怡的调遣。几天客气的相处下来，两人也有些平静了。一天晚饭后，施乐怡说起了那天的事，她说："其实那天我跟着你，我就想看看你们俩会去哪里？"

"哦？"庄明朗抬起正在盯着游戏看的眼睛，说，"你以为我们会去哪里呢？"

施乐怡说："不知道。"她试探着问，"你现在和小王发展得怎样了？"

庄明朗轻松地说："也就是普通朋友。"

"哦。"施乐怡说，"那你打算什么时候找个人结婚呢？"

庄明朗说"顺其自然"。他又埋下头去看游戏，施乐怡却很想与他谈出个结果。她用手戳他的肩，说："小王长得也还可以。"

庄明朗点点头，说："属于小家碧玉型的。"

施乐怡说："也还年轻。"

庄明朗说："是比我们小。"他说我们，也包括施乐怡，施乐怡不甘心，又用反问的方式试他。她说："明朗，你说如果我再找人结婚的话，你有没有什么意见给我？"

庄明朗说："就照我这样的找呗。"

施乐怡说："你不是也不要我了吗？"她等待着他的答复，她觉得自己已经很低下三四地在求他和自己和好了，当初她主动提结婚，他不干，现在她主动想和好，不知会是什么样的结局。

庄明朗知道施乐怡的想法，可这样对他是没有意义的，如果这样轻易地又走到一起，生活并不会发生什么改变。

庄明朗不正面回答，他说："那你想找个什么样的？"

施乐怡的心一下就凉了一截，说："我也不知道呢。"转眼她就要二十七岁了，失去了庄明朗，她还能找谁呢？找谁又能有庄明朗好？她一个大龄女，与人同居过，谈婚论嫁过，流过产，家里背着一个大包袱，又能找谁呢？她这样的条件，现在可以说是标准剩女了。

两人沉默了很久，施乐怡说："今天再换一次药我就好得差不多了，我想明天回家去。"

庄明朗抬头看她一眼，说："好的。"

vol.4

男女恋爱，就像打了一场战争，总会有人占上风，但并不代表占下风的那个人就不想赢一回。庄明朗这股吹不进墙的风，就想赢上这么一回，哪怕施乐怡主动求他一下，说她离不开自己，他也就想通了，继续把她捧在手心里。最好是她下决心走进家庭中来，一心一意地跟着他，把人生真正地托给他，那他会对她更好。

庄明朗开车送施乐怡回了公司，她说这么几天了，有好多事都需要处理一下。

下车时，施乐怡说："东门那套房子的钱我会按市价还给你的，可能要分期。"

庄明朗说："不用。"但施乐怡已经走进大厦里了，他想，就算是成了陌路人，送套房子给她，他也是甘愿的。

小王就是在这个时候跟庄明朗表白的，她约他出去钓鱼，在庄明朗刚钓上来一条鱼时，小王说："其实，我一直都是喜欢你的。"

庄明朗有些惊奇，看来他又看错小王了，这些天小王一直与他交流自己相亲的事，不过是在通过另一种方式试探自己感情的可能性。试来试去都没有结果，今天她这样主动表达，也是想最后一搏。可是，她又错了。从小到大，像她这样的女孩子喜欢庄明朗已是太多次。多，也就无味了。她们平时默默无闻，总想通过与某个优秀异性的来往彰显自己，她们实在沉默得太久了，她们天天捧着言情小说，做自己的春秋大梦。还在上中学的时候，庄明朗就与这样的女孩子暧昧过一段时间，她们会让庄明朗觉得自己更加的强大，但同时她们也会把自己伪装得更加弱小。庄明朗对小王一直都是有所保留的，一件件事情他并没有忘记，她弄坏猪肉卖，她扩大自己的悲惨想去陪酒，她的心中也许有一个展现光芒的梦想，不能正面实现，就用反面来成全自己。

庄明朗不是十七八岁的少年，他对人有了丰富的认知。

平时无聊，作为陪伴来往一下还可，他可以有限度地帮助一下她，毕竟还是有值得同情的地方。他承认自己也惹不起这种女孩，她们会把太多的空洞的梦想放在自己的身上。

想到这里庄明朗想起了小时候学的弧线，小王和施乐怡这两种女人就像那个遥远的两端，怎么都那么走极端呢？

小王等待着庄明朗的回复，她看着他。

庄明朗笑笑，说："小王，你还小，应该找个更年轻、更有前途的男人。我不适合你。"

小王说："可我们相处得很好。"

庄明朗说："那只是普通朋友的相处，并不是男女之间的感情。"

小王说："你是不是还对施小姐抱有希望？"

庄明朗摇摇头，他不想跟小王讨论这个问题。

小王不再说话，尴尬地结束了这一天的钓鱼活动。

庄明朗以为这样就算结束了，他万万没有想到小王发狠会去找施乐怡。

钓完鱼的第二天，庄明朗刚在赵诚家吃了晚饭出来，就接到了施乐怡的电话，她说："请你不要再让小王来烦我，我欠你的，我都会还清的。"说完，便挂了电话，庄明朗打过去，她也不接。

过了几天，施乐怡的妈妈打电话来说他们已经搬出去了，请他过去拿一下房子的钥匙。

庄明朗立马赶去解释，说那不是自己的意思。他问施乐怡的妈妈他们现在搬去了哪里？施乐怡的妈妈就是不说，问急了，这个小个老太太背过身去，用袖子偷偷抹了把眼泪。她说："明朗啊，我们知道，孩子没了，你怪乐怡，可她是当妈的，又哪里舍得。不过你们现在既然走不到一起了，我们也不埋怨你，毕竟以后心里有疙瘩还在一起生活，也不太好。"

老太太从包里拿出一个盒子，递给庄明朗，她说："这是乐怡让我给你的。"

庄明朗打开来看，是他妈妈送给施乐怡的钻石项链和当初他追去北京找她时，送她的那对戒指。

庄明朗跑到小王家去问她是怎么回事，又问她是谁跟她说的庄明朗送房子给施乐怡的事情？小王说是以前的同事说的，但坚决不说出那人的名字。她又说，她这样做只是想为自己再做一次努力。庄明朗要求她立马打电话给施乐怡解释清楚，小王不干，庄明朗急了，说：“你想怎样吧？”小王说：“我就是喜欢你，这有错吗？”

庄明朗说：“可是我不喜欢你。”

“那你为什么三番两次地帮我呢？”

说到这庄明朗更恼火了，大吼着说：“我帮你还帮错了？”

“你不喜欢我为什么要帮我？”小王边哭边问。

庄明朗说：“那是你想多了，所有帮你的人都喜欢你？”

小王抽泣着说：“可是，这些年就只有你那么帮过我们。”

庄明朗听着又有些心软了，他说：“好了，好了，你帮我解释清楚，我也不为难你。”

小王说：“你是不是还记着那个姓施的？”

庄明朗说：“这不关你什么事，你不要捣乱行不行。”

小王说：“那我不打，随便你把我怎样吧。”

庄明朗急了，就算他不再爱着施乐怡吧，但这样把人家全家赶出去，总是不应该的。小王这样做实在太过分了。

庄明朗又问了一遍，说：“你打不打？”

小王摇头，大声地哭。

庄明朗冷静了下来，从口袋里掏出支票本来，他说：“给你五万行不行？”

小王诧异地看着他，说：“我不是想要钱。”

庄明朗说：“你是嫌少吧，十万？”他拿出笔准备写支票给小王。

小王拉住他，说："我真不是这个意思。"小王扭着身子跳起来，百口莫辩了。

庄明朗不管，就是要写，他说："或者你是想要二十万？"

小王受不了了，拿过庄明朗手里的电话，说："我打，我打，还不行吗？"

小王拨了施乐怡的电话，这个卡是庄明朗新买的，他怕施乐怡又不接他的电话。

施乐怡果然接了，小王一边哭一边说："对不起，施小姐，我那天去找你，说我和庄总好了，劝你不要再缠着他，又刺激你说他会把房子什么的都收回来。他，他根本就没有看上我。"

施乐怡很平静，"哦"了一声，说，"你把电话给庄明朗。"

庄明朗接过电话又要再解释一遍，施乐怡说："明朗，我知道小王说的是假的。"

"啊？"庄明朗想是不是自己的耳朵出了毛病。

施乐怡说："我们在一起这么久，我还不了解你吗？我相信就算你鬼迷了心窍，和小王这样的人在一起，也不会做出赶我家出门的事情来。"

"那你是为什么？"

施乐怡哽咽起来，说："明朗，你不是说我是堵不透风的墙吗？我就是想让你明白，不透风的原因。你想，夫妻哪有不吵架的，而且我们两家的情况差了那么远，若有一天，你们谁说出句拖累你的话来，你想我该怎么办？马上离婚，或是忍气吞声地过日子？我一直都想靠自己的力量把家撑起来，尽量和你们平等一些，这样的家庭才能长久地维持下去，我怕你受不了跑了，你知道吗？我也很累的，我也想天天躲在你的身后，或者生个孩子赖着你不放。可我不愿意这样，我不希望我的生活是这样的，我喜欢你能轻松地疼爱我，越久越好，而不是负担我。也不想我的家人看见你时，感觉矮了一截，这样相处，比什么都难受。以前，我也是很矛盾的，一方面我希望我再强大一些，再和你结婚。但我的年龄一天天大了，不结又会影响后面的生活，所以可能你就不能很彻底明白我的心意，你生气了，我知道。明朗，”施乐怡叫了他一声，说，“你以后好好过吧，我希望你过好。”

庄明朗的心一点点地被撕开来，其实这些道理他都知道，但真正地感受到，还是第一次，施乐怡母亲弱小的背影他是亲眼看到的，她交完钥匙给庄明朗后，拖着一大个沉重的箱子上了公交车，说什么，她都不要庄明朗送她。

庄明朗的声音沙哑了，他说：“乐怡，你现在在哪里？”

施乐怡说：“我在机场，就要走了。拜拜。”

施乐怡挂了电话，庄明朗拖着沉重的步子走了出去，他失去了分析他和施乐怡关系的能力，他必须休息一下，才能想清楚。

他走到门口，回过头来看看痛哭的小王，说：“小王，对不起。”

小王扑到了沙发上，她的王子梦，终于破灭了。

vol.5

赵诚两口子也在机场，赵诚远远地就看到了坐在候车厅里抹眼泪的施乐怡，他要过去打招呼，一把就被老婆拉住了。

他说：“怎么？”

他老婆瞪了瞪他，说：“你去做什么？”

“我去问问她是不是有什么事啊。”

“她和明朗都分手了，你还管那么多闲事做什么？”也正是因为庄明朗已经和施乐怡没戏了，她才要严防死守，不让赵诚靠近她。

赵诚说：“大家都是朋友嘛。”

他老婆冷哼了一声，说是朋友妻不可戏吧。

赵诚急了，说：“你这说的什么鬼话？”

他老婆把他拉下来坐下，说：“我说得对不对，你自己清楚。”话说到这份上，赵诚便不好再去关心施乐怡了，他乖乖地坐下，心里却七上八下的。

这几年来，他也一直都以为他对施乐怡的关心只是出于对好友女友的关心，没想到是这样的。他突然发现他老婆说的话正是他心里一直想的，他不能否认，施乐怡对他来说就是一个完美老婆的全部想象，他曾无数次地想过如果是他和施乐怡最先认识生活会怎样。

还是老婆了解自己呀，她早就发现了赵诚对施乐怡的心思，否则她确实没有理由这么处处针对施乐怡的，赵诚突然明白了这个很久以来的困惑。他拉过老婆的手，说：“你不要乱想了。”

他老婆把头靠到他肩上，说：“赵诚，我知道你是个好男人。”

“我当然是了。”赵诚摸摸她的脸，想着好男人惨啊，不能变心。但他看看婴儿车里的女儿，其实，也不可能去变心了。

于是，他将这个最新明确的情感埋了下去，想，就此了结了吧。而且按他对庄明朗的了解，怕是跑不出施乐怡的手掌心的。他这个朋友看似强大，有时候又脆弱心细如一个小孩子，只有施乐怡这样强大的女人才能偶尔让他靠上一靠，点醒他偶尔短路的大脑皮层。

开始登机了，赵诚拉老婆起来，没有再看施乐怡一眼。

他老婆冲他笑笑，说你要乖。

他用力地点了点头。

庄明朗还是看了施乐怡的邮箱，他看到了吴亮给施乐怡写的情书，很多封都还是未读的状态，庄明朗一封封地点开来看，有时候吴亮写得深情款款，有时候又只是说一下自己目前的情况，他甚至对施乐怡承认了自己招惹李菁的错误，说确实老处女是惹不得的。庄明朗知道施乐怡没有要理他的意思也就放心了，关了邮箱，打电话给施乐怡。

施乐怡很久才接了电话，问他有什么事情。

庄明朗说："我有个请求？"

"嗯？"

"我想把你爸妈接回来。"

"不用了，谢谢你。"施乐怡很客气。

庄明朗说："就算给我个机会吧，好歹我也叫了他们几天的爸妈。"

施乐怡说："他们不会回来的。"

庄明朗说："我想过了，不要回东门，就把省政府旁那套给他们住吧，你就说是你买的。"

"我可买不起。"施乐怡说他们不会相信的。

庄明朗说："你现在的收入模式他们也不明白的，你帮着骗骗吧。你忍心让他们又到处飘泊？这么大年纪了。"

施乐怡说："可我不想再欠你。"

庄明朗说："当我借你的，作为朋友，帮个忙。要不我一想着你妈妈，我就睡不着觉。当是你也帮我的忙吧。"

施乐怡想起自己的父母又有些动心了，便答应了庄明朗，她说："那就麻烦你了，但当是我买的，我一有钱就还给你。你若不要，我也不敢要你的房子。"

庄明朗同意了，他说他不急着用钱，让施乐怡慢慢还。

施乐怡又感谢了他一下，便要挂电话。

庄明朗说："等等，我想再问个问题。"

"什么？"

"你说我们再在一起好不好？"

施乐怡倒抽了口气，说："顺其自然吧。"她也不知道要怎么回答他，她现在的感觉和庄明朗当初对她的感觉是一样的，彻底放弃吧，又觉得还是有感情的，也互相会牵挂。和好吧，好像又差了些什么。情感疲软了，找不到方向。这一两年的折腾中，分分合合，到底还是伤感情的。

庄明朗说："那你若另外找了男朋友，一定要让我知道。"

"嗯，"施乐怡说，"好。"

vol.6

庄明朗躲得远远的，看施乐怡的父母和哥哥都搬进了新家，才松了口气，对于自己做的孽，终于给了些补偿，他揪着的心，终于可以放下来几天。

他回到公司去等着开例会，刚喝了杯茶，银行就发来了短信，说他的账户里多了十万块钱，他打电话到银行一查，是施乐怡从四川成都汇来的。刚查完，施乐怡也来了短信，说：明朗，我先付你十万，以后的再补清。谢谢，请查收。

庄明朗正要回短信，说自己收到了，没想到突然头晕起来，起初他以为是自己病了，但看到眼前的桌子在水平移动时，他的第一反应是地震了。他赶紧跑出去，对员工们喊，地震了，大家快跑。还好，没有天崩地裂，只是晃了几十秒，就停止了，楼层低的人早已跑了出去，庄明朗是最后几个出去的，听保安们说要进去查查，把人全都疏散出来。

庄明朗看到对面一栋较老的楼房裂开了，大街上全是人。

所有的人都在打电话，庄明朗想起了施乐怡，拨了过去，却是打不通的。

他便先打去问候施乐怡的父母，知道他们住在二楼，并没有感觉到晃动，他劝他们还是先走到外面空旷的地方来，安全最重要。

一会儿，远在国外的父母分别打来了电话，庄明朗从父亲那里终于知道了发生的事情，原来，四川汶川发生了地震，全国很多个省都有震感。他在几千里之外都能感到，不知身在成都的施乐怡会怎样。

庄明朗心跳加速，想施乐怡，你千万不能出事情啊。他拔腿就往停车场跑，一路狂奔到机场去，路上他打电话去订到成都的机票。

订票处说去成都的机票今天的已经没有了，最快要到明天晚上。他说晚上就晚上，他随便回家拿了点随身的物品，便赶到机场去等着，机场里聚集了很多人，很多四川籍的人听到消息后都哭了起来，通信一直都中断着，直到晚上，庄明朗才打通施乐怡的电话，却是没有人接的。

庄明朗抱着头坐在椅子上，感觉就要疯了。

他和施乐怡再有矛盾，再情感疲软，在这一刻都不能成为问题了。他们自己怎么闹都行，但突然被外力这样的分开，他是绝对不能容忍的。说到底，他还是怕失去施乐怡的。他要去找她，和她结婚，再也不和她分开。管它什么自尊心呢，谁多爱谁一些，又有什么问题呢？

他想，人有时候，真的挺贱的。(完)

解开剩女之结

梅莉

前几天和朋友聊婚姻还是不是“第二次投胎”的问题，我数了一下，就我自己而言，肯定不是了，直到《等爱 waiting bar》的出版，我短暂的生命已经历了三次。时代变迁了，“投胎”的机会相当的多。也许不把婚姻看做是第某次投胎的人几乎没有——一桩婚姻的好坏，确实影响着一个人后半生的生活，这一点，是不分男女的。你不认同吗？那你的父母，过来人们会千方百计地让你认同，或是过个三年五载婚姻生活，自己也就认同了。

那么只能按是否主动寻求达到某种标准的“婚姻投胎”来区分婚姻观念，看看周围的人，不可否认，主动者占多数，因为生活在社会底层、生活艰辛的人，需要鱼跃龙门的人，永远都占大多数。如在本小说中提到的，从不在一家公司待超过半年，若没发现合适的目标，立刻转战别处的前台小姐们，以及一心想攀上高枝、年过三十的行政人员李菁和她青春正艳的同事小王都是这类“主动派”。李菁的悲哀在于年老色衰后依然保持着梦幻般的择偶标准，就是她第一眼看到青年才俊庄明朗时过电般地飘进脑子里的那几个词：有钱、有地位、年轻、帅气。这不是她一个人的择偶标准，是所有女人的。小王就像年轻时的李菁，她却又瞧不上李菁——李菁老矣，向男人进攻的姿势再是勇猛，也从骨子里透出无比的憨态来。可见，这一类人秉承着美妙青春可以换得男人提供丰厚未来的原理，她们跑马灯似的在短短的几年青春里费尽了心血：扮贤惠状，扮贵妇状，扮高知状，扮可爱状，扮时尚状。如今四处张牙舞爪的二奶小三，正是证明着这一理论的可靠性。网上有很多诉苦的帖子，开头多半都要申明自己其实长得不错，后面才是如何受到了男人的伤害。是否真的漂亮姑且不论，潜台词实是娶了一个漂亮的女人，男人就应该知足，没有理由去伤害她。又有一些杂志，把故事写得浪漫非凡，令人感动，一看真人照直吓落你的牙齿，故事的真实性立马遭到怀疑。几年前老杨的婚事也为无数男人拓宽了吃嫩草的想象范围。连我自己，也着实偏爱写美貌的人们。“主动派”的理论像是没错，可为什么就剩下了呢？

不如反过来看看周围最早结婚的是哪些人吧——大致分为两种：其一是家庭环境不错，从上幼儿园到工作，甚至工作成绩都无需自己操心，大多数精力都用来谈情说爱，凡事都由父母安排了，一到择偶就起来革命的人。她们往往是真的喜爱一个人，大多数对现实生活的认知处于较低的水平，加上女人是情感动物，爱情之下过于冲动。她们物质条件好，别人主动找来的机会也多些，无论是高攀者，还是强强联合者。

记得我刚工作了一年，旁边那家杂志社的会计到处给她的大龄朋友张罗结婚人选，说三十出头，有三房一厅，一个月挣三千多，这收入在当初的西部小城市来说还是不错的。我们办公室加上我有三个女孩子，另外两个是本地人，家里有房，一个是郊区的，一个是市内的。她先游说了市内的那位，不干，又游说郊区的，又不干，再来游说我这个外地人。她以为行动很秘密，实则年轻女孩子对这种事哪有不说的。我说不好意思，我才19岁，没到结婚年龄。是啊，我年纪轻轻的干吗要找一个大龄小矮子？

还是我倒霉，有一年生病住院，我旁边床的那人天天由她表弟送饭来吃，她边吃边劝他要好好学习，以后才有钱吃饭，才有钱养家。她表弟说不怕，以后找个有背景的女生结婚就行了，再加上自己父母的钱，日子不会难过。她表弟那年不过17岁，已这般参悟了人生。

前几天新闻上说富豪组团相亲，脸蛋身材学历之外，大部分要求E罩杯。

这便是被“主动派”们集体选择漏掉的一环，男人其实比女人更现实一些，天生多长了理智细胞，常有人时常盘算着找个什么样的女人才不吃亏。如今的上门女婿，已不再是丢人的代表。老女人李菁在失去工作，走向绝处又成为知名写手后也参悟了些意味出来，大部分男人都已养不起一个家庭，已是一个时代的特征。社会工资的标准早已不再是养一家人的，能把自己养下来就不错了。能为女人们实现“美满的婚姻投胎”的男人就那么一些，大家都伸手去抓，又有几人能够抓着。

因此，美妙青春换男人提供的丰厚未来的想法又有些不切实际了。能回家闲着的女人，实在没有多少。

可怕的是如今越来越多的女人要求自己必须得到“美满的婚姻投胎”，宁愿自己孤单着，被人歧视着，依然不改，就像进了一个恶性循环。也许这是时代变迁的一个必然结果吧，我猜想女人们会不会像当初走出家门一样，又走回家里去？以前一个同事说，一个人吃方便面没什么，两个人一起吃，就很心酸了。大家有没有看见，三十岁以后的单身女人不敢轻易辞职，大多数公司都防范着大龄未婚女和大龄已婚未育女的加入。女人因为生育时段受控，必须在年轻的时候从职场中撤下来一段时间，时代在飞，职场在跑，再回去时，自己的位置又在何方？职场中曾有句话是这样说的：这个女人不是死了，就是生孩子去了。

有些人说剩女们就是过于现实，也许应该说现实过于残酷才对。

《等爱 waiting bar》中的第一女主角施乐怡便是明白着这一切的，典型的自己干得好，才能嫁得好的想法。她深知离了庄明朗，她难再找到比他强的，为了实实地牵住他，她努力地工作，不惜使尽手段，占据行业地位，至少有一半的付出，是想让庄明朗明白，她是值得他娶的，并不为利益而来，也绝不会拖累于他。为了得到这段婚姻，着实费尽了苦心，处处力求完美，自己累得不行。又要哄着他，又要自己有尊严，矛盾之处，可见一斑。从本质上说施乐怡依然是一个“主动派”，她更聪明一些，不是把那个婚姻指标放在头上看着空想，眼睁睁地看着年华老去。她实实在在地恋爱着，也得到了庄明朗不少的关爱。可惜事情计划得再好，也有不能控制的一面，庄明朗对结婚之事不积极，对他来说同居已足矣。婚姻毕竟不是一对一的交易，到底是不能计划的。我虽不忍将他俩个写至决裂，可这样两个事业成功的人物若要低头走到一起去，着实需要强大的外力推上一把。

另一种结婚早的人是大家都觉得平时不起眼的那部分。越是相貌平平，家境一般，不显山不露水的人越是恋爱得早，不声不响地就同居起来，直到他们结婚你才发现，哦，原来他俩有一腿。这类人不是不上进，而是能够面对平凡，没有太多外在条件的约束，两人动了心便凑到一起去，苦也好，甜也罢，人家结了婚再说。她们对婚姻没有那么多的野心，成家成得很容易。日后的生活若是有了苦难，才慢慢体会出“婚姻投胎”的意味来。绝对是“被动派”。

她们想的，就像庄明朗对小王说的，现在的女孩想嫁有钱人的心情我都还能理解。但有钱人也不是个个都天生就有的。也许找一个能干的，过几年就有了。

当然，大多数自认为自己条件还可以的女人都不会冒这个险，谁知道谁的明天会怎样？总有人认为剩女的问题是选来选去没有选到好的，说你不要再挑了！其实现代剩女的问题是还没开始选就用排斥法把自己周围的人都排斥掉，能瞧上的人，自己偏偏又不认得。

不能否认还有一批剩下的不是为了现实生活考虑，而是情感之路走错了。如施乐怡的好朋友王莉，与她的已婚老板欧阳有了婚外情，两人也有真感情，欧阳一度想与她结婚，可惜妻子的自杀与儿女的阻止令他不得不放弃王莉。王莉怀了他的孩子，跟许多小三一样，她要把孩子生下来。最后我让她在意外中死去了，很多人可能不太能接受这个事情，不过大家想一想，若是不死，后面的生活也快乐不到哪里去。一个未婚女性带着孩子，生活上、情感上的压力，以及对对方家庭的损害，对自己父母的伤害，都有着数不清的罪孽。

很遗憾的，有部分剩女在青春逝去后都走了这条歧路，像是熬了这些年，若得不到一个结果，前面那十来年就等于零了。似乎等待一个人离婚，也是个盼头。我个人是不赞成这样的，这么多年都自己走过来了，哪怕再自己走下去呢。当小三都不怕了，还怕自己一个人吗？

我写这部《等爱 waiting bar》就是想给大家提供一面镜子，看一看自己属于哪一类，虽不能所有类别全览，几个大类别还是都照顾了下。我并不能给出一个圆满的解决办法，只是希望大家可以从中看出自己的问题所在，是空想派李菁，虚度了青春？还是实干派施乐怡，走漏了一棋？希望大家能够再现实一些，看到问题的本质，找到那个捣乱的妖怪，勇敢地将它除去。既然陷于这样一个无解的困境中，不如把事情想简单一些，生活千变万化，明天的事情让明天说了算吧，今天再坏也还有这么多姐妹们陪着。

对婚姻没有过多额外的要求，也就没那么举步维艰了。

每到过年，都是家里催婚的高峰期，上一代人不明白这一代的困境，要么解释一下，要么随便听听。

2009 年 2 月

图书在版编目(CIP)数据

等爱 WAITING BAR/梅莉著. —北京:中国画报出版社,2009. 4
ISBN 978-7-80220-495-9

Ⅰ. 等… Ⅱ. 梅… Ⅲ. 长篇小说—中国—当代 Ⅳ. I247. 5

中国版本图书馆 CIP 数据核字(2009)第 063967 号

特约编辑:蔡明菲
装帧设计:利 锐

等爱 WAITING BAR

出 版 人:田 辉
著 者:梅 莉
责任编辑:史文良
出版发行:中国画报出版社
(中国北京市海淀区车公庄西路 33 号,邮编:100044)
电 话:88417359(总编室兼传真)、68469781(发行部)、
88417417(发行部传真)
网 址:http://www.zghbcbs.com
电子信箱:cpph1985@126.com
印 刷:三河市南阳印刷有限公司
监 印:敖 晔
经 销:新华书店
开 本:880×1230 1/32
印 张:9
版 次:2009 年 5 月第 1 版第 1 次印刷
书 号:ISBN 978-7-80220-495-9
定 价:23.80 元